江藤淳の言い分

斎藤禎
Tadashi Saito

書籍工房早山

江藤淳の言い分

目次

装幀　坂田政則
組版　岩谷　徹

序　うつらうつらと見居候内に

『丸谷才一全集』刊行という〈驚き〉

平成二十五年（二〇一三）元旦——。配達された新聞に、文藝春秋恒例の新年広告が出ていた。見た途端、目が眩んだ。そこには、創業九十周年記念企画として、『丸谷才一全集』を今秋刊行、とあった。

丸谷氏は亡くなったばかりではないか。それなのに全集が出る。

平成十一年（一九九九）七月二十一日に亡くなった江藤さんの全集は、どうしたのか。

私は文藝春秋の出身だが、文藝春秋を非難しての思いではなかった。文藝春秋と江藤さんとのあいだに『江藤淳全集』を出す、という約束はなかったろう。私は、いまでもそう理解している。

没後二年の平成十三年に、〈江藤淳学弟〉という福田和也氏の尽力で、文庫本四冊の『江藤淳コレクション』が刊行された。

福田氏は『江藤淳コレクション1―史論』の「解題」で、「江藤恩顧のものとしては、とにかく江藤の文業を、一般読者、特に若い読者に読み得る形で提供する責任がある」と、刊行への決意のほどを述べている。

江藤さんの文業というなら、その本格的な集大成は、河出書房新社の『新編江藤淳文学集成』全五巻（昭和五十九年〜六十年）を以て終わっている。

江藤さんが五十二歳のときだった。

江藤さんは六十六歳まで生きた。

江藤さんがその後半生を捧げたといってもよい現行憲法制定過程の研究も、占領期と検閲への論攷も、もちろん文学論も、未完に終わった『漱石とその時代』も、評伝も、政治論も、西郷のことも、天皇論も、夫人のことも、幼年時代のことも、身辺のくさぐさを綴ったエッセイも、『新編江藤淳文学集成』刊行以降、江藤さんは旺盛に書き続けた。

江藤さんには、『著作集』、『全対話』、『文学集成』、『コレクション』と名づける類はあっても、全集はない。

丸谷氏の全集が出るのなら、せめて『江藤淳文学集成』以降の主要作品を網羅する選集があって当然ではないか。

小学館刊行の『群像―日本の作家』全二十八巻では、第二十五巻の丸谷氏に続いて、第二十七巻が江藤さんの巻となっている。漱石、鷗外にはじまるこのシリーズで、批評家で登場しているのは小林秀雄氏と江藤さんの二人だけだ。（この『群像―日本の作家』は、第二十四巻中上健次氏、第二十六巻村上春樹氏、最終巻の第二十八巻安岡章太郎氏という、変わった巻立てとなっている。）

新年広告を見て茫然としながらも、その時、なぜその文業を網羅する『江藤淳全集』が出ないのかを考えてみたい、と思った。

私は文藝春秋の役員をし、請われて別の出版社（日本経済新聞出版社）に移り、そこで、大庭みな子氏を知る編集者、研究者、そして大庭文学の最大の理解者である夫君利雄氏に出会い、講談社版『大庭みな子全集』（全十巻）以降の作品をも収める『大庭みな子全集』（全二十五巻）を出している。

であるのなら、『江藤淳全集』を企画してもよかったではないか、という〈内なる声〉があるが、正直いって、現役の時には、『江藤淳全集』の刊行など思いもよらぬことだった。私ごときが中心となって、『江藤淳全集』を出していいはずがない。出すなら、江藤さんの著作を数多く刊行している老舗の出版社で、しかも私のような半可通ではなく、江藤さんに本当に通じた練達の文芸編集者たちの手によって、と考えていたし、当然、そうなるものとばかり思っていた。（しかし、今にいたるも刊行されないとなると、私ごときではあっても、あのときチャレンジしておけばよかった、という悔恨の念は消えない。）

江藤さんの本は、ほぼ揃えていた。

『フロラ・フロラアヌと少年の物語』から一冊一冊読み直してみよう、と思った。

全集を刊行するほどの値打ちが、江藤さんの後半生の文業にはないのだろうか。いやそんなことがあろうはずがない、と逡巡しながらも、たとえ非文芸の世界に属する人間（私には、文芸編集者としての経験はない）であっても、それを自分の目でたしかめようと志しても罰は当たるまい、と思った。

いわゆる出版不況が全集刊行を妨げているというのは、まったく理由にならない。数字だけをいうのなら、出版業はずっと以前から衰退傾向にある。売り上げの統計を見ても、〈失われた二十年〉という言葉は、経済一般より出版業を形容するのにふさわしい。まちの書店はこの間半分近くに減った。

江藤さんは、作家、批評家、出版社、新聞社を含めた文芸の世界、つまり文壇とジャーナリズムから忌避されていたのではないか。ここに問題の根っこはあるのではないか。江藤さんの文壇内の処世に欠けるところがあったのではないか。その意見、発想が過激すぎたのではないか。言葉は悪いが、あるいは、江藤さんの文業を葬り去ろうとする〈力学〉がどこかで働いていたのではないか。

正月のうちに本箱を入れ替えた。江藤さんの著作を一か所にあつめた。作家や批評家諸氏の江藤淳論も古本屋とネット書店で探した。一月の末には、ぜんぶで、本箱七段分となった。

久しぶりに読む江藤さんは、面白かった。

批評家諸氏の江藤論には、感心しつつ、一方、その文章の難解さと心の屈折ぶりには驚いた。批評家という存在は、自分の体験を率直には書くことができない。勉強の成果や博識ぶりをそのまま文章に出せば鼻持ちならないものになってしまう。小説家より批評家は、かえって屈折した心理状態にあるのではないか。

今更ながらの感想である。

批評という場で、褒めるという行為はむずかしいのだろう。ある作品をくだらない、面白くないと切って捨ててしまう方が、この作品は見どころがある、と論評するよりずっとやさしい。他人の作品を褒めないという行為は、批評する人自身の力量のなさをあらわしている。他人を否定することは決して自らの権威づけとはならないのに。

こうしたことは、〈職業としての批評〉からすればあたりまえなのだろうが、非文芸系人間である私には理解を超えるところだ。作家を含めて純文学系の物書きは、自分たちは文芸という限定された世界でのみ言葉を発している、と思っているのではないだろうか。

たしかに文芸の世界は狭い。文芸に親しまなくてもふつうの人々は十分に日常を生きていける。仕事や生活に日々を賭ける一般人にとって、文壇やジャーナリズムなどどうでもいい。しかし、編集者の経験をもち、江藤さんと多少なりとも接触があった私は、そうはいかない。

吉本隆明氏の「江藤評」

イデオロギーや文壇の仲間うちに右顧左眄することなく堂々と物事を論じたらいいのに、と江藤さんを論ずる諸氏の書物を集中して読んできたこの一年有半、いつも思っていた。

江藤さんが、あのとき自死しなければ、全集なり、全集と銘打った選集がきっと出ていたはずだ。しかし、現実は、そうではなかった。何らかの〈力学〉によってそれが阻まれている、という印象がどうにも拭いがたい。

江藤さんは、いっていた。

「一つの心がけとして、ある文学――哲学的立場なり理論なりがあったとしても、それを隠し味にしないと時評にはなりませんね。もろに出したら、お客さんが逃げちゃう。それを隠し味にするところに文芸時評の芸の見せどころがあった。隠し味にすることによって、狭い意味での文学読者以上の読者を文学の世界に取り込み、関心を振り向けるようにするということがあったような気がする。」（「昭和の時評をめぐって」聞き手川村湊、『すばる』平成二年三月号、『言葉と沈黙』所収）

江藤さんは、文壇的思考の上を行っていた。

江藤さんが書いた小林秀雄氏への解説がある。

「小林氏は、これにつづいて、御小姓衆の四書五経素読の吟味役をやらされたときの、徂徠の挿話を語っている。終日の単調な労働に疲れ果てて、『注をもはなれ、本文ばかりを、見るともなく、読むともなく、うつらうつらと見居候内に、あそこここに疑ども出来いたし、是を種といたし、只今は、経学は大形此の如き物と中事合点参候事に候。……注にたより、早く会得いたしたるは、益あるやうに候へども、自己の発明は、曾て無之事に候』

徂徠にひきくらべるのも僭越な話だが、教師をしていると、たしかにこういう経験をすることがある。私が、何度となく読んだことのある夏目漱石の『薤露行』という短篇小説の『あそこここに疑ども出来』するのを感じて、愕然としてこの作品を見直しはじめたのは、やはり、単調な授業中の、ふとしたきっかけからであった。」（小林秀雄『考えるヒント』２「解説」）

この文章は、胸にすとんと来た。文壇となんの関係もないビジネスマンがたとえ読んだとしても、理解がしやすい、実に平易な表現である。

江藤さんは「薤露行」を〈うつらうつら〉とながめるうちに、漱石と嫂登世との関係を考察するヒントを得たのであろうが、この一節に接したとき私は、江藤さんから励まされた気がした。疑似体験ながら、同じことを諸氏の江藤論を読んでいくうちに感じたからである。

年齢からくる体力と集中力のなさの故に、必然的に〈うつらうつら〉とならざるを得なかったが、興に乗った時は、一日の大半を読みつづけた。

『丸谷才一全集』が出ることに驚愕したからといって、私個人に、丸谷氏にうらみつらみがあろうはずがない。丸谷氏とはお会いしたことも、言葉をかわしたこともない。パーティで、文壇の重鎮として挨拶をする姿を遠くから眺めているばかりだった。

丸谷氏の作品は読んではいたが、正直いえば、よい読者ではなかった。個人としての好みの問題かもしれない。丸谷氏の『裏声で歌へ君が代』を批判した、江藤さんの「裏声文学と地声文学」はもちろん読んでいた。

月刊の『文藝春秋』に在籍していたときに、江藤さんの「海は甦える」と同時期に、丸谷氏の「食通知つたかぶり」という食のエッセイの連載があった。丸谷氏の担当者は、私が江藤さんに対するが如く丸谷氏に接していたようで、時々、取材の上でのエピソードを聞かせてくれた。

一緒にむかし丸谷氏が勤めていた大学の図書館に調べものに行った時のこと、元の同僚教員に出くわした。「丸谷さん、偉くなったなあ。お互い昔は、進駐軍供出の缶詰がうまいうまいと食べていたのに、いまや料亭めぐりの食の大家だ」と、皮肉っぽい挨拶がとんできた。丸谷氏は、その時、少しも動じることなく微笑みを返した、という。

平成二十三年秋に、突然、中央公論新社から江藤淳関連本が二冊出た。

そのうちの一冊、『中央公論特別編集――江藤淳１９６０』所載の「江藤さんについて」というインタビューのなかで、吉本隆明氏が、「江藤さんについて、僕はつねに言い足りなかった、何かやり足りなかった印象が残っています。決してすぐに消えてしまう人ではなく、もう一度全面的に捉え直しがされる人だと思うし、その意味で、魂の永続性を失わない、生命のながい文芸評論家だと思います（二〇一一年九月九日）」といっている。

江藤さんは、文芸の世界で、あるいは論壇でも、〈変節漢〉、〈奇矯の人〉、〈自己顕示の人〉、といわれ続けてきた。しかし、そうであっても、こうした悪評に私自身の感情がついていかないのだ。なぜに、江藤淳というひとりの批評家にはこうも悪評ばかりがついて回るのだろうか。私には、江藤さんという人は、真っ正直で、それもストレートすぎる人、という印象しかない。

『丸谷才一全集』には、湯川豊氏が編集委員として名を連ねている。編集委員であるからには、湯川氏は丸谷氏と親しい関係にあったのだろう。湯川氏は文藝春秋の先輩である。著名な文芸編集者であった。湯川氏は社の文芸担当として、江藤さんが自裁したとき、葬儀を取り仕切った。出棺の際、私が固辞するにもかかわらず、湯川氏は私に棺をかつぐように、といった。石原慎太郎氏、小沢一郎氏、田中康夫氏、福田和也氏、最後の担当者だった細井秀雄『文學界』編集長らとともに棺に手を添えることができた。湯川氏への感謝の気持ちでいっぱいだった。

江藤さんと江藤さんに関係する本を読み続けることは、時間がそこで停まっているようでもあり、本を読む楽しみとはこういうことなのか、と再三思った。

もう少し屈託ない文章で読めれば楽しいのに、という印象が、ことに批評家諸氏の場合にはあったが、それぞれの江藤論の展開に目が醒める思いがしたことはまちがいない。

江藤さんの没後、満十五年が過ぎた。

人の一生はふりかえれば毀誉褒貶相半ばするにしても、主として文壇、論壇での江藤さんへの没後の対し方はひどい、としかいいようがない。人格的な非難を向ける、あるいはその一生の仕事を冷笑を以て否定する。

どんな権威に対してもその死後でなら、上げ足をとることは誰にもできることである。文壇の常識とは、論壇の常識とは、ジャーナリズムの常識とは、そんなものなのだろうか。

卑怯千万という気がしてならないが、それとも、江藤さんのほうにより問題があったのだろうか。〈うつらうつら〉としながら、そのあたりのことどもを何の制約もなくながめられるのは、非文芸的人間にとってのひとつの特権なのである。

一　そのひと

編集者は〈番頭はん〉

昭和四十五年（一九七〇）のことだった。

「あの先生、私のことを何と呼んだと思う。本屋の番頭はん！」

京大の高名な学者を訪ねて出張していた先輩が帰ってくるなりこういった。当時、出版関係者のなかに、自ら韜晦して出版社を本屋という人はいた。だが、この先輩がいささかの憤慨の気持ちをこめていったように、編集者を番頭はん、と呼ぶ学者なり物書きは稀だったのではないか。

私たちの世代にとっての番頭のイメージは、三井の池田成彬や鈴木商店の金子直吉といった権力と見識をそなえもった人のことではない。私たちにとってのそれは、総本家の意向をも左右する番頭制度から生まれてくる存在感からも、商店を取り仕切る使用人頭であったとする知識からもほど遠いもので、落語に出てくる粗忽者であったり、なによりテレビ創成期に一世を風靡した関西発の喜劇ドラマ『番頭はんと丁稚どん』に登場する、仕える主人ばかりが大事、という滑稽で軽い姿にあった。

しかし、編集者＝番頭はん説は、言いえて妙で、編集者とは出版社をバックに物書きに接し、そのさまざまな要求を処理する人、と解釈することができるとすれば、これは〈番頭はん〉といえるかもしれない。

江藤淳さんに初めて会ったのは、昭和四十六年の夏のことだった。

月刊誌『文藝春秋』の昭和四十八年新年号から始まった「海は甦える」は、当初『週刊文春』に連載されるはずだった。

日本海軍の礎を築いた人・山本権兵衛を主人公として、明治と日本海軍の青春を活写し、その山本権兵衛が組閣した第一次山本内閣がシーメンス事件という怪奇な疑獄事件に翻弄され、ついには瓦解するにいたるまでを描いたこの作品は、途中、江藤さんのアメリカ遊学などで中断はあったが、昭和五十八年十二月号の連載終了（連載回数は七十三回）まで十年を要した。

『文藝春秋』で、コラム以外の連載が十年も続くというのは、きわめて珍しいことである。読者の支持もあって、「海は甦える」は文藝春秋読者賞をとっている。（『文藝春秋』連載開始時は、「海は甦る」という四文字のタイトルだったが、第一部、第二部の単行本刊行にあたって据わりがよいからという江藤さんの意向で『海は甦える』との五文字となり、雑誌連載のタイトルも昭和五十三年三月号から「海は甦える」となった。）

その四十六年の夏、『週刊文春』にいた私は、江藤さんそして文芸担当のデスクのお供をして、大阪の司馬遼太郎氏を訪ねた。「坂の上の雲」を新聞連載中であった司馬氏に挨拶し、同時に資料を探すための古書店を紹介してもらうのが目的だった。山本権兵衛そして、江藤さんの曾祖父古賀喜三郎や祖父江頭安太郎に話は及び、座はにぎわった。

宿は、京都にとった。夕食の後、先斗町のスナックに入った。ママさんから「お忙しそうですね」と挨拶されて江藤さんは、「ぼくの仕事がなんだかわかる？」と聞いた。「商社関係の方かしら？」といわれると、江藤さんは呵呵大笑した。ホテルへ帰る道すがら、「ぼくはアメリカに行って、からだが丈夫になった」と江藤さんは上機嫌だった。

昭和三十七年（一九六二）からロックフェラー財団研究員としてプリンストンに住んでいた江藤さんは、翌年、プリンストン大学の教員となる。

秋からの新学期をまえに三週間ほど公私の雑用を片付けるために、夫人を残して単身で帰国している。その時のことだ。

「（私は）東京で泊っていたホテルの番頭に、外国人と間違えられて下手な英語で話しかけられる、という奇妙な体験を味わわされていた。（略）異質な文化のなかで、日本が自分のなかに蘇って来るのと逆比例して、自分の外側がどこか非日本人化して行くという皮肉に、私は突然一種の恐怖を感じた。だが、人は、何も支払わずに外国暮しをするわけにはいかないのである。」（『アメリカと私』、傍点は引用者）

と、江藤さんは書く。

京都の夜の出来事は、会うのが二度目の私を和ませようと、無暗に他人に干渉しない生活は居心地がよいようでいて同時に消耗もしたアメリカ体験のなかから、明るい面をすくいとって語ってくれたにちがいなかった。

『アメリカと私』は、問い続ける

『アメリカと私』という作品は、ちょうど半世紀前に出版された。しかし、五十年たってもいささかも褪色していない。

『アメリカと私』は、アメリカが日本にもたらした〈戦後民主主義〉とは何か、という問いかけを、今なお続けている。アメリカとそして日米安保条約なしには国としてやっていけはしないのに、あたかも独り立ちしているかのような顔を、日本はずっとしてきた。保守派だって、そうだ。日本とアメリカとのあいだに横たわっている状況は、憲法、安全保障、経済問題等の、どのイシューひとつとっても、当時と少しも変わっていない。

江藤さんは、いう。

「（アメリカの）南北対立の本当の根は、むしろ、ひとつのウェイ・オヴ・ライフが、力によって他のウェイ・オヴ・ライフを征服しようとしている、というところにあるのかも知れなかった。人種差別問題は、ある意味では、南北対立の原因を別の次元に置換して象徴しているにすぎないかも知れなかった。（略）

要するに、合衆国連邦政府と、旧南部連合諸州《コンフェデレート・ステーツ》との関係は、米国と、米国がうち負かした外国との関係のプロトタイプをなしているのである。もし、人種差別問題に対する連邦政府の『公式な』倫理的糾弾を、南京虐殺事件と真珠湾攻撃に対する米国人の倫理的糾弾に置き換えてみれば、この関係は、米国と日本との関係に似ているとさえいえた。十二月七日には、依然として真珠湾奇襲の記念番組がテレビで放送され、家内はその日買物に出なかった。私のなかに、南部の白人のそれとは異質な、しかしその激しさはかならずしもそれに劣らぬある感情が存在することは、否定できぬ事実であった。」(『アメリカと私』)

戦後の七十年、戦争とそしてその戦後を巡っては、中韓との間の歴史認識の違いばかりが強調されている。

しかし、本当にそうなのだろうか。南京虐殺、真珠湾攻撃にかぎらず、むしろ、排日法、大空襲、原爆投下、占領、現行憲法、さらに靖国問題と、相互の歴史認識においてもっとも行き違いの様を見せているのは、日米のあいだでのことではなかったか。

知米派、知日派という互いに相手国を知悉する人々がいた。しかし、それでも戦争は起こった。そして、敗戦国日本は、主権を回復するまでの六年余、米軍を中心とする連合軍の占領下に生きることになった。『アメリカと私』は、さらに問う。

「私は、たとえば、戦争を、利害の対立を処理するための拙劣な手段と考えることはできたが、真珠湾奇襲が倫理的に許すべからざる卑劣な手段だという、今なお米国人のあいだに広く浸透している解釈をうけいれることはできなかった。その背景にある歴史的事実のもつれが示しているのは、米国政府が事前に『奇襲』を察知していたらしいという、強い可能性だったからである。(略)

これは、人道上明らかに不当な人種差別の悪とちがって、議論の余地のある問題であり、米国の『善』に対する日本の『悪』というかたちに、決して一般化できぬ問題である。それが『悪』であるかどうかが自明でない以上、私に『悪』を悔い改めるという姿勢をとり得るはずがない。（略）一方、ウェイ・オヴ・ライフの問題についていえば、北部からの影響にファナティックに抗しつづけている南部とちがって、提督ペリーの来航以来、日本人は、欧米列強の圧力に対して独立を保つために、自分の手で自分のウェイ・オヴ・ライフを破壊しつづけて来ていた。人は、それを『めざましい近代化』と呼び、ウェイ・オヴ・ライフが自在に変えられるという幻想に頼って生きている。こういう悲惨さは、おそらく南部にはなかった。」（同）

真珠湾奇襲は、果たして倫理上の問題なのか。

〈ウェイ・オヴ・ライフ〉についていえば、〈めざましい近代化〉を遂げた日本は国として生き延びるために、南部とはちがって自ら間断なく、それを破壊しつづけてきた。この点では、日米関係は、アメリカの南北問題の完全なアナロジーとはなり得ない。だが、そこには、示唆されるべき何ものかが確実に存在している。それは、アーリントン墓地と靖国神社参拝にも通じる視点で、あるのかもしれない。

「アメリカと私」は、『朝日ジャーナル』の昭和三十九年九月六日号から十一月八日号まで十回にわたって連載されたが、それ以前にも江藤さんはアメリカについて頻繁に書いている。

たとえば、「アメリカ通信」というエッセイは、プリンストン在住の昭和三十七年から帰国する三十九年までのあいだに『東京新聞』や『朝日新聞』に断続的に掲載された。（「アメリカ通信」は、のちに単行本『アメリカと私』に収載される。）

〈ウェイ・オヴ・ライフ〉というアメリカで見つけた概念は、江藤さんに深甚な影響を与えた。「アメリカ通信」で江藤さんは、次のように書く。

「米国の学者のなかにはミシシッピ州は一八三〇年以降、全く米国の思想史の主潮の圏外に立っているのだと説く人もいるらしい。それなら南部とは合衆国内の外国であるが、もし連邦政府の理念が南部ならざる本物の外国にじかにぶつけられたらどうなるか。ここで問題は奇妙に倒錯しはじめる。米国と同盟国とのあいだに時おりおこるアレルギー性のいさかいは、ある意味で連邦政府とミシシッピ州との関係に似てはいないか。つまり、コンフォームさせようとする米国からの圧力と、コンフォームし得ない与国の反発力との摩擦ではないだろうか。」(「第一信」、『東京新聞』昭和三十七年十月十六日夕刊、『アメリカと私』所収)

このような発言をするからといって、江藤さんを反米というにはあたらない。プリンストン生活は、一方で、ある種の開放感を江藤さんにもたらしていた。アメリカ国内の旅に出てプリンストンがあるペンシルヴェニア鉄道の支線の駅に帰りつくと、「ほっとした気持にとりつかれ」(『アメリカと私』、傍点は原文)た、という。そして、こう書く。

「それは、しかし私がそれだけ米国人に近づいたという意味ではない。逆に、この『自分の町』のなかでは、私は自分のままでいられる、という意味である。たとえば、戦後日本の知的世界を支配しているいくつかのタブー——あたかも戦前の天皇神権説に比すべき強力さで、戦後の『国体』である『平和』と『民主主義』という理念の周囲をしめつけているタブーに気がねすることなく、明治以後今日までの日本の歩みを見直すことができたし、（略）要するに、この大学町の知的風土は、ある意味では、私の知っている東京のそれより自由であった。（略）

明治以来の日本の外交政策を弁護しても、それを『戦後民主主義』に対する冒涜と考える感情論者もいなかったからである。」（同）

「江藤淳（自筆）年譜」の昭和三十五年の項、つまり六〇年安保の年だが、ここには、「進歩派内部におけるファナティシズムの跳梁と現実認識の欠如に憤りを発することが多く、反政府運動家の眼中に一片の『国家』だになきことに暗然とす。事件後疲労甚だしく」とあるが、プリンストンの生活は江藤さんから心身の疲労を払拭していったようだ。『小林秀雄』の新潮社文学賞受賞の報も、プリンストン滞在中に受けた。

『アメリカと私』は、「民主主義」という理念が「平和」と並んで戦後の「国体」として不可侵のタブー的存在となっていることについても言及している。

「（略）私の印象では、米国人は、占領時代に自分の手で移植したはずの戦後日本の『民主主義』を、肚の底では当の日本の『民主主義』擁護論者ほど信用していないように見えた。これは、彼らのいわゆる〝Democracy〟が、普遍的理念であるよりさきに、『アメリカン・ウェイ・オヴ・ライフ』の別名として、ほとんど無意識のうちに、むしろ感覚的に理解されていることを思えば当然である。」（同）

江藤さんは、アメリカから与えられた戦後民主主義とは、普遍的な理念であるよりさきに、〈アメリカン・ウェイ・オヴ・ライフ〉の〈別名〉だといい、後年には、「アメリカ絶対といいますけれども、何もべったり親米的であるという意味では決してなく、べったり反米的というのも沢山あるわけです」(「マッカーサーを採点する」『THIS IS 読売』平成六年一月号、『日本よ、亡びるのか』所収)と、日米をとりまくあいまいさを透視している。この認識は、のちに、江藤さんの終生の研究テーマとなる「占領期と検閲」の問題にも重なっていく。

『成熟と喪失―"母"の崩壊―』と〈自分語り〉

プリンストンから帰国した翌年の「江藤淳(自筆)年譜」には、

「昭和四十年(一九六五)三十二歳　一月、『アメリカと私』、朝日新聞社より刊行さる。……五月、『文學界』に「文学史ノート」(のちに『近代以前』と改題)の連載を開始す。六月、『群像』七月号に掲載された小島信夫『抱擁家族』に衝撃を受ける。」

とある。

『アメリカと私』には、プリンストン大学東洋学科で日本文学史を講義する江藤さんが、さらに翌年も教員を続けるよう要請されたが、それを断り帰国する決心を固める前後の情景がえがかれている。

「研究室での仕事やセミナーに仕事に疲れると、私は、ゲスト東洋文庫の書架と書架とのあいだに身を隠して、鏑木清方の画集や、親しくつきあっていたある編集者がつくった歌右衛門の舞台写真集のページをめくった。そうしている自分を、私はそのときだれにも見られたくなかった。(略)あたかも放蕩の現場をおさえられたときのような気恥ずかしさを感じたからである。そんなことを何度も繰返しているうちに、私はやはりいくら引きとめられても帰ろう、と思った。」

帰国後こうした思いが、江藤さんを日本文学の淵源を辿ろうとする「文学史ノート」の執筆に駆り立てた。しかし、この作品は後述するように、文壇から揶揄と酷評を以て迎えられる。

その失意から方向転換して書いたのが『成熟と喪失―〝母〟の崩壊―』である。この作品は、小島信夫氏の『抱擁家族』という小説のためにある。

妻を寝取ったアメリカ兵ジョージに「責任? 誰に責任をかんじるのですか。僕は自分の両親と、国家に対して責任をかんじているだけなんだ」と反撃された主人公の俊介が「ゴウ・バック・ホーム・ヤンキー。ゴウ・バック・ホーム・ヤンキー」とわめく『抱擁家族』の一場面に、江藤さんは衝撃を受ける。

『成熟と喪失―〝母〟の崩壊―』は、精神分析学のエリック・エリクソンの『幼児期と社会』に多くのヒントを得ているが、エリクソンによれば、米国の青年の多くは母親に拒否されたという心の傷を負っている。そして米国の母親が息子を拒むのは、やがて息子が遠いフロンティアで誰にも頼れない生活を送らねばならぬことを知っているからだ、という。江藤さんはいう。

「ジョージの背後には『両親』がいるが、その背後にはさらに『国家』がある。『母なし仔牛』をつれたカウボーイは、孤独な『個人』として西のフロンティアに出発するが、その私的な歩みはそのまま合衆国という『国家』の版図拡張という公的目的につながっている。そして彼が『トモダチ』（ハイスクールで習ったホイットマンの詩へのジョージによる日本語訳―引用者註）に出逢い、フロンティアに移住者として落着いたとき、彼は『母』に拒まれた傷を隠した『子』であるがままに、新しい『両親』の一人となる。彼は依然として内面的には『子』でありつづけるかも知れない。しかしそのとき彼に影響力を及ぼしているのは『母』ではなくて『国家』というかたちをした『父』である。『母』は息子を旅立たせるために早く姿を隠してしまった。」（『成熟と喪失―〝母〟の崩壊―』）

この本の別なところで、江藤さんはいう。

「一般に日本の男のなかで、『母』がいつまでも生きつづける根強さは驚嘆にあたいする。それは農耕社会に学校教育制度が導入され、『近代』が母と子の関係をおびやかしはじめたのちになっても依然としてそうであり、むしろ一層根強くなっているといってもよい。近代日本における『母』の影響力の増大は、おそらく『父』のイメイジの稀薄化と逆比例している。学校教育の確立と同時に、『父』は多くの『母』と子にとって、（安岡章太郎の）『海辺の光景』の信太郎母子にとってそうであったように、『恥づかしい』ものになった。しかし『父』を『恥づかしく』感じる『母』と子は同じ価値観を共有しており、そうである以上息子の『出世』の背後にはつねに『母』の影がついてまわる。彼はおそらく老年になるまで弱い『父』に出逢うことはないが、結婚のときに『妻』を『母』と重ね合わせてしまうのである。」（同）

しかし、〈父を恥づかしく〉感じ、妻を母と〈重ね合わせてしまう〉のは、信太郎よりむしろ江藤さんだったのではないのか。すでにここには、江藤さんの〈自分語り〉が顔をのぞかせている。間もなく書かれる『一族再会』がそうであり、かつての『夏目漱石』、『作家は行動する』、『小林秀雄』もそうであって、最晩年の『妻と私』、『幼年時代』にも通じる、何を語ってもそのどこかに江藤さんの姿が察知されてしまう〈自分語り〉の気配がある。

高澤秀次氏は、「江藤淳は『私がたり』の資質に恵まれた類い希な批評家だった。彼が行ったのは、結果的に近代日本文学からの批評による『私』の奪還の企てだったと言えよう」（『江藤淳――神話からの覚醒』）といっているが、私のいう〈自分語り〉とは、高澤氏の説く卓論からは遠く、何を書いてもどんな作品にも、自分をさらけだして論を進めていく一本気な江藤さんがいる、という程度の皮相なことを指しているにすぎない。

私は、週刊誌記者の経験が長かった。編集長になってからは、オピニオン誌、スポーツ誌、女性誌、青年誌、ノンフィクション誌を担当した。会社の人事の命ずるままとはいえ、社内にこれだけの数の雑誌の編集長をこなした人はいなかった。オピニオン誌はともかく、あとの雑誌は、月刊の『文藝春秋』ばかりに頼っていては会社の経営が見通せないと、さまざまな形で企画された創刊誌か創刊直後の新しい雑誌ばかりであった。

いわば、新雑誌立ち上げのための〈便利屋〉編集長とでもいう立場であり、恰好をつけていえば、いかにビジネスとしての出版業を成功させるかについて腐心してきたということになるが、そうこうするうちに五十歳をいくつか超え、編集長としての旬は過ぎていった。

文芸に少しでも関係できたとすれば、入社したての、出版部にいて単行本（文芸ものにかぎらない）をつくっていた二年間だけだった。

そうした文芸の門外漢には、「アメリカでからだが丈夫になった」というくらいしか江藤さんには、話のネタがなかったのだろう。

「日本と私」の特異な肌触り

この関西出張から二年後、私は月刊『文藝春秋』に異動となり、「海は甦える」の途中からの担当者になった。人の動きが激しい会社で、またその二年後には週刊誌編集部に異動となる。その後、再びの月刊『文藝春秋』、オピニオン誌、さらに週刊誌と異動を繰り返し、昭和五十九年、四十歳の時にオピニオン誌の編集長となった。

異動が頻繁であれば、担当は間歇的にならざるをえない。間歇的な関係にあっても、私ごときを一人前としてあつかってくれた江藤さんに恩義を感じていた私は、発表された作品についてときたま感想を伝えたりしていた。

菊池寛がつくった文藝春秋という出版社の社名には、いわゆる「文藝」部門と、世のなかの動きを追う「春秋」部門との、その両方を併せもつ出版社という意味がこめられている、と先輩から教えられた。

私自身の会社での所属は「春秋」（ノンフィクション）系が大部分だったから、作家や批評家とのつきあいはかぎられていた。四十五年間出版社につとめ（ふたつの出版社にわたったが）、その間、役員として編集部門の責任者だったときのこともあったので、パーティでお会いした時に、挨拶させていただく「文藝」方面の方々の数はだんだんと増えていきはしたが、なんとなく気おくれがした。

正直にいうと、何かの折に、あまり躊躇することなく話ができたのは、江藤さんと三浦哲郎氏と城山三郎氏などごくごく限られた方々だった。

私の学生時代は、『朝日ジャーナル』か、毎日新聞社発行の『エコノミスト』を小脇にはさんでキャンパスを行くのが一種の流行りだった。エキセントリックな論調がめだつ『朝日ジャーナル』にくらべ、経済の専門誌である『エコノミスト』のほうが無機的な感じがして好みだったが。

文藝春秋に入社が決まった年（昭和四十一年）の暮から、『朝日ジャーナル』で江藤さんの「日本と私」という連載がはじまった。この連載がもつ特異な肌触りには、驚いた。あのときの驚きは、いまも忘れられない。

入社式があった翌年の三月に連載は中途半端なまま終わってしまったが、毎週サスペンス小説を読んでいるような気分だった。ことの細部への記憶力のよさに吃驚しながらも、父との不和、腹違いの弟への仕打ち、住む家をめぐる神経質なエピソード、一番の理解者であるはずの夫人をあざができるほど打擲しそしてその病弱な夫人の体調への無慈悲としかいいようのない書きぶりに、いったいこの人は、どういう性格をしているのだろうか、神経が肉体の殼を突き破って直接外気に触れている、こんな人が身近にいたら息が詰まるだろうな、と感じた。

バブルの時代に入ると、編集者はテレビドラマの主人公にもなって、人気の職業となった。

私が、出版社の入社試験を受けた昭和四十一年でも、試験はかなりの倍率だった。

私大の文学部出身者で、進学しないで就職するとなると、公務員か、教員か、新聞社か、出版社か、広告代理店（広告会社）くらいしか受験の機会が与えられず、そうしたことも競争率を高くする理由であった。

戦後、文藝春秋の経営を菊池寛から引き継いで、文藝春秋新社（当時の社名）を創った佐佐木茂索がいったという言葉が社内で語り伝えられていた。

「入社試験のペーパーテストで上位二十人（この人数については諸説ある）に入った受験者は無条件に落とす。」

というものだった。佐佐木さん（文藝春秋には、たとえ社長であっても、〈さん〉という呼称でその人を呼ぶ習慣があった）の言葉通りだとすると、入社試験を通った者は、受験生のなかでたかだか二十一番以下なのだ。ある先輩に、佐佐木さんの〈そのこころ（思惑）〉を説明してもらったことがある。

そのこころの一は、倍率ばかりが高い入社試験を通ったくらいでおかしな自負心を社員が持たないようにということであり、その二は、出版社という脆弱な資本では毎年数人の新入社員しかとれない。当然、力があるのに会社のその年の採用方針の都合（たとえば、編集関係より業務関係を余分にとりたい）で、落ちる人が出てくる。そうした人への配慮であり、また未来の読者対策の面もあって、「文春を受けてくれる人は、この会社が好きなのです。試験に落ちたくらいで、この会社の出版物を嫌いになってもらっては困るのです」というものだった。会社内で、「本当にできた人は落ちた」と語り伝えられているのを聞けば、入試に落ちた人は悪い気がしないだろう。

菊池寛の信奉者である江藤さんは、こうした考え方をする佐佐木さんを〈偉大な経営者〉と評価していた。私自身はといえば、入試の試験問題は重箱の隅を突くといった体でひどくむずかしいものだったが、たぶん運動部気質ということを理由に入れてもらえたのだろう。

出版社に入ってみると、社内のヒエラルキーは編集者が握り、それをサポートする形で、営業（販売）、広告、総務経理などの部署があった。世に名編集者という存在が、特に文芸方面にあることも知った。

編集者は、しかし、勉強をしない人種であるとも思った。

ひとりの編集者が何人もの物書きを担当する。担当する物書きによっては、酒が好きな人もいて、朝方までつきあう。遅い出社となって、ゲラが出ていれば、ゲラの整理をする。物書きと一緒になって資料探しをする。アポをとり、一緒に取材に行く。次号が近づけば、企画に知恵を絞る。そして、また夜が来る。編集者のルーチンな一日はこんな調子で過ぎていく。

たしかに、編集者とは、物書きを、それも複数の物書きを同時に主人としてつかえる、番頭のような存在でもある。

作家や批評家という〈人〉を表面的にせよ知っても、その人の〈作品〉は十分には知らない、というのが編集者一般のイメージということになろうか。

江藤さんのほぼ処女作といってよい「マンスフィールド覚書『園遊会』をめぐって」には、「むしろぼくらは好奇心から作者に近づく、といった方がよい。平凡な読者はそんな風にするものである。面白い本を読めば、これを書いた人間が、どこに住み、どんな暮しをし、何で食っていたかということを知りたがらぬ読者はあまりいない。」

というくだりがある。

作品を読んで作家に近づきたいと思うのが読者なら、編集者とは最初から作家に近づいている職業である。ただし、その時担当している作品の読者ではあっても、その作者全体の作品を読んでいるとはかぎらない。残念ながら、自己弁護風にいえば、多忙過ぎて勉強する時間がないのである。勉強をしないといえば、新聞記者も変わらない。

開高健氏は、江藤さんとの対談集『文人狼疾ス』のなかで、「まあ私の見るところ、日本の批評活動で一番ひどいのは、音楽批評と、演劇批評ではないだろうか」といっている。

新聞に求めるのは独善的な見方ではない。偏狭なオピニオンでもない。社論に首根っこをつかまれて発想が固くなった記事でもない。右であれ、左であれ、それは同じことである。新聞記者は、さらに随筆家でもない。記事のなかで、つかう必然性がないのに「私」を多用する記者が最近出てきた。取材に基づいたというより怠惰にも身辺をエッセイ風に書こうとするものだから、こんなところになぜ「私」という言葉をつかうのだろうか、といぶかしく思う記事に再三出会う。「私」と書くことで記者自身および記事自体が個性的になるとでも錯覚しているのだろうか。組織人であるはずの企業内ジャーナリストに、はたして「私」と書くほどの存在感と見識があるのだろうか。新聞記者の本義はあくまでも地道で丹念な取材にある。

寒い日も暑い日も早朝、新聞配達員の手によって折角届けられる新聞なのに、「私」記事をみるとげんなりする。「私」と書いたことで何かトラブルが生じたとき、「私」記者は堂々と「私」ひとりで対処するのだろうか。ゆめ、「抗議なら、社の広報を通して」などと「私」記者がいわなければ、結構なことである。

編集者という職業

編集者が勉強しない存在とすれば、一体、編集者は自分の何を頼りに仕事をしていくのか。

正直にいえば、勘と、それに付随する心身の反射神経である。当然、当たり外れが大きい。勘といい、反射神経といい、教養の裏打ちがなくても、ある種の能力が備わっていれば発揮できる危うい能力のひとつではある。タイトロープ上を日々渡っていくようなものだ。丁半賭博をやっているようなものだ。しかし、雑誌を回転させ会社の経営に寄与するのは、このタイプの編集者である。

出社して机に向う勉強家の編集者は知識、教養はあっても、ごく少ない例外を除いては、会社に儲けをもたらすことはない。

こうした勉強一筋の編集者がごくまれにベストセラーを出すことがある。文芸編集者に多い。いったんベストセラーを出すともなれば、この編集者は会社の救世主となる。昨日まで寝ていた(寝たふりをしていた?)編集者が最大の功労者となる。

データ重視といいながら読者の欲求をしばしばつかみそこねる出版社にとって、世間の風向きに乗って黙っていても売れるベストセラーほどありがたいものはない。それが文芸作品であれば、出版社としての良心をも満足させる。文芸こそが出版社経営の生命線ということもできる。たったひとりで奇跡を起こすことができる文芸編集者は、世間の空気を敏感に感じとる〈出版界のカナリヤ〉と持ち上げられる。

編集という仕事は面白かった。

三浦雅士氏が柄谷行人氏の『畏怖する人間』(講談社文芸文庫)所載の「作家案内」のなかで、「編集者には特権がある。興味を感じた人間には、誰かれかまわず会いに行けるという特権だ。理由なんてどうにでもつけられる」と書いている。その通りだ。

浅学菲才の身でと思いながら、私は、江藤さん、三浦氏、城山氏にはそれぞれ好きな作品があり、それに魅かれて我が身を省みもせず、会いに出かけた。

編集者として本来の教養に欠けるという自覚は編集者一年生の時からずっとあったから、作品とつきあうというより、人と人とのつながりを求めていたのだろう。

「よい気分で原稿を書いてもらえればそれでよい」、と思っていた。江藤さんと柄にもなく話題が作品論に及んで、大汗をかいたこともあった。自分は頭が悪い、と心底思った。

入社して、間歇的ではあっても江藤さんを担当してみると、私が学生時代に「日本と私」という作品から感じとった薄気味悪さや神経質さが、江藤さんのどこにもないのだ。意外だった。実に気分のよい、明るい人だった。約束の時間を守るという基本的なことからはじまって、常識家であり実際家であった。

江藤さんはむずかしい人という編集者仲間の評判があったが、正直いえば、私は江藤さんがストレートな人に感じられてならなかった。生意気な表現ながら、なんとこの人は素直なのだろう、と何度も感じた。

人は誰しも劣等感や優越感を持つ。作家や批評家なら、非文芸系の人間の十倍も百倍もバイアスをかけて、自己というものを認識しているにちがいない。だから、複雑な第一印象をもたらすことが多い。なぜにこの人はこうも不機嫌なのだろうか、なぜにこの人はこうももったいぶった言い方をするのだろうか、と私はいつもはらはらしながら物書きと接触していた。

私には、自分という存在と能力のありかに疑問を持っていたから、人とつきあう際にぎりぎりのところまでは踏み込まないという性向がある。いま思えば、子供のときからずっとそうだったような気がする。

作家と掴み合いまでして書かれた作品について論じあった、という武勇伝を自ら誇る編集者を何人も知っているが、私には及びもつかないことであった。

物書きとのあいだに距離があった。害をもたらすことはないにせよ益をもたらすこともない編集者というのが、私だった。

多分、文芸を担当するには一番不向きなタイプだったろう。ものを書くことしか生きる方便がないようにみえる人々、偏屈で、独断でからしかものをいわないようにみえる人々が蟠踞する文芸の世界を相手にするにはキャラクターが物足りない、と会社の人事は私を判断していたのだろう。

城山氏は、あるとき、当時の上司に「この人はよく私の本を読んでくれる」とわざわざいいに来社してくださったことがあった。ありがたかったが、不思議でならなかった。

池波正太郎氏には、週刊誌記者時代に新年号の企画で二度ほどお会いしたことがある。本来の担当者である先輩が病気となり、ピンチヒッターとして原稿依頼に伺った。緊張しつつお話しできたのは二度あわせて四、五十分ほどだったろうか。二回目にお目にかかって原稿をいただいて帰ろうとすると、「これを編集長に」と名刺を渡された。池波正太郎とだけ書かれた名刺に「今後の担当は斎藤君にお願いしたい」とあった。

池波氏とお会いしたのはこの時かぎりで、担当者に命じられることはなかったが、この逆のケースがあったにちがいない。私の能力なら、「あれはだめだ、担当をほかの人にかえてくれ」といわれて当然である。

出版社を本屋と呼ぶことは、江藤さんにもあった。

『江藤淳著作集6―政治・歴史・文化』の月報に「江藤淳氏にきく」という河盛好蔵氏の文章が

ある。

江藤さんは河盛氏の問いに答えて、「最初は七百枚ぐらいの予定で書く本屋との約束だったんですが、仕事を始めてみると、だんだん大がかりになってきます。本屋ではそれをきいて、そんなら三千枚ぐらいの長篇にして、『漱石とその時代』というのを書いてほしいといいます」といっている。

ホテルのマネジャーを〈番頭〉と呼んだ江藤さんだが、編集者を〈番頭〉と呼んだかどうかは、寡聞にして知らない。

江藤さんは、晩年、編集者を、「小学校の先生、保育園の保母、主治医とは言わないが担当医みたいなもの」とはいっている。（「インタビュー江藤淳・聞き手武藤康史」、『海燕』平成七年九月号）

忘れられた批評家・江藤淳

江藤淳を論じた作家、批評家は、山川方夫氏、福田和也氏のほか、石原慎太郎氏、川嶋至氏、大久保喬樹氏、山崎行太郎氏、菊田均氏のように江藤さんに近かった方々から、中村光夫氏、大岡昇平氏、埴谷雄高氏、本多秋五氏、平野謙氏、福田恆存氏、吉本隆明氏、遠藤周作氏、平川祐弘氏、本間長世氏、小島信夫氏、瀬戸内寂聴氏、大庭みな子氏、古山高麗雄氏、山崎正和氏、花田清輝氏、阿部昭氏、小堀桂一郎氏、西尾幹二氏、粕谷一希氏、秋山駿氏、磯田光一氏、桶谷秀昭氏、入江隆則氏、柄谷行人氏、中上健次氏、笠井潔氏、江國滋氏、加藤典洋氏、川村湊氏、三好行雄氏、諸井

薫氏、松原新一氏、石原千秋氏、高橋源一郎氏、富岡幸一郎氏、絓秀実氏、高澤秀次氏、大塚英志氏、三浦雅士氏、田中康夫氏、坪内祐三氏、渡部直己氏、田中和生氏、小此木啓吾氏、小谷野敦氏、平岡敏夫氏、井口時男氏、武藤康史氏、柴崎信三氏、四方田犬彦氏、中島国彦氏、徳島高義氏、坂本忠雄氏、宮田毬栄氏、高橋一清氏、細井秀雄氏、浦田憲治氏などおおぜいの方々がいる。田久保忠衛氏、西修氏、秦郁彦氏、西部邁氏、古森義久氏、高橋史朗氏、上野千鶴子氏、石川好氏、山本武利氏のように、文芸と直接の関係をもたない方々の江藤淳評もある。

不思議に思ったことがある。

大塚英志氏は、『江藤淳と少女フェミニズム的戦後』で、「江藤淳とは会ったことがない。一度だけ文藝春秋のロビーでちらりと見かけた記憶があるだけだ」と書いている。

高澤秀次氏は、『江藤淳――神話からの覚醒』のあとがきで、一九七五年の早稲田大学比較文学会公開講座で「一度だけ江藤淳の生の声を聴く機会あった」と書く。(この公開講座は私も聴いたが、江藤さんの自筆年譜には「来聴者の熱烈な拍手を受けて深く感動する」とある。)

田中和生氏は、『江藤淳』のこれもあとがきで、「個人的な事情を言えば、一九九九年の七月に亡くなった江藤淳に、私はその死をきっかけとして出会った」と書く。素直に読めば、田中氏は、大塚氏や高澤氏と同じく、江藤さんとは知り合いでない。それどころか、一度も、会話をかわしたことも会ったこともない、ということになる。

ところが、この三氏の江藤論に唸った。会ったことのない人、話したことのない人のことを書いた文章なのに、その江藤像は、実に生き生きしている。

たとえば、田中氏は江藤さんの『考えるよろこび』（講談社文芸文庫）の解説で、

「わたしが文学作品を研究的に読むようになったのは、志望していた文学部ではなく経済学部に通う大学生になった、一九九〇年代中ごろである。そうしてわたしは当時の文芸評論における最新潮流だった、フランス構造主義以降の現代思想から強い影響を受けたポストモダン派の批評を入口にして研究的な読み方を身につけたので、かなり懐疑的ではあるがいまでも基本的にはテクスト論者である。

それはつまり、ロラン・バルトやミシェル・フーコーが一九六〇年代末に主張した『作者の死』を受け入れ、文学作品を作者から切り離されたテクストとして読むということである。そのせいと言っていいのかどうかわからないが、一九九九年に亡くなった江藤淳について一冊分以上の文章を書いていたのに、しばらくわたしはその講演録や対談集をあまり真剣に読まなかった。」

と書いている。

この田中氏の立場は、「マンスフィールド覚書『園遊会』をめぐって」で江藤さんが語った「面白い本を読めば、これを書いた人間が、どこに住み、どんな暮しをし、何で食っていたかということを知りたがらぬ読者はあまりいない」ということとは異なる。

批評家と〈平凡な読者〉とでは本の読み方がちがうといってしまえばそれまでだが、江藤さんはテクスト論に疑問を抱いていたようだ。川村湊氏を聞き手とする「昭和の時評をめぐって」（『すば

る』平成二年三月号、『言葉と沈黙』所収）で、江藤さんは、

「なぜ、テクストであると言うんだろう。そのほうが恰好いいからですか？（略）しかし、文学というものが、人あるいは時代に対する生々しい関心から完全に解き放たれたことがかつてあっただろうか？　文学をテクストとしてしか読まないというのは、そもそも『文学は人や時代に対する関心から解き放たれなければならない』という、ある要請というか、イデオロギーというか、哲学的立脚点があるからでしょう。（略）すると、小説家も小説を書くんじゃなくて、テクストをつくるんですか。例えば、島田雅彦とか村上春樹という人たちは、小説を書いているんですか、それともテクストをつくっているんですか？」

と、かなり激している。

田中氏は、テクストとしての書き言葉から出発して江藤淳像を作ってきた。だが、「厳密に言えばその『江藤淳』像と江藤淳が書いた作品には深いかかわりがあるが、現実に生きた江藤淳自身とはほとんどなんの関係もないつもりだった。」（『考えるよろこび』「解説」）そのつもりだったのに、江藤さんの対談や肉声が記録されたものを紐解いていくと、驚くほど新鮮な言葉に出会った、と書く。

田中氏の解説には、「テクスト論を無効にする精神の軌跡」というタイトルがつけられている。たしかに、田中氏はテクスト論者ではあろうが、なにやら、江藤淳のとりこになっているようにも見える。

これが、江藤さんという「人」とその結果としての「作品」が持つ魅力である。三氏の評論、しかも江藤さんを直接知らないこの三氏の江藤論は、きわめて具体的な江藤像を浮かび上がらせる。

勉強が届かず、さきに列挙した以外の批評家や作家や研究者の方々の名前をあげられないのは残念なことだが、江藤さんを肯定するにせよ否定するにせよ、江藤淳論は、いっときは華やかだった。しかし、没後すでに十五年の歳月が流れた。もう誰も振り返らない。吉本氏がいうように、いまでも、江藤さんは「もう一度全面的に捉え直される人」たりうるのだろうか。

江藤さんは忘れられてしまった批評家なのか。

本意でない部分でなら、人々は、時折、江藤さんを思い出す。江藤さんが生きていたら、「安倍首相をバックアップしただろう」、あるいは「世の中の保守的風潮を歓迎したにちがいない」といったたぐいの連想だ。

江藤さんは、保守主義者ではあったが、一直線に安倍政権万歳を唱える人ではない。いま安倍首相を評価する作家や批評家の文章と江藤さんのそれを読みくらべてほしい。あまりの質の違い。江藤さんは、読者の方で読んでいて顔が赤くなるような文章を書く人ではない。江藤淳だから保守、保守だから安倍首相支持などという、単純な論法は成り立つはずがない。

憲法論ひとつとっても、江藤さんは、憲法第九条二項の最後のくだり、「国の交戦権は、これを認めない」が〈主権制限条項〉であるとして、世の憲法学者を相手に堂々の論陣を張ってきた

(『一九四六年憲法―その拘束』)。徒手空拳で無謀にも、専門家や戦後知識人に立ち向かった江藤さんは、改憲論者であったのはもちろんだが、覚悟なしに雰囲気としてだけの改憲を掲げていくことには反対していた。

吉本氏との対談集『文学と非文学の倫理』のなかで、江藤さんはいう。

「保守とか進歩とかは他人の主張であって、私にはどうでもいいことのような気がする。そういうことは分類にすぎないのですから、それにとらわれるのは、実にバカバカしいことでね。」

僭越にも私は、江藤さんは私にとって好ましい存在であった、と述べてきた。そういう私が江藤淳を読み直し新たな像を切り結んだところで、その像は歪んでいるかもしれない。まして、担当をしていたとき、つまり江藤さんを目の当たりにしていたときに、私が江藤さんを理解していたとはいえない。江藤さんがどんな思想の人であったろうかなどと、仕事という場を通して考えたこともなかった。文藝春秋や他社の文芸編集者の誰それを思い起こしても、彼らと私とでは江藤さんへの印象の持ち方が全然ちがうように感じられる。私は、担当者として単にその実務をそつなくこなしていくのに精一杯だった。

〈変節漢〉というイメージ

が、それでも、新年広告で見た『丸谷才一全集』今秋刊行開始という文字から受けたショックは大きかった。

あの日以来の月日を、「うつらうつら」とではあったが、江藤さんの文章および、作家、批評家諸氏の江藤論をながめて続けてきた。

直接江藤さんを知らなくても頭を垂れるしかない江藤論を書く人がいる。この顰にならえば、その著作を連続して読んでいけば、私にも私なりの江藤像がとらまえることができるかもしれない。江藤さんと吉本隆明氏の対談集『文学と非文学の倫理』は、その立場やイデオロギーはちがっていただろうに、ふたりの間には同じ種類の体液が流れ、気質が合うというのだろうか、会話は同心円をえがくように進んでいく。

時に、

「吉本　最近の江藤さんの仕事（敗戦・占領・検閲などを問う仕事―引用者註）を見て、（略）極端に言えば、江藤さんのモチーフがぼくにはどうもよくわからないのですよ。つまり江藤淳ともあろう人が、日本の知識人流にいえば、こんなつまらんことにどうしてエネルギーを割くんだろう、という疑問があるんですよ。（略）

江藤　うかがっていて、吉本さんもずいぶん楽観的だなと思いましたね。（略）わたしはこれが文学だからやっているんですよ。そうでなければこんなに身を入れてやりはしませんよ。（略）」（傍点は原文）

というきつい応酬がある。だが、そこには親和力が働いている。

江藤さんが、

「吉本さんとは不思議なご縁で、違うけれどもグルッと回ると一致するという定評があるようで」(同)というと、吉本氏も、この対談集のなかで、二度ほど「(江藤さんとは)グルリと一まわりばかり違って一致しているような感じがする」という趣旨のことを述べる。

私は私なりに江藤さんとの間に親和力が働いてくれれば、と願っている。感性と理性のありかたからいって無理というものではあっても、できれば、江藤さんのまわりをグルッと一まわりできたらいい。

その吉本氏の『吉本隆明全集』の刊行が始まった。三十八巻プラス別巻が、七年の歳月をかけて刊行される予定で、出版社(晶文社)は社運を賭ける、という。

吉本氏は、「丸山真男論」のなかで、いう。

「(丸山は、)わたしたちのあいだで『学者』と称するものが、箸にも棒にもかからぬ連中で、たゆみない実証的な探索のはてに、事物の像《イメージ》がおのずからうきあがってくるのを待ちきれず、文献のなかに小さく挫折するか、あるいは素人にも容易く手に入る知識をかきあつめて、ひとかどの学者づらをしているジャーナリストにすぎないことを知りつくしている。」

私が形作ろうとする江藤像は、吉本氏のいうように、活字になっている江藤さんの文章と批評家諸氏の手になる江藤論の数々に拠るしかない。すべて、書店と古本屋と図書館で容易く手にとれるものばかりだ。そうした資料に、私が実際にお会いし、感じとった江藤さんのイメージを重ねながら、江藤さんを見つけようとしているにすぎない。

私の論は〈ジャーナリストにすぎない〉どころの話ではない、浅薄そのものである。

私は「実感的作家論」とでもいうのだろうか、この作家とは生前編集者としてこういう交流があった、そしてこんなエピソードがあった、と思い出風に書く編集者による作家論が苦手だ。同時代の作家について書いたものにことにそれを感ずる。死んでしまって、何の反論も感想も述べることのできない作家を、「ああだった、こうだった」と文芸編集者は書いていく。たとえ、作家研究、文壇史研究の上では貴重だとする意見があろうとも、これはルールを外れているような気がする。

同時代の作家を書くのなら、編集者は対象が生きているうちに書くべきではないのか。相手が亡くなってから書くのなら、その人の人間如何をはなれて、作品本意の作家像を伝えるべきだ、と思うのは、非文芸系人間からの、しろうとの意見なのだろうか。

現代作家も歴史上の作家も、取り上げるのなら同じ手法を採用すべきである。

尊敬する文藝春秋の先輩から若いころ、

「編集者は仕事の上で知ったことを書いてはいけない。物書きの人となりについてもそうだ。そういう感想は墓場までもっていきなさい。書くのなら新たな勉強と知識にもとづいてというのが、編集という仕事に関係した者の最低のモラルだ。あの人の本当の姿はこうだった、などと書く、月給泥棒的な行為は恥ずべきことだ、と思いなさい。」

といわれたことがある。その通りだ、と今でも思っている。

物書きは、仕事の上だけのつきあいであるはずの編集者の前で、ポロリと思わぬことを洩らすことがある。それがプライバシーにわたっている場合もある。縁薄い担当者ではあったが、江藤さんとて、それは例外ではなかった。物書きと編集者とのあいだには、〈職業的秘密〉とでも呼ぶべきものがある。

江藤さんは、山川方夫氏がいっとき働いていた編集部（『三田文学』ではない）の上司でのちの有名作家が、山川氏の死後、モデル小説を書いたことに触れて、こう書いている。

「善意をもって対している人間に、悪意をもって報いる人間がいてもいたしかたない。しかし死後その人間への悪意を公表する必要は少しもない。死者に対する礼を失しているとはいわない。死者を公然と批判できる者は、生前彼を公然と批判し得た者に限られるべきである。」（「山川方夫と私」）

こう書き写していくと、そういうおまえこそその轍を踏んでいるではないか。江藤さんの没後に、自分の経験を下敷きとし、恣意的な江藤像を形作ろうとしているではないのか。まさに忸怩たる思いがある。

私が感じていた江藤さんとはあまりにちがうイメージが、江藤さん本人をはなれてひとり歩きしている。文壇に棲む人々がどんな江藤像をつくろうと、それは仕方ないことである。しかし、普通の、しかも文芸担当でなかった編集者が、できるだけ素直な目を持とうとしながら江藤さんを見たらどうだろうか。

江藤さんを批判的にみる人の目からは、私がこういうと、「それこそが偏見である」ということだろう。しかし、そういう人には、江藤さんがもっていた過激な部分、物事を根本的にとらえようとしていた部分が多分見えてはいないにちがいない。

江藤さんは亡くなっている。何度もいうが、江藤さんの場合だけではなく誰に対してもそうだが、その人となりや人間を、没後展開するのは正しい行為とはいえない。

たとえ、その人を好意一方で取りあげようとするときでも同じ心理的拘束下にある。貶そうが褒めようが、泉下の人は感想をのべることができない。よし、満腔の好意をもって書いたつもりでも、その人にとって、「それはちがう。迷惑だ」という異議が生ずることは当然ありうる。

粕谷一希氏に『作家が死ぬと時代が変わる——戦後日本と雑誌ジャーナリズム』という本がある。『中央公論』名編集長として名を馳せた粕谷氏は、この本のなかで、江藤さんときわめて親しかったと書いている。しかし、江藤さんが「フォニー論」を書き、それに編集長だった粕谷氏が「反フォニー論」を企画し、さらに江藤さんが粕谷氏をユダに譬えた「ユダの季節」を書くに至って、両者の関係は決定的に悪くなり、粕谷氏は、「江藤淳という人は、親しくなればなるほど、相手に対して猜疑心が強くなる人だった。(略)彼は、人間関係である一定以上の距離に踏み込むと、必ず反発してしまう人だった」(『作家が死ぬと時代が変わる』)と書く。

粕谷氏の月旦評をなるほどとは思う。

江藤さんが近しく感じられるのは、たぶん私が、粕谷氏のいうように、江藤さんの利害の外側にいた人間だからだろう。

粕谷氏は、高校の先輩である。『文藝春秋』の名編集長だった池島信平氏も同じ高校の先輩だった。学生の頃、このおふたりが先輩であることを誇りに感じていた。粕谷氏には、文藝春秋に入社してから中央公論や新潮社の友人たちと一緒に何度もご馳走になった。「もっと勉強しなければだめじゃないか」と頭をたたかれたこともあった。粕谷氏は酔うと頭をたたく癖があった。

病に倒れるまえの粕谷氏に、「僕の最後の仕事は、わが母校、(東京)府立五中の初代校長伊藤長七の伝記を書くことだ。この稀有な教育者のことを書くから、君のところ(日本経済新聞出版社)で出してくれ」といわれ、快諾していた。何度も何度もこのことをいわれた。尊敬してやまない粕谷氏だが、同書で、「あとになって解ってきたことだが、彼(江藤さん―引用者註)はかなり強度の躁鬱症があり、対人関係でも、一定以上親密になり過ぎた人々と次々にうまくいかなくなる傾向があるようであった」と書いているところがわからない。

『作家は行動する』に出会ったころ

江藤さんの著作に初めて接したのは、高校二年のときだった。昭和三十五年のことだった。私は、前年、郡部の中学校から都内の高校に進んでいた。地元の高校に通ってもよかった。そこで中学時代に熱中していた野球をつづけるよう熱心に誘われていたから、そういう選択もあった。

だが、野球だけの高校生活ではつまらないのではないか、という感覚にとらわれた。中学三年の秋も深まったころ、私は担任の先生に相談しながら、越境入学するための寄留先を探しはじめた。

幸い、この問題は解決し、当時、東大入学者数では日比谷高校には及ばないが、全国有数という都立高校に潜りこむことができた。図書館も大きな本屋さんもないまちを出て、都会のいわゆる秀才なるものを目の当たりにしてみたかった。

この高校は、旧制中学以来の伝統をそのままに、三年間クラス替えがなかった。同学年同士が親しくなるというより、A組ならA組という縦割りのクラス単位で、三年生から一年生までが運動会等の際一緒に行動するという不思議なシステムをとっていた。たしかに、勉強のできる頭のいい生徒はいた。

昭和三十五年は、六〇年安保の年である。

二年生ながら、五月には、クラスから何人もが国会へのデモに参加していた。朝、学校に行くと教室には人だかりがしていて、その真んなかには、ズボンをまくって、「きのう、おまわりに圧されてけがをした。痛くてしょうがない」と青あざが浮かぶ脛を見せる級友がいた。

学校全体が騒然としていた。三年生のなかには激しい行動をする人たちがいた。昼休みの校庭で「国会に行こう。安保反対のデモに参加しよう!」とアジ演説を飛ばしていた。

私は自宅が遠く通学に時間がかかるし、せっかく入学してみたもののこの学校になじめないものを感じていたから、ノンポリもいいところだった。

新安保条約が自然成立し、高校生にとっての政治の季節も一応終わった。秋になると、三年生たちは受験勉強に精を出していた。

この高校には、長い歴史をもつ校内誌があった。その編集委員である二年生のひとりが、「三年生はひどいなあ。安保についての原稿を依頼したら、受験勉強で忙しい、時間がないから原稿など書けない、と断ってきた。春には、あんなに安保、安保と騒いでいたのに、いったいあの人たちはなんなのだろう?」と嘆いている、という話が伝わってきた。

安保反対闘争に熱心だった三年生の中心にいた人たちの多くは現役で東大に入っていった、と翌春になってから聞いた。

西部邁氏に『六〇年安保――センチメンタル・ジャーニー』という本がある。ブント(共産主義者同盟)の一員として全学連主流派を率いた体験をふりかえったものだが、あとがきに「六〇年をめぐる事柄は私が大人になるためのイニシエーションであった」とあるように、この本は、西部氏にとって再生の書であるとともに、六〇年安保を考える際の必須の書である。この本に、次のような一節がある。

「総じていえば、六〇年安保闘争は安保反対の闘争などではなかった。闘争参加者のほとんどが、指導者層の少からぬ部分をふくめて、新条約が国際政治および国際軍事に具体的にもたらすものについて無知であり、さらには無関心ですらあった。」

だとすれば、「安保反対と騒いだ後はさっさと受験勉強だ」と三年生が思ったとしても、不思議ではない。

級友にS君がいた。S君は、絵にかいたような「文学少年」だった。高校時代の私の読書体験は、すべて、彼に導かれてのものだった。スポーツに興じ、時々読書、あとはただ茫然と時間が流れるままに日々を送るという高校生活だったが、S君はまちがいなく私の師だった。S君は、大学卒業後編集者となり、ミステリーの世界では誰もが知る存在となった。

六〇年安保の騒擾が潮が引くようにしておさまったころ、「これ面白いよ」といって、S君が教えてくれたのが『作家は行動する』だった。

いくらノンポリといっても、この年は、私にも政治が近く感じられた。S君に質問を重ねながら、読み進んだ。わからなかった。むずかしかった。が、いつの間にか夢中になっていた。そして、子供心にこの作者は読んで響きがよい文章を書く、と思った。

この書が、小林秀雄と志賀直哉を論難したものだと理解したのは、後年になってからのことだ。高校生の私は、サルトルや大江健三郎や石原慎太郎など当時の高校生なら誰でも知っている人々のなかに、突然、山中とコンラッズという日豪の水泳中・長距離の有名選手を登場させて、〈文体〉を説明するのに喝采した。

いま考えるに、

「この場合文体は水泳選手がのこしていく水脈のようなものだといってもよい。彼が千五百メートルのゴールにはいり、停止した瞬間に、彼の持続は遮断され、その主体的な時間はストップ・ウォッチのなかにとじこめられる。翌日の朝刊でこのレースの記事を読む者には、この外在化された非人間的な時間があたえられるにすぎない。だが、プール・サイドの観衆たちはこのとき、外在化された時間ではなく、山中の主体的な時間をめのまえに見ている。正確にいえば彼の行動に参加して、彼とともに持続をつくりだしながら泳いでいる。このとき彼らは時間の『わな』から解放され、ひとつの充実した持続のなかにいる。それが水泳のレースを観ているとき、われわれが昂奮し、昂揚を感じる最大の理由である。」(『作家は行動する』、傍点は原文)

という、むずかしくてもサルトルばりの表現に感動していたにちがいない。

なぜなら、その時、大学を出たら新聞社に入り、年がら年中、水泳でも野球でもじかに観て〈文体〉を追体験してやるぞ、と思ったりしていたからである。現実の新聞には江藤さんがいう文体論的表現に気を配る記事など見つけることはできなかったが、記者志望はかなり本気だった。

こんなことは、生前の江藤さんには話していない。『作家は行動する』を読んで、高校時代の私は将来スポーツ記者になろうとしていました、と打ち明けたら、江藤さんはなんといっただろうか。

柄谷行人氏は、「『作家は行動する』は、いかにも男性的で雄壮で行動的な書物であるかにみえる。」(「江藤淳論―超越性への感覚」、『畏怖する人間』所収)という。もちろん、このすぐあとに「けれども、実はそれは病身で音楽に耽溺していた時期の氏を想わせる自閉性を示しているのであって、そこに欠けているのは substantial な外界である。」(同)と柄谷氏の江藤論は続くのであるが。

高校生の私が、江藤さんは隆々たる行動派の人と思っていたのは、間違いない。

さきに引用した川村湊氏を聞き手とする「昭和の時評をめぐって」のなかで、江藤さんは文芸時評をする心がけとして「狭い意味での文学読者以上の読者を文学の世界に取り込み、関心を振り向けるようにするということがあったような気がする。(略)『作家は行動する』とかなんとか言って、一本調子な物差しを振り回していただけでは通らない」といい、『作家は行動する』を自ら否定するような言い方をしている。

『作家は行動する』のなかで、のちに関係が悪化する埴谷雄高氏や大岡昇平氏を最大限に評価しているために、江藤氏は、こういったのだろう。どんな自己評価を江藤さんが試みようと、高校二年の秋、むずかしい、わからない、といいながらS君と読み続けた『作家は行動する』は、私にとってはかけがえのない本である。

江藤さんにとって、こうした発言はきわめて珍しい部類にはいる。事実、『作家は行動する』についてのこの感想を除いて、江藤さんが自分の作品について、前言訂正的、自己否定的な発言をすることはない。

『小林秀雄』を書いた際の「昭和三十三年秋に、文体論を書き上げた直後、私は小林秀雄氏に対して不公正な態度をとっているのではないかという疑いに、突然とりつかれた」(『小林秀雄』あとがき)という有名な言葉があるが、この言葉は、反省ではあっても、自己否定のそれではない。

自己の判断力への「自信」

講談社文芸文庫版『作家は行動する』の大久保喬樹氏の「戦後批評文学の青春」と題する解説は、心に響いた。

『夏目漱石』にはじまって、『作家は行動する』から『小林秀雄』、『アメリカと私』を経て、『成熟と喪失』、『漱石とその時代』にいたる江藤さんの軌跡が短い枚数にまとめられている。この解説のなかで、大久保氏は、

「ある時、一言ぽつりと江藤さんがもらした言葉が私は忘れられない。私が友人たちとなにか呑気な旅行でもしたというような話をしていた時だったと思う、ふと江藤さんは言ったのである。『君たちは代助みたいだね』。言うまでもなく、代助とは漱石が明治四二年に発表した『それから』の主人公である。日露戦争後、ようやく一息ついてそれなりのゆとりもでてきた当時の日本社会を背景に、父親たちが刻苦勉励して築きあげてきた蓄積を素知らぬ顔で享受してぬくぬくと趣味三昧の暮らしをおくる高等遊民、（略）この青年に、（略）私たちの世代が重なってみえたのだろう。この寸鉄のような一言は、さすがにぼんやり者の私にも心の奥底まで響いた。」

と書く。大久保氏には東工大の江藤研究室で一、二度お目にかかったことがある。大久保氏の文章に、江藤さんの日頃の風姿が彷彿とする。

江藤さんは、他人を書いても他人に書かれても、忘れがたいイメージを残す人だ。

『三田文学』に文壇デビュー作の『夏目漱石』を書くようすすめたのは山川方夫氏だったが、山川氏が自動車事故で急逝した夜のことを、江藤さんは、のちに書く。

「私は山川の個人的な生活をほとんど知らず、あえて知ろうともしなかった。私たちはしめし合わせでもしたようにそういうつきあいかたをして、十年間文学仲間として、友人としていっしょに

やって来た。しかしそのとき私は痛いように感じていた。山川方夫という男がどれほど深く自分のなかにはいり、その不可欠の一部分になっていたかということを。癒しがたい喪失感が胸を噛んだ。山川といっしょに私の青春というものが、それに賭けたなにものかが、いま奪われて行く。なぜだ、なぜだ？

声をはなって泣きながら、私はやはり山川方夫をよく知っていたのだということに気がつきはじめていた。私が彼をよく知っていたように、彼も私をよく知ってくれていた。」（「山川方夫と私」、『山川方夫全集5』「解説」）

江藤さんが三十七歳のときに書いた文章である。その山川氏の江藤さん評は、というと、「江藤淳の文章は論理的で、明晰である、とよくいわれる。どうやら、それがもっぱらの評価らしい。だが、正直にいって、彼の文章の中には晦渋な用語や非論理がいくつもかくれているし、語の定義が変化してしまっている例もかなりあるのだ。（略）

正確には彼において明晰なのは文章ではないのである。彼において、明晰なのはつねに目的意識である。（略）タフ・ガイ扱いされるのにいくらか照れてもいるが、でも、そのためにも彼はまだ精力的な仕事をつづけねばならぬのを覚悟しているようだ。」（『山川方夫全集5』所収）

となる。山川氏は親しみをこめてはいるが、江藤さんをよく見ている。やんちゃ坊主と突き放すような書きぶりである。江藤さんを「タフ・ガイ」扱いもしている。

菊池寛賞を「日本文学研究者を育成」という理由で受賞しているエドウィン・マクレラン・イェ

ール大学教授（当時）は、江藤さんを「開けっぱなし」の人と、評する。

「私が江藤淳に初めて会って以来、もう十年近くなります。（略）ある意味で、江藤淳自身、プリンストンでの客人でした。けれど、私の見方からすれば、彼はあるじ役の一人でした。そして、彼ほど、人を手厚くもてなす、親しみ深いあるじ役はなさそうです。当時彼が私に印象づけたことは、その開けっぱなしのところでした。それ以来ずっと、彼のこの性質を、私は賞讃しつづけています。それはやみくもな仲間づき合いといったものではありません。彼は識別力のあるひとです。むしろ、この開けっぱなしの性質は、私の考えでは、彼が防御の構えをしないことを、本質的に表わしているものでしょう。それは自己の判断力に対する卓越した自信から生ずるものであり、彼が外側に隔壁を設けてその蔭にかくれるような必要がないという確信から来るものです。」（『江藤淳著作集続2』月報、福田陸太郎訳）

このマクレラン教授の江藤観は、注目に値する。『江藤淳著作集続2』は昭和四十八年三月に刊行されている。だから、教授のこの文章その少し前に書かれたものだろう。

なぜ、注目に値するのか。

この時からまもなく、江藤さんは学位論文「漱石とアーサー王傳説――『薤露行』の比較文学的研究」をめぐって大岡昇平氏との応酬、本多秋五氏と「無条件降伏」論争、さらに「一九四六年憲法」、「占領期と検閲」問題に突入していく。先輩作家、批評家、専門分野の学者たちに論戦を挑み、しかも、過激になっていく。年輪を重ねるにしたがってどんどん過激になっていく。こういうタイプの人は珍しいのではないだろうか。

そんな江藤さんを、「彼は開けっぱなしの性質で、防御の構えをしない」、「自己の判断力に対する卓越した自信」がある人だ、と見抜いていたマクレラン教授の人間洞察には驚かざるをえない。論争の人、という江藤さんが持つ一面をとうの昔に、しかも知りあって間もないころに、この外国人は察知していたのだ。

柄谷行人氏の「江藤淳論─超越性への感覚」は、「氏の文章がわれわれにやすらぎを与える」とあるように、江藤さんへの信頼に満ちた批評である。柄谷氏は、この批評のなかで、江藤さん自身が書いた年譜、

「昭和二十九年（一九五四）二十一歳、四月、英文科に進む。（略）六月、ある朝喀血し、愕然とする。結核の再発なり。義母は依然として病床にありしため、ふたたび家に二人の病人ある状態となり、暗澹たる心境となる。『文学的』なものへの嫌悪生ず。最も辛き夏を送る。九月、父高熱を発し、病臥すること数旬、ついに家に三人の病人ある状態となる。ひそかに父亡き後のことを考える。しかし、安静度三度にて起つ能わず、切歯扼腕《せっしやくわん》す。仕方なく天井を眺め、耐える。洋書のほかは何も読まず。十一月、『Pureté』第三号に『マンスフィールド覚書補遺』を書く。この療養中に一転機を得る。（略）」

に注目して、

「この記述が感じさせるのは、いわば『旺盛《おうせい》な生活欲』（『夏目漱石』）であって、『人生に意味があ

ろうがなかろうが、私はとにかく生きていかねばならなかった』(『文学と私』)とか、「堀(辰雄)式に生きていると病気が治らないことがわかった(「『星陵』と私」)といった言葉は、ほとんど菊池寛を想わせる。」

と書く。

江藤さん自身も、『決定版夏目漱石』(第二部第九章「『明暗』それに続くもの」)で、菊池寛について、「一方、『倫理的にしてはじめて文学的なり』という意味のことをいった漱石と同様、『文芸作品の内容的価値』で、

《文芸は経国の大事、私はそんな風に考へたい。生活第一、芸術第二》

と断じた菊池寛は、師の旺盛な生活力を共有していた。しかし漱石が拙劣な生活者であったのに、菊池はあまりにも巧妙かつ自在な生活者であった。彼においては、すべてが日常的な次元で解決出来た。あまりに強靭な知性の持主であった。この天才的作家は、自らの孤独をも、賢明に物質的次元で解決出来たのである。」

と表現している。

柄谷氏が明察したように、江藤さんは菊池寛に自らを仮託したくて仕方がない。「自らの孤独をも、賢明に物質的次元で解決出来たのである」という部分を含めてである。

昭和二十九年という年は、プロ野球では中日ドラゴンズが西鉄ライオンズを破って日本一となった年である。安静度三の結核で病臥に伏して「洋書のほかは何も読まず」という江藤さんだが、

「私は過去三十二年間文芸時評を書いているが、中日ファンとなったのは、昭和二十九年のことなのでそれよりさらに一年まえのことになる。当時の私を魅了したのは杉下の魔球、フォークボールだった。」（『東京中日スポーツ』連載「セブンアイ・強運に賭ける」、『渚ホテルの朝食』所収）

という一文がある。

年譜の「『文学的』なものへの嫌悪生ず」という記述の一方、明るい方向を見ようとする気力が当時の江藤さんにあったことは間違いなく、杉下茂投手の快投ぶりをラジオで聴いていたことを幾度となく聞かされた。私は、小学生ながら対する西鉄の豊田泰光遊撃手のプレーに手に汗を握っていたから、この日本シリーズの話を江藤さんとよくした。

私は、元巨人軍監督の川上哲治氏の知遇を幸いにも得た。しろうとの私にも、川上氏はいやがることなく何度も野球の話をしてくれた。杉下投手のフォークボールについて、「打者の目から見て生涯でいちばんと思ったのが、あのフォークだ。ボールがこつぜんとしてホームプレートの上から消えてしまう。あの時代にあのままメジャーにいったとしても十二分に通用した」と語ってくれたが、その話をすると、江藤さんは、「ぼくもそう思っていたよ」といっぱしの野球通みたいなことをいった。

山川氏、マクレラン教授、柄谷氏の江藤像の中心には、「タフ・ガイ」、「開けっぱなしで防御の構えをしない性質」、「自己の判断力に対する卓越した自信」、「旺盛な生活力」をそなえた人という、いかにも積極的な、といってもいい部分がある。

孤独者の「親切」

平成元年のことである。秋の一日、私は江藤さんを軽井沢の別荘に訪ねていた。バイクの音がして「速達です」という声が聞こえた。江藤さんは、玄関から居間に戻ってくると、「岩波の試験に受かったよ」という。何をおっしゃっているのだろう、といぶかしく思っていると、江藤さんは速達との赤い印が押された一枚の葉書を見せてくれた。

漱石の『倫敦塔　幻影の盾　他五篇』の文庫本に解説を書いたことへの岩波文庫編集部からの礼状だった。「原稿拝受。ありがとうございました」といった内容以上に、格別のことが書かれてあったという記憶はない。

この文庫本には、「薤露行」が収載されている。大岡昇平氏とのあいだで嫂登世をめぐって論争のきっかけとなった作品だ。

岩波書店に原稿を書くことなど江藤さんにはないことだから、思わず「岩波に受かった」という言葉が口をついたのだろうが、いま思えば、江藤さんは漱石と登世のこと、そして大岡氏から仕掛けられたにせよ「嫂登世論争」のやりとりをずっと考え続けていたにちがいない。

自筆年譜には、のちの本多秋五氏との「無条件降伏」論争については、「昭和五十三年八月、本多秋五とのあいだにいわゆる〝無条件降伏〟論争起る」とあるが、大岡氏との「嫂登世論争」には一行の記述もない。隠すことでかえって現れることもある。

文庫本を実際に手にしたとき江藤さんは、漱石の原文と比較して固有名詞の改変などが安直になされすぎているといい、この岩波文庫版には批判的だった。

「岩波に受かった」という口調が可笑しかった。「受かった」といいながら「受かるのは当然」といっているようにも感じた。江藤さんには不思議な気質が同居しているのではないか。江藤さんの言葉をまともに受けとって騙されてはいけないな、とその時思った。そう感じた機会は、また別にもあった。

『漱石とその時代―第四部』を上梓した時だった。

「おめでとうございます」と申しあげると、「本当に、面白かった？　単調で面白くないような気がする。なんだか自信がないな。ぼくはいつも自信がないのだ」と江藤さんはおっしゃった。

死を前にすること三年の平成八年であった。しかし、江藤さんほどの人が簡単に、「いつも自信がない」などと、なぜ私ごときにいったのだろうか。自信があるが故にかえって「自信がない」ということだってありうる。あるいは、私が文芸の門外漢であったために気を許したのだろうか。江藤さんが、その時々の気分に素直に応じる人だったことはまずまちがいない。

同じ理屈からいえば、文芸の世界でいわれるほど、江藤さんは倨傲で傲慢な人ではない。そんな例はいくらでもある。『三匹の蟹』を江藤さんに激賞された大庭みな子氏は、

「江藤さんと話していていちばん気持がよいのは旗幟鮮明だということである。違った立場でものを言うときでも、江藤さんの素直さはすがすがしく、相手とかみ合うことを決しておろそかにしない誠実さがある。これは彼が多くのことがらに敏感に反応できる力を持っているということらし

い。実を言えば、彼は私とはかなり違った立場をとっている人なので、彼は私のすべての点にケチをつけなければならない筈だと、私は心ひそかに思っているのだが、（略）必ずしもそうでないこともあり、そういうときは彼の複雑な屈折する哀しみに触れる気がする。（略）江藤さんの言葉の中に（略）『国家が自分をよぶ声があまりに力無いのをさびしく感じ』とかいうのがあるが、それをさびしく思う間はなかったと思う。国家は彼を必要としているし、むしろ彼にとって、多くの友人を拒否しなければならないさびしさを感ずることのほうが近いだろう。」（『江藤淳著作集続5』月報）

と書いている。

後半のパラグラフなど、江藤さんが自死した際に弔文として書かれたのではないかと錯覚してしまうほどだ。この『江藤淳著作集続5』は、昭和四十八年五月に第一刷が出ている。

日本文藝家協会の会議の後で、江藤さんと大庭氏が赤坂プリンスホテル旧館にあったナポレオンというクラシックなバーで杯を傾けているのを見かけることがあった。「谷神は死せず、これを玄牝と謂う」と老子のことなどを話題にのせていたのだろうか。それでいて、江藤さんは『三匹の蟹』をあれほど褒めながら、「大庭みな子氏『あいびき』（群像）は愚作である。」（「文芸時評」、「毎日新聞」」昭和四十五年三月二十八日夕刊、『全文芸時評』上巻所収）と一刀両断である。

古山高麗雄氏は、興味深い江藤像を紹介する。

古山氏は、遠山一行氏に『季刊藝術』の編集実務担当者として参加を請われたが、同じ同人である江藤さんとは面識がなかった。古くからの友人である安岡章太郎氏に相談すると、安岡氏は、「江藤と一緒にやるというのは、いいんじゃないか。江藤はいいところがあるからな、江藤とならいいんじゃないかな」（講談社版『現代の文学27江藤淳』「解説」）といった、という。のちの江藤さんと安岡氏の確執は、文芸編集者でなくとも知るところであったから、この安岡氏の発言は貴重だ。

これを受けて、古山氏は続ける。

「それまで私は、たぶん、江藤氏を単調に天才視し、高名文士風のイメージでとらえていたのである。ところが実際に会った江藤氏は、高名ではあったが文士風ではなかった。江藤氏は、スタイルやポーズなどにはまったく無縁な、いわゆる文士くささといったもののない、直截的でナチュラルな感じの人であった。しかし、そういう感じを生み出している江藤氏の健康な精神の意味を知るには、その後さらに時間がかかった。（略）

プリンストンから帰国した江藤氏は、自分の同一性《アイデンティティ》を保つために、異質の手つづきをしなければならなかった。そのことについては、『アメリカと私』の冒頭に書かれているが、江藤氏は、『日本的』粘着力で連結されている社会に帰ってきて、『快い距離』を愛する自分の同一性を保ったのである。（略）そうして江藤氏は、耐えることの意味を見いだしたはずである。『距離』のある人間関係は、冷淡を意味しない。それは、孤独の意味を知っているものどうしの間にもうけられた、思いやりであり、やさしさである。孤独者は相手の孤独に、不作法に踏み込まない思いやりを持っているのである。（略）

では、江藤氏の『親切』とは何だろうか? ここで、『親切』という言葉を使うとまぎれやすいかも知れないけれど、しかし、孤独の意味を知っている人には、粘着の上に示されるそれとは違った、もっと明快な『親切』があるはずである。やらずぶったくり、という言葉があるが、孤独者の『親切』は、与えて求めない『親切』である。江藤氏の『親切』には、それがある。お返しは、自分の行為にしか求めないのである。」(同)

トーンがなんと大庭氏のそれに似ていることか。これをそのまま自死の際の江藤さんへ弔意をあらわす文章として採用しても少しもおかしくない。この『現代の文学27江藤淳』は昭和四十七年(一九七二)三月の刊行だが、江藤さんが亡くなったのは、はるかのちの平成十一年(一九九九)のことである。

江藤さんが現役バリバリのころに草されたものであるにもかかわらず、これらの文章には胸を突かれる。もちろん、全集の月報や解説なるものは請われて寄稿するのだから、対象の欠点をあげつらってのものであろうはずはない。美点を一生懸命探して書いたと断言してもいいだろう。

しかし、そういうところを差し引いても、古山氏と大庭氏のみならず、マクレラン教授、さらに山川氏、柄谷氏、大久保氏が描いてみせる江藤像には、明るく健康的な面と孤独な面が同居している。江藤さんはたしかに不思議な人だ。

優しさという「自画像」

江藤さんの自画像はどうであったか。

「私はね、人間に好みがあるとすれば、その人がどのくらい柔らかい心を持っているかということ。たとえば吉本（隆明―引用者註）さんは、非常にこわい論争家ということになっている。世間でも僕も論争家のはしくれのように考えているらしい。しかし、僕は自分を論争家と思ったこともないし、あなた（吉本氏―引用者註）を論争家という理由で尊敬したこともない。あなたのお書きになったものには、しばしば共感するけれども、それはつまり、いがを一つむくとクリがあって、クリをもう一つむいてみると、ホクホクした実がある。そういう柔らかさがあなたの核心にあることを感じるからです。そういうものがほの見えるから信頼できる。」（「文学と思想」『文藝』昭和四十一年一月号、『文学と非文学の倫理』所収）

江藤さんのひとを評価する際のキーワードが「柔らかさ」ということがわかる。

「僕はただ単に常識から考えるのです。つまり、他人の苦痛が、どれだけわかるかということ。他人の苦痛がわからないから、医者や看護婦は的確な処理ができる。他人の苦痛は絶対にわからないから、家庭生活も可能なのでしょう。大江さんの『ヒロシマ・ノート』を見ると、作者が同情しうると考えているのが、たいへん傲慢なような感じがする。被爆者の苦労に対してです。あるいはこれを拡大して、ヴェトナム人民は戦争で苦労しているから助けてやろうと言いますね。それは結構だが、いったいわれわれにヴェトナム人民の苦労がどれだけわかりますか。わかるわけがないのですね。（略）そういうことは悲しいかな事実です。そういうふうに人間は生きているはずだと思う。ところが公的な問題になると、にわかに他人の苦労がわかるようなことを言うのはおかしいと思う。そんなばかなことがあるわけがない。」（同）

「僕は異常なものを見ているのが好きではないのです。人生は正常なものを見ているだけでもしばしば耐えがたいものだと思う。（略）

なにを好んでもう一つの異常なものを見て、ほら、これだこれだと騒ぎたてなければならないのか。異常なものを現に自分がもっている人間なら、それはなるべく騒がれたくないでしょう。戦争の傷あとを持った人間は、戦争のことは忘れたいだろうと思う。戦争の渦中にいる人間は、平和になりたいと思っているだろう。しかし他人が悲惨だ悲惨だといって騒ぎたてるのを好まないだろうと思う。そういうふうにして、われわれは日常を生きていると思う。（略）ところが自分の異常趣味とか、戦争に対する嗜好を、大義名分を立てて言うやつは、僕はほんとうに嫌いなんだな心の貧しさが。」（同）

江藤さんを単なる保守主義者とみるのは間違いであることが、これらの発言でわかる。

江藤さんには、大江健三郎氏についての「私の好敵手」（『エコノミスト』昭和四十一年一月四日号）というエッセイがある。（大江氏とは、このすぐのちに袂を分かつことになる。『群像』昭和四十三年新年号の対談「現代をどう生きるか」）

「（前略）そう敵が多くては、『好敵手』を探し出すにも手数がかかる道理である。それに、私は馬鹿正直で根が優しい人間なので、求めて他人を敵視したこともない。こちらが本心を吐露していると、自然に相手が敵にまわってくれるという仕掛けである。（略）

そこで、『好敵手』であるが、ここはひとまず世評に折り合って、大江健三郎とでもしておこうかと思う。大江と私とのつきあいは、彼が『死者の奢り』で文壇に出た直後だから、かれこれ十年近くになる。（略）しかし、ほんとうのことをいえば、近頃私は大江の書くものよりも、大江という人間にたまに逢って話をしているほうが好きになった。（略）大江がアメリカ旅行に出かける前、送別の意味で亀清（東京柳橋の老舗の料亭―引用者註）へ連れて行ったら、彼はにわかに夜店で買ったカエルの玩具をポケットからとり出して、若い芸者と遊びはじめた。（略）私は思わず『ああ、いいなあ』と感じ入り、そばにいた婆さん芸者に『あの先生、いくつに見える』と聞くと、彼女は『若先生？ 若先生は二十三か四でしょ』といった。『それじゃおれはどうだい』といったら、『先生は四十すぎてますすよ。決まってるじゃありませんか』とのたもうた。だが、本当は大江は三十歳で私は三十二である。大江が若くて私がくたびれているのは、もちろん批評が労多く益少ない仕事だからである。そういえば夜店で引いたおみくじには、大江は『社交的で人に好かれ出世する』とあり、私のは『馬鹿正直で筋を通すので人に憎まれる』とあった。」（傍点はいずれも引用者）

江藤さんの作品に関していえば、文芸批評より犬や旅や人との交流を綴った随筆を好む読者がいる。江藤さんは無類のエッセイストである。長々と引用したが、軽いタッチのなかに大江氏の素顔が描かれ、同時に江藤さんの自画像が浮かんでくる。

「馬鹿正直で根が優しい人間」というのが江藤さんなら、「日本と私」という作品に出てくる、父親への尋常ならざる反発、夫人をあざができるほど殴るといった狂気じみた江藤さんとは、いったい何なのだろうか。

小林秀雄氏について、江藤さんは書く。

「小林さんは、恐らくインテリが好きではなかったろうと思います。インテリというのは、どれくらい知恵があるかを鼻にかけ、外国語は幾つ出来る、マルクスは全部読んだとか、何とかいっている人たちでありますが、そういうインテリのインテリ性を、小林さんは結局、最後まで信用しておられなかったのではないか。小林さんが、人間評価の基準にしておられたものは、その人間の素朴な素直さであった。（略）

小林さんが亡くなったとき、新聞は、何千人の人がお通夜に訪れ、何万人の人が本葬に会するかわからないような扱いをいたしました。しかし、これは実に世を惑わすものでありまして、実は小林さんの友人と知己はきわめて少数だったのです。（略）

人の価値は棺をおおうて定まるといいますが、そのことをお通夜の晩に、そこに参集した少数の方々のお顔をじいっと見ているうちに私は卒然と悟りました。ああ、自分ももし小林さんの長寿を得て、小林さんのお年に至るまで、小林さんの十分の一か百分の一かは知らないにせよ、とにかく細々と仕事を続けて行けるとしたならば、棺をおおうたとき、私にこういう人たちがいてくれるだろうか、と私は考えました。いてほしいものだと思い、かついないのではないだろうか、とも思い

ました。」（「小林秀雄と私」、昭和五十八年六月十四日日本文化会議「月例懇談会」講演、『新編江藤淳文学集成2』所収）

なんとも率直な表現である。一歩間違えば、他を讃美すると見せかけて自らを高く売ろうとする、歯の浮くような修辞になりかねないのを、崖っぷちで踏みとどまっている。

小林氏の死に事よせて、江藤さんは自らの人間としてあるべき理想像を語っている。インテリ、論を立てる人、自己主張の人よりは、素朴で素直な人でありたい、と思っている。同時に、小林氏を理解したような少数の人すら自分にはいてほしいと願いながらも実は誰ひとりいないのかもしれない、という胸中をのぞかせる。

江藤さんは自分には敵が多く、心を許せる知己もほとんどいないということを自覚していた。

「教育者」としての江藤淳

江藤さんは、教育者であった、と東工大の同僚でもあった川嶋至氏は書く。

「文学者の江藤淳氏は、東京工業大学に一歩踏みこむやいなや、江頭淳夫教授に変身する。江藤がペンネームで、江頭が本名であることは、大方の読者もご承知であろうが、これを字面でみるのと耳で聞くとでは、大変違う。エガシラ教授とエトウ先生とでは、音の響きの印象がまるきり異なるのである。（略）

私の見るところ、江頭教授は真摯な研究の場である大学が好きなのであり、なにより可能性の芽である若い学生が好きなのだろうと思う。（略）漱石山房といって誤解が生じるのなら、松下村塾でも適塾でもいい。江頭教授は、学問を通じて師弟が対等に議論を交わして真理を追求していく関係を、もっとも理想的な人間関係のひとつと考えているのではないか。何年か前、講義には一度も出席せずに、単位不足に切羽つまったか、単位をねだりに江頭研究室の戸をたたいた学生がいた。そのときの江頭教授のすさまじい叱責の声は、廊下を通る私の足をすくませるに充分だった。」（『新編江藤淳文学集成4』月報）

大久保喬樹氏も、

「東工大で五年近く江藤さんの下で助手をつとめていた私が驚かされたのは、その教育に対する情熱だった。あれほど批評家として多忙であり、仕事の山積している人がわざわざ教職で貴重な時間を費やすのをもったいないとも、いぶかしいとも思う人は少なくないだろう。だが近くから接していて、私にはよく分かった。江藤さんは、あとからくる世代に、活字を通してだけではなく、肉声で、生身で、自分のもっているものを与え、分ちあいたいという止みがたい情熱につき動かされて教師をつづけているのである。」（『新編江藤淳文学集成5』月報）

と書く。

江藤さんは、教え子を可愛がったのは事実である。私自身、慶應大学教授時代の江藤さんから出版社に入りたいという学生を懇切な手紙とともに紹介されたことがある。

江藤さんがプリンストン大学で教鞭をとっていた時の教え子に、ビル・マクリーンという学生がいた。特に目立つ答案やレポートを書いたわけでも、活発な発言をしていたという学生でもない。卒業後、シカゴ大学に再び学び、ヴァージン・アイランド大学で生物学の教授となっていたビルから、「実は癌を病んで闘病生活を余儀なくされている。それにつけても、学生時代に日本文学史を習った江藤淳という先生は、今頃どこで何をしているだろうか。病気になってみると、その頃のことが頻りと思い出されてならないのだが、なかでも江藤先生の日本文学史は、自分にとって最も忘れ難いものだった。住所がわかれば是非御一報いただきたい。……」（「マクリーンの手紙」、『新潮』平成四年一月号、『言葉と沈黙』所収）という手紙がプリンストン大学から東工大に回送されてきた。

すでに慶應大学に移っていた江藤さんをビル夫妻が訪ねてきた。江藤さんの大歓待を喜んだビルからは、その翌年も訪日したいといってきた。返事を出しそびれているうちに江藤さんは腰を痛めて（かなり重いものだった）二か月余入院することになった。

退院して日常の生活に戻ったころ、江藤さんのもとにウイリアム・P・マクリーン氏から一通の書状が届いた。

「だが、それはあのビルからの手紙ではなかった。まったく同じ名前の彼の父親からの手紙で、十月十五日にビルが享年四十八で死んだことを告げたものだった。読むうちに、涙が溢れて来た。日米関係がなんだ、真珠湾五十周年がなんだ。ビル・マクリーンは私の学生だった。そして、ビルは死に、私は生きている。これが人生だ。人生だけが大切なのだ。」（同）

文壇で、〈転向者〉、〈変節漢〉、〈奇矯な人〉といわれ続けた江藤さんは、こういう文章が書ける人だ。まったく、山川氏へといい、小林氏へといい、ビル・マクリーン氏へといい、江藤さんが亡き人への思いを語る文章には哀切がある。なにも『妻と私』、『幼年時代』まで待つことはない。

古山氏がいうところの江藤さんという人が持つ、〈孤独者の親切〉なら、私もいただいたことがある。ほかの人とくらべればかなり長い編集長生活を終えて、私が社長室長になったときのことである。懇切な電話だった。

「こんど社長室長になるんですって? それはよかった。阿部伊勢守正弘という人物がいましたね。ペリーが来航した時の、三十を前にした若い老中です。阿部正弘は、このとき、譜代、外様、親藩とを問わず、直参の旗本、御家人にも、前代未聞の事件に対処するために建白書の提出を求めた。建白書を提出したなかに勝麟太郎がいて、彼に目をつけたのです。出版不況は深刻ですよ。それを脱するためには、文春の社員全員に出版社の将来について建白書を出せ、というべきでしょう。といっても、おたくの社員は後の出世や保身を考えて躊躇するだろうから、あなた自身が自分の考えをどんどん書いて、社長に提出なさい。社長には出過ぎるといやがられるかもしれない。でも、それでいいのです。そして、将来のために経営の勉強をしておきなさいよ。」

という趣旨の電話だった。

私立の活計

社長室長の後、私は、広告に異動となった。この時も、江藤さんから連絡をいただいた。

「広告に行くことはいいことです。この異動をことわってはいけない。出版社の経営が安定していなければ、物書きというものは安心して書けませんよ。失礼ながら、編集はあなたでなくてもつとまるかもしれない。けれど、編集を経験していながら広告もできるというのはあなたしかいない。ご健闘を祈ります。」

深刻な不況がすでに出版界を襲っているときだったが、広告部門はまだ出版社の売り上げの三分の一ほどを稼いでいた。広告こそスポンサーをまわり、さまざまな企画を提案し地道な営業を続けていけば、出版社に利益をもたらす利益率の大きい部門だった。〈旺盛な生活者〉である江藤さんは、自らの生活基盤のひとつである出版社の経営状態にも心を砕いていた。

しかし編集から広告や営業（販売）に異動して行くのを編集者は極度に嫌う。広告部員や営業部員の日頃の努力を見て見ぬふりをするのが、編集者の常だった。

スポンサーのもとに行っても、昨日までは編集者として丁重に扱われていたのが、今日広告部員として訪問してみれば、金を出す立場とそれを受けとる身というまことにはっきりした関係になる。たとえれば、タクシーに乗ろうとすると、編集者のときはスポンサーの人がドアを開けようとする。ところが、立場変わって広告部員となれば今度は、スポンサーが乗ろうとするタクシーの扉をこちらが開けようとするしぐさを（たとえしぐさであっても）、しなければならない。立ち位置が完全に逆転する。

編集から業務部門へと異動の内示があった瞬間から猛烈にごね、内示を拒否する社員が出てきたとしても、こうしたことを考えると当然である。役員という会社全体の経営を見るべき立場にある人も、我を忘れて抵抗した。そういう人を何人、何十人と見てきた。長年培ってきたプライドがひとつの異動でズタズタにされる。

業務部門への異動拒否は編集者にとって自らのプライドとレゾンデートルを賭けたたたかいなのである。そうしたプライドは押さえなさい、と江藤さんはアドバイスしてくださったのだろう。江藤さんが実務家であり実際家であるという面は、こうしたことにもあらわれている。

ロックフェラー財団の招きで渡米した早々江藤さんは夫人の急病で苦しむ。医者を探すことで苦しみ、また、支給される給費の些少なことに苦しむ。江藤さんは、財団から給費を増額してもらおうと決心する。

「私には、米国生活の機会をあたえてくれたロックフェラー財団を、あえて『失敬』と呼ぶ気持はない。しかし、夏目漱石の評伝を書いて批評家になった私は、留学中の金の不足が、精神にどんな悪影響を及ぼすものかをつぶさに知っている。財団の善意に応えるためにも、滞米をより効果的ならしめるような給費の増額を要求するのは、むしろ自然なことと思われた。貧乏暮しに歪められたひがんだ眼でアメリカを見るより、人並みな経済生活をして虚心にこの国の暮しを味わう方が、お互いにどれほど生産的か知れないからである。それに、金に守られていない人間の尊厳など脆いものだ。戦後の混乱のなかで育った私には、この不愉快な真理がいささか身に染みている。」（『アメリカと私』）

江藤さんは、経済生活の安定なしには人間としての尊厳も守れない、とずっと説いていたのだ。編集部門から社長室や広告部門に移った際に、わざわざいただいた忠告には、編集を去ったからといって私がみっともない姿をさらすことのないようにという江藤さん流の〈親切〉のほかに、出版社にとっての利益とは何か、経営とは何か、そして会社の安定がいかに社員の気持ちを安堵させるものであるかを考えなさい、という意味がこめられていたにちがいない。

江藤さんは、「私立の活計」をいう福沢諭吉の後継であった。

江藤さんは、まったく別なシチュエーションでだが、「作家とか文士とか評論家とか、偉そうな肩書きが付いても、みんな原稿料や講演の謝礼をもらって暮しているのです」と日本文藝家協会理事長の立場で述べている（「日本人の『正義』と『戦後民主主義』」、『文藝春秋』平成九年六月号）。

こうした生活第一主義を直截にいう江藤さんを軽蔑する人が文芸の方面にいたとしても当然である。喉から手が出るほど生活の安定を欲しているのに何食わぬ顔をするのが世間智だとすれば、文壇はそれに輪をかけたところではないか。

江藤さんは原稿料の多寡さえ話題にした。だから、江藤さんは嫌われる。

この日本文藝家協会とは、作家や批評家の著作権などの権益擁護のために菊池寛が中心となってつくった組織である。

文藝春秋の社員なら、「生活第一、芸術第二」という菊池寛の言葉の意味が十分わかっているだろう、という示唆が江藤さんにあったにちがいない。

父と子、そして祖父

江藤さんは、夫人を亡くしてから、愛妻物語である『妻と私』を書き、さらに『幼年時代』を書いた。『幼年時代』には、

「それにしても、何故家内がこの時期に、自分の若い頃の着物と私の生母の形見の着物の端裂を縫い合わせて、新しい鏡掛けを作って置こうという心境になったのかは、よくわからない。（略）私にとってかけがえのない二人の女が、いずれも私を残して先に逝かなければならないという運命のいたずらを、一枚の鏡掛けによって示そうとしていたのだろうか。（略）私には母の声はよく聴えない。四十一年半の歳月を一緒に暮した家内の声は、忘れようにとしても到底忘れることができないけれども、私には母の声のはっきりした記憶が喚び起せないのである。なんでもそれは明るい声で、落着いたメゾ・ソプラノだったような気がする。（略）六十年以上前、私が四歳のときに亡くなった母の記憶がおぼろげなのは、いかんともなしがたいことなのかも知れない。」（傍点引用者）

と妻と、幼くして亡くした母のことを書く。

『一族再会』の第一章「母」には、「私が母を亡くしたのは、四歳半のときである」（傍点引用者）とある。ところが、江藤さんの自筆年譜によれば、「昭和八年（一九三三）十二月二十五日」に誕生し、「昭和十二年（一九三七）、六月十六日、母廣子を喪う」とある。武藤康史氏が江藤さんの没後に指摘し、高澤秀次氏をはじめとする批評家諸氏が問題としたように、自筆年譜の記述をみれば、

江藤さんは満三歳半で母を亡くしたことになる。

四歳半か、四歳か、三歳半か、どれが正確なのか。高澤氏は、

「私たちはここで改めて、江藤淳の批評言語における『私』と『他者』の虚構的性格について、再検証を迫られているのではないのか。あるいは、文芸批評というジャンルにあって、『私』はどこまで虚構的な存在であり得るか、『他者』はどこまで虚構的な概念であり得るのかといった問題についても。そもそも詩人でも、小説家でもない批評家が、自らをここまで虚構化しなければならない必然とは何だったのか。」（『江藤淳―神話からの覚醒』）

と鋭い見解をのべる。

批評家には、自らの生年を偽る必要などないのかもしれない。

江藤さんの没後に刊行された『小林秀雄』、『作家は行動する』、『アメリカと私』、『考えるよろこび』（いずれも講談社文芸文庫）の巻末にある年譜（武藤康史氏編）では、母の没年月日は自筆年譜と同じであるが、江藤さんの生年は、「一九三二年（昭和七年）一二月二五日、生れる」とある。

この年譜から計算すれば、旧制湘南中学に病弱のため一年遅れで入学し、学年のうえでは石原慎太郎氏の一年後輩となったが、江藤さんと石原氏は同年齢ということになる。

自筆年譜にある昭和八年誕生説をとれば、江藤さんは石原氏の一歳下ということになる。

この年譜上のずれをどう解釈すべきか。石原氏は江藤さんとは同年生まれだといろいろなところでいっている。もちろん石原氏のほうが実は一年さばを読んでおり、実際は昭和八年生れだったと

いうこともありうるが、石原氏の選挙公報等を調べても、それは事実ではない。
となると、高澤氏の指摘はたしかに興趣深い。

『幼年時代』は、『文學界』に平成十一年に連載され、江藤さんの自死により二回目の原稿が絶筆となった作品だが、江藤さんは、この自伝とおぼしき作品に本名の江頭淳夫ではなく江上敦夫として登場する。

大塚英志氏は、『江藤淳と少女フェミニズム的戦後』の、それも冒頭の「序章―犬猫に根差した思想」のなかで、

「（略）後付けのようにしか聞いてもらえないだろうが、『幼年時代』の第一回目を読んでそれが『江藤淳』の自伝でも本名である『江頭淳夫』の自伝でもなく架空の『江上淳夫《ママ》』についての自伝であったことにまず困惑した。まったく関係のない連想かもしれないが梶原一騎の最後の劇画『男の星座』が梶原一騎のでも高森朝樹のものでもなく架空の人物『梶一太』を主人公とする『自伝』であったことを思いだしてちょっといやな気がした。梶原のように虚実を合わせ呑むように生きた人ならいざしらず、夫人を亡くしたばかりの江藤淳にそれは過酷な作業になるのではないか、と危惧せざるをえなかったのだ。」

と語っている。

後付けであろうとなかろうと、この指摘は慧眼である。

『幼年時代』からの文章を書き写していると、そこにそれまでの江藤さんの文章とはちがったも

のを私も感じる。

久世光彦氏は、「言ふなかれ、君よ別れを」（『文學界』平成十一年九月号、『美の死―ぼくの感傷的読書』所収）のなかで、「『幼年時代』の第一回を見て、私はほとんど安心した。江藤さんは背筋を伸ばし、落着いて脆い砂の上に立っていた」と書くが、私には、江藤さん独特の張りと響きが『幼年時代』の文章に欠けているような気がしてならない。

『一族再会』のはじめの第一章は、生母へささげたものである。こうして、江藤さんといえば、妻と生母のことを最期に書いて、自裁した人というイメージがついてまわる。

しかし、江藤さんは父のことをかぎりなく書いてきた。何人もの批評家諸氏がいうように、父のことを語らなければ国のことも理想とする治者のことを語ったことにならず、江藤さんは、これでもかこれでもかと念押しするように、父を語った。雄弁ではあるがあからさまなものだった。

「戦後と私」（『群像』昭和四十一年十月号、『新編江藤淳文学集成5』などに所収）は、「このあいだ久しぶりで父からもらった葉書に、二十数年ぶりでゴルフのコースに出たら少しもあたらなかった、と書いてあった」で始まり、「しかし私がこのこと（父と一緒にゴルフをやること―引用者註）を提案したら、父は『お前のようにいかがわしい職業の人間とゴルフをするのは真平だ』というかも知れない」と、ふたたびゴルフを媒介とした話で終わる。「戦後と私」とは、父物語なのである。

江藤さんは父親の姿を、

「父は大して出世もしなかった銀行員にすぎないが、私の今の年齢（この時、江藤さんは三十三歳―引用者註）には親譲りの家に住んでゴルフをしたり、謡をうなったり、薔薇をつくったりしていて、夏になると私を避暑につれて行った。」（「戦後と私」）

と書く。『一族再会』には、

「（しかし）海軍少将の次女である母が、海軍中将の長男で私大を首席で卒業した銀行員に嫁ぐというケースは、当時のいわゆる『良縁』のひとつと考えられたのであろう。」

とある。角度がすこし違っている。出自と家柄に誇りを感じている江藤さんがいる。柄谷行人氏は、

「江藤氏のラディカリズムは、そしてあらゆるラディカリズムというものは、『父』の失権と失意に対する憤激であり、そのため滅亡を願うような破壊的意志である、と。おそらく江藤氏のばあいには、海軍中将だった祖父と平凡な銀行員である父とのギャップのなかにラディカリズムの根があるといってよい。」（「江藤淳論―超越性への感覚」）

という。

江藤さんはその複雑な気持ちを「戦後と私」のなかで、吐露する。

「父が不幸であろうがなかろうが、どうでもいいということは私にはできない。というのは、私は国というものを父を通してしか考えることができないことに、近頃気がついたからである。（略）父は、銀行に勤めていて戦争には行かなかったし、（略）その半生が日本国家の消長と直結していたということはできない。しかし父の父、つまり私の祖父の生涯がある時期の日本の運命と直結

していたと考えるにはいくらかの理由がある。だが、大正二年に死んだこの祖父にも、私は父の記憶を通してしか肉感的なかたちで結びつくことはできないのである。」(「戦後と私」)

祖父江頭安太郎という誇り

祖父江頭安太郎は、江藤さんにとって、「祖父は森鷗外より五歳年少である。(略)明治天皇御大葬のときまでに祖父は中将に進んで軍務局長となり、勅任官総代として桃山御陵に供奉した」(同)と、誇ってあまりある人なのである。

祖父は「鷗外と同時代人である」という位置づけがあり、鷗外と同じく軍においても昇進を遂げた人物という、強烈な心理的位置づけがある。

年齢をいうのなら、江頭安太郎は漱石と同年の慶応三年生まれである(『先覚者小伝』による)。江藤さんと漱石との関係からいえば、むしろここは、「祖父は夏目漱石と同年の生まれであった」と、書いてもいいところではある。しかし、江藤さんは十回以上も読んだという『こゝろ』よりも『興津弥五右衛門の遺書』をとった。

江藤さんが並々ならぬプライドの持主であり、一方そうした気持ちを隠すことのない率直な人であることがわかる。こういう想像はできないだろうか。江藤さんは、一批評家であるより、病を得ることがなく大学入試にも成功していたら、官界や実業界に進み、いわゆる「立身出世」の道を歩み国家に献身する、といった選択もありえたのではないだろうか。

福田赳夫内閣の組閣の時、永田町に文部大臣は江藤淳かという憶測が流れたことがあった。この話を江藤さんは、「馬鹿な話ですよ」と一顧だにしなかったが。

戦争が終わったのは、自筆年譜では江藤さんが小学校五年生のときだった。

「戦前の日本で、自分が国家と無関係だと感じた子供はいない。しかし、私にとっては、それはある意味では祖父がつくったもののように感じられた。」（「戦後と私」、傍点は原文）

昭和二十三年の夏、「家運急激に傾き」（自筆年譜）ヴァイオリンの練習をやめた江藤さんの一家は、鎌倉の家を売り、東京の場末にあった父が勤めていた銀行の社宅に移った。社宅は、十二坪の住まいだった。

「ひとつの階層から他の階層に転落するということは辛いことである。」（同）

と江藤さんはいう。

「父はこの頃から身なりにあまりかまわなくなった。戦争中もゲートルをつけず、国防色を軽蔑し、敗戦の日もパナマ帽に白麻の背広という姿で勤めさきから帰ってきた父が、開衿シャツというものを着るようになったのは見るに耐えなかった。父の衰弱と失意は私には国家の衰弱と失意の反映のように感じられた。父が自分のなかの祖父をどう処理していたのかは知らない。（略）こういう父が戦後なにものも得ず、すべてを失いつづけなければならぬことは不当と思われた。そして『思想』を売って生活している文学者や大学教授が、高級な言葉で『良心』を論じながら繁昌しているのは不思議であった。」（同）

戦後知識人批判である。そういいながら江藤さんは、父と自分との距離感がつかめない。

「私は長男だが、昔ふうにいえば文筆業を開業したときに若隠居したつもりなので、家を継ぐ意志は少しもない。私がペンネームでものを書いているのは、もし父とその兄弟たちに『家名』を重んずる観念があったとしても、それに抵触しない用心のためである。」（「日本と私」）

江頭家の系譜は、江藤さんがこう表現するほど赫赫たるものである。

「要するに私は、アメリカの淋しい、冷たい生活――人と人とのあいだがはなれている暮しの、ちょっと酷薄な感じがきらいではなかった。だが、日本でそういう暮らしかたをしていると、なにかうしろめたい、悪いことをしているような感じになるのは、なぜだろうか。（略）それは結局、私のなかにまず血縁をうとましく思う感情があるせいにちがいない。それがなければ、私が福沢の教えに感激してとびついたはずはない。『私立の活計』とか『一身独立して一国の独立ある事』などという言葉が、戦後の語彙にまとわりついていた占領政策的な、GHQ的な、あるいはCIE的な臭みをともなわずに、しかも戦後流行した言葉以上の実質をそなえたものとして、光り輝いて見えたのは、それが私の血縁嫌悪を正当化してくれるものと感じられたからにちがいない。

つまり私がうしろめたさから逃れられないのは、私のなかに父を『拒否』しているという意識がひそんでいるからである。もしそうだとすれば、逆に『拒否』されている父のほうには、長男である私を『断念』しているというさみしさがあるにちがいない。」（同）

なんともやりきれない父子関係である。

江藤さんの胸中には出世した祖父と出世できなかった父への口惜しい思いが錯綜し、それが父をのぞみながら、父子関係を悪い方向へ悪い方向へと追いやっていく。

「アメリカ以前」と「アメリカ以後」

江藤さんは、アメリカから昭和三十九年の夏に帰ってきた。プリンストン時代に強く感じた欲求があった。

「日本文学史のなかに、〝近代以前〟と〝近代以後〟とに通底する、地下の水脈のようなものを探索してみたいという衝迫に、しきりに駆られていた。」(『近代以前』あとがき)

この衝動と呼ぶべき欲求を果たすべく「文学史に関するノート」(『近代以前』の旧のタイトル)を『文學界』に書き始める。

ところが、松本清張氏や一時は親しい関係にあった堀田善衛氏などの思わぬ方面からの批判があり、連載を中途半端な形で中止せざるをえなかった。松本氏の批判はともかく、辛辣をきわめたのが堀田氏の文芸時評「余裕なき批評への不満」(『文學界』昭和四十年九月号)だった。

小見出しに「原文より難解な解説文」とあり、堀田氏は論を進める。堀田氏の批判を読めば、この時代の江藤さんの孤立がいかにはなはだしいものであったかがわかる。

「江藤秀才によって、儒者藤原惺窩の、

《異域これわが国と風俗言語を異にすると雖も、其天賦《てんぷ》之理《のり》、いまだかつて同じからざるなし。

その同《どう》を忘れ、その異《い》を怪しみ、少しも欺詐漫罵《ぎさまんば》するなかれ。彼れかつこれを知らずといへども、われ豈にこれを知らずや。信を豚魚に及ぼし、機を海鷗に見る。惟《こ》れ天、偽《いつはり》を容れず、欽《つつし》んで我国俗を辱《はづかし》むべからず。もし他に仁人君子を見れば、すなはち父師のごとくにこれを敬ひ、以て其国の禁諱《きんき》を問ひ、其国の風教に従ふべし。》

ということばを教えられると、なるほど、と思い、そこにはいささかも、いわゆる違和感を感じることがない。（略）（だが）まことに困ったことに、三六〇年むかしの人である藤原惺窩のことばはすらすらと素直に納得出来るのに、（略）江藤氏自身の論説文がこれにつづくと、途端に一種の違和感が先を読み進もうとする私に、ガクンと歯止めをかけてしまう。（略）

だからといって江藤氏の文章にある一種の軽薄さ、あるいは性急さ、強引さといったものを批難する気はまったくないし、ここに賭けられているものが、ここでも江藤氏自身を含むわれわれ自身の、現代というものの成熟如何ということがらであろう、と納得する。氏はおそらく、短期間の米国留学中に、現代の日本がもつ、時間あるいは時期を無性にこまかく横にも縦にも割ってしまいたい、コマギレ化に向いたい性癖についてつくづくと考えられるところがあった。（略）

こういう文章文体で語られると、私のようなものは、一昨日読んだものを今日はもう書かねばならなかったか、などというあらぬ疑いを起しかねない。あまりあわてないで、氏が日本文学の『美しい屈折』のなかに十分に溺れ込みうるものとしたら、その喜びをもっと落着いた文体でゆっくりと語ってもらいたいものである。（略）

私としては、林秀才のことが、江藤秀才にとってわがことというほどのところまで思われているというところからの再論を、林秀才羅山のことをいくらか知るものとして望みたい。先を急がないでほしいものである。」

〈江藤秀才〉と揶揄し、ちくちくねちねち、ほとんどその人格まで否定しかねない皮肉まじりの批判である。

プリンストンから日本回帰の感情を抱いて帰国した江藤さんに対して、「一昨日読んだものを今日はもう書かねばならなかった」か、とはいくらなんでも堀田氏はいいすぎではないか。

『近代以前』は、長い年月を経て単行本化され、いまは文庫版の名著シリーズにも入る作品である。単行本の「あとがき」によれば、「はじめに　I」をくわえたほか「概ね原テクストを生かし、多少の字句の修正をおこなったにとどめた原稿を」編集者に渡したとある。

ひとつの作品へのこれほどの評価のちがいについては、私には判断しかねる。

堀田氏の江藤批判の口調はたしかに厳しい。しかし、この年代の文芸誌の批評に目をやると、この程度の激しさをもった言葉がいくらも見つかる。平成の時代は文字どおり平成なのか、文芸誌からこうした激烈さは影をひそめている。批評とは仲間うちの茶飲み話程度なのか、というような印象さえ抱く。気迫も熾烈さもない。批評家は何かを恐れている。あるいは現代という時代は複雑すぎて、批評という手段ではもう表現できないのかもしれない。

小谷野敦氏は、『現代文学論争』の「まえがき」でいう。

「そもそもは、文学批評であれ学問であれ、意見の相違というものを目にしなければ、問題点がどこにあるかも分からないから、論争に関心を持つのである。（略）一九九〇年代になってから、次第に、新聞・雑誌は論争の場を提供しなくなり、どれほど人が真面目に批判していてもさらさらと受け流すというのが作法となって、それは社会的地位のある人ほどそうで、その分、批判された者のファンみたいなやつがネット上で匿名で絡んできたりする。実に厄介なご時世になったものだ。」

この見方は、論争に対してであろうと、批評に対してであろうと変わらない筈である。激しい言説でなければ、人の胸を打つことはない。文芸の枠を超えて世の中に漕ぎ出すには、江藤さんのような過激さと気力が必須だ。批判を「さらさらと受け流す」大人じみた態度は無用である。

しかし、堀田氏の批判は江藤さんにこたえた。

そのときの心境を、こう振りかえっている。

「日本の批評家はやはり現代文学を論じなければだめなのだと、骨身に沁みて感じていた。江戸儒学や近松、上田秋成などの再検討を行おうとした『文学史に関するノート』は、文壇的には全く無視され、たまに取り上げられても揶揄の対象になるばかりだったからである。」（『成熟と喪失』講談社文芸文庫版、「著者から読者へ―説明しにくい一つの感覚」）

「当時の『文學界』編集部からなにか連載をと求められたとき、私は、ためらうことなくこの『文学史に関するノート』を書きはじめた。しかし、文壇ジャーナリズムが、三十代になったばかりの現場の批評家に要求しているのがこの種のしごとではないことに気付くためには、いくらアメリカぼけの身とはいえ、さしたる時間はかからなかった。その上、この連載中に、家族に病人が続出したりして、身辺もまたどちらかといえば落着きが悪かった。」（『近代以前』「あとがき」、傍点は原文）

自筆の「江藤淳年譜」では、昭和四十年、昭和四十一年、四十二年という年月がかなりの厚みを持って書かれている。江藤さん自身の精神と生活が〈アメリカ以前〉と〈アメリカ以後〉とでは截然とふたつに分けられているさまがはっきりとみえる。アメリカで感じた苦痛と欠落を埋めようとした肝腎の「文学史に関するノート」は不評で迎えられ、江藤さんは追いつめられた。

父と子の入りくんだ愛憎がえがかれている「戦後と私」も「日本と私」もそして『一族再会』もがこのほぼ同じ時期に書かれ、さらに「文学史に関するノート」という連載を打ち切り、『成熟と喪失』を書きはじめる。文壇やジャーナリズムでの日本不在を取りかえそうという焦りがある。

ラディカリズムとブルジョア

昭和四十年、四十一年、四十二年とは、江藤さんが、三十二歳から三十四歳のころである。この数年間は、江藤さんの人生に大きな意味をもつ。都内市谷左内町に白い外観を持つ分譲マンションを購入した。玄関に小林清親の「陸蒸気」の版画がかけられた瀟洒なマンションだった。

自らが「アメリカぼけ」と書き、「家族に病人が続出したりして、身辺もまたどちらかといえば落着きが悪かった。」(傍点は引用者)(昭和四十一年の自筆年譜には、「弟輝夫健康を害し療養生活に入る」とある)という時期であっても、いや、そうした時期であったがため、といった方が適切かもしれないが、この時代に入ると、江藤さんは執拗に父探し、国探しをはじめる。

まず矢面に立ったのが、父である。

『近代以前』と改題された「文学史に関するノート」が単行本になるまでには約二十年の歳月を要した。江藤さんが単行本にしたいという編集者の求めになかなか首を縦にふらなかった。酷評を得たという傷心を癒すのに二十年という長い歳月が必要だったのだろうか。

ところが、「戦後と私」とならんで江藤さんの内面を知るに欠かせない「日本と私」は単行本になるどころか、『江藤淳著作集　正・続』にも『新編江藤淳文学集成』にも収録されていない。図書館で『朝日ジャーナル』のバックナンバーを繰るしかなかったのを、江藤氏没後に『江藤淳コレクション』(全四巻)にあえて収録したのは編者である福田和也氏である。福田氏は『江藤淳コレクション2』の解題で次のように書く。

「本書を江藤が上板するのを躊躇したのは、理解できないこともない。文章が普段の江藤の文章には見る事の出来ないぶれを、生さを、つまり感情による揺らぎを見せているからである。(略)江藤の躊躇にもかかわらず、今回本稿を収録したのは、本書には江藤が他の文章ではけして見せなかった顔が記されているからである。」

江藤さんには誇りと失意が同居している。もちろん、そうした性向は誰でもが持つ。だが、江藤さんの場合、その間のぶれが極度に激しかった。寄せては返す波のように、時には一方の感情が昂ぶってき、時にはもう一方の感情が猛然と押し返してくるのを抑えることができない。

江藤さんは、ブルジョアという言葉を「戦後と私」という作品のなかで二度使う。一度は父についてで、「父は左翼でも右翼でもなく、無害なブルジョア趣味のある控えめな一銀行員にすぎなかった」という場面であり、もう一方は、自分自身についてで、「私はブルジョアではなくなったので、金がなければできないと思われた音楽を思い切った」とある。

江藤さんは、ブルジョアである、またはブルジョアであった、あるいはブルジョア階級の出身であった、ということで自らを慰撫し鼓舞するための根拠としていたのではないだろうか。そうとでも考えないと、父との相克、祖父へのあこがれに国家との関係を思いいたす江藤さんが理解できない。柄谷氏がいう「ラディカリズム」の意味も理解できない。

「日本と私」で、江藤さんは書く。

「父は私が『自分の家』を持つことを喜ばなかったように、私が結婚することも喜ばなかった。

（略）

それは父が私を憎んでいるからではなくて、私を愛しすぎているからだ。父は私が外側にいることに耐えられない。どうして父は、私が拒否せざるを得なくなるほど近くに追いすがって来るのだろう。私が生存の必要上はねのけなければならないほど、私を羽がいじめにしたがるのだろう。

私が今度結婚することにしたといったとき、父はたとえようもなく暗い顔をして、黙っていた。

（略）父がついにある晩、私の勉強部屋にはいって来たのは、それから一週間もたってからだ。父は入歯をはずしたままの歪んだ口をさらに歪めて、ポツリといった。

『お前は小さいときは可愛いやつだった』

それはいいかえれば、私が結婚することは、父に対して裏切りをおかすことだということである。」

もちろん、「日本と私」が書かれた昭和四十一、二年には、江藤さんの父は健在だった。のちの昭和四十六年の「場所と私」（「群像」同年十月号）でも、こう書く。

「およそもの心ついてこのかた、私はめったに老父と意見の合ったためしがない。三十分も一緒にいれば、たちまち口論がはじまって険悪な空気となり、周囲がハラハラするというようなことは、少しもめずらしいことではなかった。今から十四、五年前の『文學界』大座談会で、高見順氏が突然怒鳴り出したとき、私が平然としていたというので、『若いのに似合わず太い奴だ』というような評判が立ったことがあったが、あの程度の『怒り』などは、実は私にとっては日常茶飯事に過ぎなかったのである。（略）

だが、その老父は、いまやあまりに老いすぎて、怒るよりも悲しむことが多くなった。（略）私に明らかなことは、老父が一生他人のために働いて来た実直な勤め人で、志を得なかったと感じており、おそらくそういう自分を赦せないという呵責に、いつも胸を噛まれつづけている、というようなことである。」

江藤さんの厳父が亡くなったのは、昭和五十三年（一九七八）のことである。新潮文庫の『文学と私・戦後と私』のなかの「看病上手」で、江藤さんは父のイメージをこう書く。

「もの心ついてから、私は病気ばかりしていた。そして、病気のたびごとに看病してくれたのは、父であった。母は私が小学校にあがる前に死んだから、父はまず母を看病し、それから私を看病し、戦中戦後は高齢と食糧事情の悪化のために弱っていた祖母を看病し、祖母が死ぬと今度は買出しと看病との両面に大活躍してたおれた二度目の母の看病にあけくれた。（略）

あるいは、この頃の私は、少し父に似て来たかもしれないと思うことがある。そう思うには理由がある。それは家内があまり丈夫なほうではなく、犬もあまり丈夫ではないので今は父とは別に暮している拙宅も、病気のさざ波にしょっ中おそわれているからである。（略）だが、私は父ほどやさしい人間ではないらしく、看病は少しも上手にならない。結婚する前、もし病気になったらブタコマとネギの煮つけをつくってたべさせてやると家内に約束して大いに歓心を買おうとしたが、いまだに実行していない。いい忘れたが、父は料理も上手で、着物を粉だらけにして天ぷらをあげるのが得意である。（一九六五年七月）」

誰でも年をとるとしぐささえ父親に似てくるが、やさしさがこみあげてくる父親像である。

『文學と私・戦後と私』には、「父親の匂い」というエッセイも入っている。

「感慨といえば、父が勤めに出かけるときのうしろ姿なども、印象に刻みつけられているもののひとつである。戦争中、鎌倉の稲村ヶ崎に住んでいたころには、どうかすると父が勤めに出かける時間のほうが、私が学校に出かける時間より、幾分早くなるようなことがあった。

そんなとき、私はときたま、『じゃあ行ってくるよ』といって、きまって玄関を出がけにソフトをかぶり、門を出るときにちょっと立ち止って煙草に火をつけ、あとをふりかえらずに行ってしまう父が、もし、そのまま帰って来なかったらどうしよう、と不安になることがあった。（略）（一九七一年三月）」

父について江藤さんが書いた厖大なもののなかからほんの少しの引用を試みたが、この引用を読んでみただけでも、江藤さんと父との関係は、愛憎とか相克とかという通り一遍の言葉で書くにははばかられるものがある。

それは『一族再会』にある江頭安太郎とその父嘉蔵の関係に似ている。

「すくたれ者」という心情

『一族再会』執筆のために祖父安太郎の資料を求めていた江藤さんは佐賀県立図書館で『先覚者小伝』という書物を見つける。

「《　江頭安太郎　　海軍中将従四位二等功三級。慶応三年を以て北川副村木原に生る。佐賀中学校を出で鍋島侯の貢進生として上京し攻玉舎に入り修業多年、明治十五年海軍兵学校に学び、十九年優等首席を以て卒業し次で少尉より漸次大尉に昇進し、廿四年海軍大学校に入り是亦成績一等にて卒業し双眼鏡を拝受す。日清戦役には軍務課員に抜擢されて軍務に従事し、三十六年大佐に進み教育本部第一部長に補せらる。又日露戦役には大本営参謀となり全軍の枢機に参画して功績あり、四十一年海軍少将に任じ、旅順佐世保両鎮守府参謀長、人事局長、軍務局長等に歴任し、大正二年一月中将に陞任、病気を以て待命仰付けらる。（略）未来の海軍大臣として期待されたるが、大正二年一月二十二日遂に卒去す。享年四十七》」（『一族再会』）

「未来の海軍大臣」と故郷で嘱望された祖父安太郎は、佐賀藩士江頭嘉蔵の二男であった。ただ、江藤さんの調査によれば、嘉蔵の身分は武士ではなかった。

「私はそのすべてを通覧したわけではないが、弘化二年（一八四五）、元治元年（一八六四）の二種類の佐賀藩侍着到には、江頭嘉蔵の名は発見できない。これは多分彼の身分が『侍』ではなくて『手明鑓《てあきやり》』だったからだろうと思われる。手明鑓というのは士分であるが侍と徒士との中間に位する階層で、幕藩体制下にありながらいちはやくサラリーマン化していた佐賀藩独特の武士団である。」（同）

とある。さらに、幕末になると手明鑓は鑓ではなくて鉄砲を担当させられるようになった。だが、嘉蔵はその任を与えられなかった。

「鍋島閑叟の命によって御火術方に蘭学が必修として課せられたとき、嘉蔵はすでに三十歳になんなんとしていた。このとき同じ手明鑓からはじめて選抜されて蘭学寮にはいった江藤新平はようやく二十歳になったばかりである。そして安政六年（一八五九）、侍である古賀喜三郎（安太郎の妻の父、つまり江藤さんの祖母である米子の父―引用者註）が弱冠十四歳で藩の陸軍所に入り、蘭学の稽古をはじめたときには、嘉蔵はもう三十代の半ばにさしかかっていた。こういう年齢層の手明鑓に蘭学と西洋砲術を修める機会があたえられたはずはない。つまり嘉蔵は、依然として下積みの貧窮の中にとりのこされていたのである。」（同）

佐賀藩士の場合、下積みの貧窮は「葉隠」の伝統そのもののなかに潜んでおり、それは、困窮を克服しようとする努力さえも阻んでいた。

「勘定者はすくたれ者なり。仔細は勘定は損得の勘定をするものなれば、常に損得の心絶えざるなり。」（同）

嘉蔵は、年齢においても取り残されていた。そのありさまは、

「おそらく愚直に（嘉蔵は）『葉隠』的倫理を守って貧窮したにちがいない。彼は多分小心な男で、他人の思惑にかかわりなく身をおこすことなど到底できなかった。どんな役をあたえられていたかは判然としないが、どれほどとるに足りぬ軽役でもお役目大事と心得て、成功を目ざすより失敗しはしないかという不安をのりこえるのに努力しなければならなかった。そして役目はつねに彼におびただしい疲労をもたらした。」（同）

と、江藤さんは書き、さらに、「こういう姿が脳裏に浮んで来る以上、嘉蔵は私のなかにいるのだろうか？」と、自問する。

「おそらく彼はいるのである。貧困と疲労と屈辱と義務感と忍耐と。そしてあらゆる『近代』と

の接触にもかかわらず、合理的思考の影に身をひそめている『葉隠』的無知と小心と。身をおこそうとすれば『すくたれ者』にならざるを得ない、それはむしろプラスの価値を獲得することだと自分にいいきかせている不断の努力にもかかわらず、いったん他人から『すくたれ者』と呼ばれればその舌を切り落とさねばやむまいと思う激情と。希望とか期待、あるいは未来というような観念に対する軽蔑と不振と。さらに生きることに意味づけようとするあらゆる思想に虚偽を感じる感受性と。そしてそれにもかかわらず単に生きて行く牛のような執拗さと。そういう蒙昧な佐賀の下級武士は、たしかに私の奥深くに棲息している。」(同)

『一族再会』のなかで、江藤さんがめずらしく我をうしなうほど自らの心情を吐露した部分である。

「すくたれ者」と呼ばれることを拒否した嘉蔵のすがたを、――と、――と、――と、繰り返す以外に江藤さんには「すくたれ者」の心情を表現する手段はなかった。

「すくたれ者」とは、「葉隠」の解説書に通例出てくるような単なる〈臆病者〉、〈卑怯者〉という意味にはとどまらない。江藤さんは、いう。

「現代の『葉隠』讃美者が、合理主義とヒューマニズムの欺瞞をあばいた名言としているこの種の箴言(たとえば、勘定者はすくたれ者なり―引用者註)は、実際の佐賀藩士には経済観念を持つのは罪悪だという文字通りの意味に受けとられていたのである。学問をするのも侍らしからず、まして経済を心がけるのは恥辱だということになれば、頭を空っぽにして貧乏して、名誉ある死を待っているほかない。（略）つまり『葉隠武士』の経済観念の欠如とその結果の貧窮は、小心と無知の帰結にすぎず、勇気と無私のあらわれなどではあり得ない。」（同）

しかし、惨憺たる結果に終った佐賀の乱ののち、旧藩士たちは生き延びようとすると、「学問にしか突破口がないこと」にようやく気づく。

いかんせん年を取りすぎていた嘉蔵は、学問は二人の息子に託し、佐賀中学校の小使いになる。明治十一年九月、安太郎は佐賀中学校に入学する。

「『小使いの子』といって馬鹿にされぬために、圧倒的に優秀な成績をあげて級友の尊敬をかち得ておかねばならぬことは本能的に心得ていたであろう。」（同）

そして、

「（跳び級で）クラスで最年少の安太郎が、ここでも瞠目すべき成績をあげていることは嘉蔵を喜ばせていた。安太郎はいわば彼のひそかな誇りになっていた。だが老いて衰えた父の自分への過度の関心は、それが父にとって唯一の生き甲斐になっていただけに安太郎の心を重く圧迫し、癒しがたい悲哀を注ぎこんだにちがいない。彼は父が小使いであることを恥じていたわけではない。ただ自分につくすというかたちで、父がすがりついて来るのを耐えがたいと感じていたのである。」（同）

こう書き写してきて、この文章はどこかにあったぞ、という強い既視感にとらわれる。

これは、「日本と私」のなかで江藤さんと父との相克を語った部分の〈自分語り〉と、そっくり同じではないか。

「一般に血すじなどというものは、そう思い込んだということのなかにしか、重要な意味はない」（吉本隆明氏「柳田国男論」）というが、祖父、父、子の血筋は繰り返すものなのか。哀切ではあるが、この哀切さを真っ向からこれほど衒いもなくかける江藤さんは、本当はきわめてわかりやすい人なのかもしれない。

嘉蔵と安太郎の関係が、父と江藤さんのそれとまったく同一に書かれているとはいわないにしても、そこには、古山高麗雄氏が江藤さんを評していった、江藤さんは実は〈健康な人〉という面影がある。

江藤さんはストレートすぎる人なのかもしれないが、一方、自分に対してきわめて自信がある人だった。

「君、慶應は経済かね？」

講談社文芸文庫版の『一族再会』で、江藤さんはいう。

「十五年前に『一族再会』が単行本として上梓されて以来、今日までの私に起った最大の出来事は、父の死である。私は、昭和五十三年五月に父の葬を送り、今年の五月十五日に青山墓地でその十年祭を執り行った。（略）父が死んだとき、私が父から相続したものは青山墓地の墓所だけであった。」（「著者から読者へ―再会すべき場所」）

江藤さんがいうブルジョアという感覚の源泉は、こういうところにある。

江藤さんは、「夏目漱石『薤露行』の比較文学的研究」で文学博士の学位をとった。のちに『漱石とアーサー王傳説―『薤露行』の比較文学的研究』として東大出版会より上梓されたが、この本の扉の裏に小さな活字で「父上に」との献辞がある。

「文学史ノート（『近代以前』）」、『成熟と喪失』、「戦後と私」、「日本と私」そして『一族再会』を書いた昭和四十年、四十一年、四十二年というのは、たしかに江藤さんにとってのターニングポイントであった。

「彼が学んだ府立一中という学校がいわば『生存競争裡の悪戦』を煮つめたような場所であって、ここで志を得た父の子たちと、志を得なかった父の夢を託された子たちが礼儀正しく鎬を削りあうのである。しかし、そこには人間的な闘争はその影も見られない。鎬を削るのは抽象的な俗世間の階梯の上と下とにおいてで、このような生存競争は奇妙に不毛で、実体を欠いている。」

この〈彼〉とは、もちろん安太郎ではない。父でも江藤さんでもない。小林秀雄氏である。この一節は、江藤さんの『小林秀雄』からの引用だが、「手明鑓」嘉蔵の息子であった安太郎が成り上がっていくさまと心理的に通底している。

江藤さん自身が（東京）府立一中の後継たる日比谷高校の出身者である。

「日本と私」に、日比谷高校時代の江藤さんのエピソードがでてくる。

「私のかよっていた学校は永田町にあって、東大合格者数が全国一なので有名だったが、年に二、三人ずつ自殺者や自殺未遂者が出た。学校がつめこみ教育をするからというより、生徒のあいだに異様な緊張を強いる雰囲気があって、それに耐えられなくなった者がなにかのはずみに死ぬのである。

疎開先から中学三年の二学期に転入してきた私は、成績はあまり悪くはなかったが、結局この学校にはなじめなかった。私が結核になって高校三年を二回やり、東大に落ちて慶應の制服制帽で教員室に挨拶に行くと、

『君、慶應は経済かね？　なに文科？　君も案外伸びなかったね』

といわれたものである。それ以来私はこの学校を訪れたことがない。同窓会というものにもほとんど出ない。私のなかにこの学校に対するなつかしさが生まれかけると、

『君、慶應は経済かね？　なに文科？』

という声がどこからか聞こえて来て、それを吹きはらってしまうからだ。」

「数学がたった一問でも解けていれば、東大に受かっていた」と、嘆きというには明るい口調で、江藤さんがいうのを何回も聞いたことがある。

文藝春秋に江藤さんと日比谷で同級だった先輩がいた。この先輩によると、高校時代の江藤さんは、たしかに数学は苦手だったようだが、英語では同級生より断然秀でていた。フランス語もできた。音楽は交響楽を作曲するいきおいだった。そして、国語、社会の授業では全校に鳴り響くような論陣を張るような生徒だった。教師たちはいつどんな鋭い質問が江藤さんからとんでくるかわからないと戦々恐々の体だった、という。

たぶん、「君も案外のびなかったね」という言葉は、そうした教師からのせめてもの意趣返しだったのだろう、と自らは東大に入ったこの先輩は話してくれた。

日比谷よりもそこに編入するまえにかよった湘南中学（高校）時代のほうが江藤さんには実り多い時間であったようだ。

「これはかの有名な石原慎太郎を生んだ学校であります。石原は当時私の一級上におりまして、サッカーをやっていました。彼はあたかも選手であったかのようなことをいっておりますけれども、これは真赤なうそでありまして、選手は選手でも二軍の選手でありました。（笑）（略）

湘南中学にはいろいろな先生がおられましたけれども、一年のときは鈴木忠夫先生という方にお習いしました。この方はたしか文理科大学（東京教育大学）の英文をお出になった方です。この先生はいまから考えると比較的いい教え方で、祖父（継母の父、日能英三青山学院教授―引用者註）に習っていたようなダイレクトでオーラルな要素の多い授業をされました。（略）鈴木先生がそのころ、ふと『もう十年か十五年経つと、世の中は落ちつくかもしれないし、米の配給ももっとよくなるかもしれないけれども、戦争に負けたということがどういうことか身にしみてわかるようになるよ』といわれた。私にとってはいまだに忘れられない言葉です。まさに先生の予言されたとおりになったと思う。」（「英語と私」、昭和四十五年七月十五日、八王子の大学セミナー・ハウスでの講演、『考えるよろこび』所収）

「日本と私」をはじめとするこれらの一連の作品は、江藤さんのなかにある、人と人との間の距離感覚を知るために欠かせない作品である。

「日本と私」を書くほぼ一年前の昭和四十一年一月四日の『朝日新聞』夕刊に、江藤さんは、「現代と漱石と私」を書いている。少し長くなるが、引用してみる。

「日本に帰って来ると、私はいつの間にか三十をいくつかこしていた。いくら変ったとはいえ日本の社会のなかに暮して三十をすぎると、家族とか肉親とかいうもののきずなが、妙に生々しく具体的に感じられて途方にくれることがある。そいうときに漱石を読むと、今までさほど印象に残らなかった彼の小説の細部に、ほっと息がつけるような安息を感じられることに気がついた。（略）

たとえば、『道草』で、神経を病んで放心状態で寝ている細君を見守る不安な主人公の前で、突然われにかえった細君が「貴夫《あなた》？」と微笑しかけるところ。あるいは『こゝろ』の「先生」と「私」が、大久保あたりの植木屋の庭の縁台に掛けて、「蒼《あを》い透き徹《とほ》るやうな空」に映えるカエデの若葉をながめているところ。あるいは『門』の冒頭の、秋日和の日曜日、狭い縁側で日なたぼっこしている宗助と、ガラス障子の中で針仕事をしているお米との会話。こういう個所はかならずしも小説の主題に直接結びついた劇的な個所ではないが、微光のようににじみ出ている漱石の心の優しさが、私の渇望を充たすのである。こういう優しさが、どうしてあのかんしゃく持ちで、不幸で暗い漱石のなかから流露して来るのであろうか。」

短い期間にせよ江藤さんを担当し直接接した者の眼からすれば、江藤さんはペンをとれば激してしまう自己を知っていた、癇癪持ちであることを反省もしていた。

激情にかられて夫人を打擲するさまをえがく文章上の江藤さんなど、実際の江藤さんからは想像できなかった。

江藤さんの新作が面白かったというつたない感想を述べると、「そりゃあそうよ。よかったでしょう」と我がことのように喜んだ慶子夫人の顔が浮かんでくる。江藤さんの筆になる〈自画像〉と私が接した江藤さんとのあいだの距離の遠さには茫然とする。

「この間から布団の上げ下ろしはぼくの役目になってね。家内の手助けだ」と、亡くなる数年前の江藤さんはいっていた。

二　小林秀雄、埴谷雄高、大岡昇平と「転向」「変節」について

「転向者」で「変節漢」

エドウィン・マクレラン教授は、江藤さんのなかには、「開けっ放しの性質」と「防御の構えをしない」で「自己の判断力に対する卓越した自信」（前出、『江藤淳著作集続2月報』）があると洞察した。その資質は、いつしか江藤さんを論争の人にしたてあげていく。

松原新一氏は「江藤淳論」（『群像』昭和四十年四月号）で、

「『作家は行動する』の著者にたいして、たしかに私は敬愛の念を抱いていた。が、氏が『小林秀雄』を書いたとき、そこにあらわれた氏の急激な變容ぶりに接して、その敬愛の念は、みるみるうちに崩れていつた。容易に他人のあとに從いていくものではないぞ、という氣持ちだつた。」

と書く。『群像』同号の目次には、「新人」という煽り文句が松原論文のタイトルに添えて大書されている。編集部としても世に問いたい自信作であったにちがいない。

江藤さんは、六〇年安保で転向し、『小林秀雄』を書くことで変節したといわれる。しかし、この転向という言葉は曖昧である。いわゆる戦後文学に接すると、たとえ括弧付きであろうと、シリアスな意味から離れて単なるレッテル貼りとしてつかわれることが多い。

転向といい変節といい、江藤さんの場合、厳密なつかい方をされてきたのだろうか。

松原論文は、江藤さんの姿勢の変わりように疑問をぶつけているが、雑誌十三ページ半にわたるスペースのなかで、ただの一度も、転向や変節という言葉をつかっていない。

転向、変節を指していると思われる言葉としては、「變貌」、「移る」、「變質」、「變容」、「變つた」、「轉換」、「轉身」などであり、松原氏の筆は慎重である。

松原論文に対して、江藤さんは反論を試みた。

「先頃、松原新一氏が『江藤淳論』なる一文を草して、私の『人格』に疑問を提出するということがあった。（略）松原氏の主張する『変容《ママ》』、むしろ『変節』（江藤さんはここで自らすすんで『変節』という言葉をつかっている。そして論文全体のタイトルとしても採用している―引用者註）にもかかわらず、偶像化に対する私の嫌悪は今日まで少しも変っていない。もし氏が本当に私を『敬愛』し、偶像視していて、その偶像が失墜したことを恨んでいるのなら、これはよほど女性的な心理である。そうではなくて、貞操を捧げたつもりなのに裏切られた被害者を演じているのなら、これはよほど悪質な策略である。（略）

変節とは忠節を誓った対象を裏切ることである。ところで、私には、それが思想であれ、人であれ、忠誠を誓うべき対象は幸か不幸か戦後一度もあらわれはしなかった。私には、『ついて《ママ》行く』べき他人などは、ついに見当らなかった。そういうなかで、しかも激変する戦後の日本で、自己を欺くまいと努めながら生きることは、少くとも『敬愛』の念に陶酔して『他人のあとについて《ママ》行く』よりは、若干手数もかかるし、精神の緊張をも強いるのである。」（「変節について」、『文藝』昭

和四十年六月号、『江藤淳1960』など所収）

さらに「私は、安保騒動後にではなく、その七ヵ月前から『小林秀雄』を書きはじめている」（同）と念を押す。

念を押すからには、江藤さんのなかに六〇年安保で転向し、『小林秀雄』で変節した、という思いが掠めていたのだろうか。松原氏がつかってもいない〈変節〉という言葉をなぜ、自らつかったのだろうか。

六〇年安保の時の江藤さんは、石原慎太郎氏、開高健氏、大江健三郎氏、浅利慶太氏、谷川俊太郎氏らとともに「若い日本の会」をつくり、その集会では壇上で進行役をつとめた。進行役席で発言する江藤さんの写真が残っている。

アイゼンハワー米大統領の訪日の打ち合わせのため事前に来日しようとした米大統領ハガチー新聞係秘書を阻止する羽田デモ、いわゆるハガチー事件では、「（空港付近の弁天橋で）私は朝日新聞の写真部のワゴン車の屋根の上にいる。警官が隊伍を整えて走ってくる」（『朝日ジャーナル』昭和三十五年六月一九日号、『江藤淳著作集6』など所収）と書くように、江藤さんは取材の最前線にいた。

「ハガチー氏を迎えた羽田デモ——目的意識を失った集団」

と題するのがこのルポだが、江藤さんは、

「この群衆は、ハガチー氏の車を物理的に阻止して、政治的にもアイゼンハワー大統領の訪日を阻止したつもりなのであろうか。（略）大衆を甘やかし、スローガンでかり立てた指導者はどこにいて何をしているのか。（略）学生のなかにもぼう然とたちすくみ、憑かれたように走りまわる者がいる。それが奇妙な笑いをうかべている。気の毒な学生たち。君たちのその『気持ち』を賢明に政治的に作用させる指導者がいないのだ。あそこにいる議員たち、あれは無能の象徴だ。国民会議の幹部たち、あれは無責任の象徴だ。（略）

絶望してはいけない。私は自分にいいきかせる。政治において絶望は退廃の最悪のものである。なにかの打開策はつねに可能である。もう一度確認しよう。私たちの常識の声を。あらゆる意味で、自己を偽るまい。私たちと、私たちの家族のために。」（傍点は原文）

と書く。

埴谷雄高氏は、「江藤淳のこと」（『文藝』昭和五十二年四月号）のなかで、

「安保闘争の起る前年、昭和三十四年、朝寝坊の私のもとへまだ午前中に江藤淳が慌てて訪れてきて、ド・ゴールが大統領になったのでヨーロッパはファシズム化する、私達はそれに対抗する共同戦線の団体をつくらねばならない、と力説したのである。（略）当時の若い江藤淳は私よりさらになお『左翼的』であったといえるのである。」

という。さらに、埴谷氏は、

「私は、（略）私達（埴谷氏と江藤さんのこと―引用者註）のあいだに『共感』があったと述べたが、その『共感』は文学上ばかりか政治的にもあったのであって、『若い日本の会』を彼がつくったときも、勿論、私はその『共感』の延長線上において、江藤淳を『激励』したのであった。（略）と

ころで、政治の領域へ僅か踏みこんだ江藤淳に、間もなく、通常の慰藉と回復の何ものをもってきてもとうてい拭いさり得ぬ深い幻滅がやってきたので、これは江藤淳の生涯にとって恐らく特筆すべき大きな変化の体験であったが、その『江藤淳自身』の特質すべき転化の経験がここでもまた一転して私の『操作』（開高健氏との対談集『文人狼疾ス』のなかでの江藤さんの発言、『埴谷さんは人を操作する』を指す—引用者註）とからみあわせて大きな声で語られることになるのである。」（同、傍点は引用者）

埴谷氏は、江藤さんの政治の領域での行動のさまを〈変化〉や〈転化〉という言葉をつかって表現し、〈転向〉とは、いっていない。

江藤さんは、安保条約の自然成立の直後、「政治的季節の中の個人」（『婦人公論』昭和三十五年九月号、『表現としての政治』など所収）を書く。

「ここ二ヵ月ほどの間、私は毎日砂を噛むような思いですごして来た。外圧が遠慮会釈もなく自分の内部に侵入してこようとして、それをはね返そうとするたびに不愉快な思いをしなければならない。（略）私はデモが嫌いなので、一度もデモには参加しなかった。二度ほど開かれた抗議集会の世話人のようなこともしたが、どんな会の世話人もそうであるように、私が自分に課したのは無味乾燥な義務だけで、義務の内容は事務的処理で占められている。（略）

ただ、ここに『民主主義擁護』を強引に『安保反対』と結びつけ、個人の任意な集会である理性的な集まりをデモという劃一的な動きの中に解消させてしまおうとする勢力があったことだけは確実である。私たちの抗議集会には、きまって発言を求めてこの二つを主張し、『安保反対』をうたわなければデモもしないことを難詰する人々がいた。（略）つまり、『民主主義擁護』の運動だったはずのものを、巧妙に『安保反対』にみちびいていこうとする過度の政治主義が潜在して、力をふるっていた、ということを私はいいたいのである。」

素直な読者なら、〈民主主義擁護〉のために立ちあがった江藤さんが、〈安保反対〉を唱える政治プロたちに使嗾され、やがて安保闘争から遠ざかることになっていった、としか読めないだろう。できるうるかぎり理性的に接しようとしたのに、心を政治の方面に向けたが故に集団としての運動にかかわらざるを得なかった、という自己弁護の響きも聞こえなくはない。

埴谷氏が「江藤淳のこと」を執筆した昭和五十二年の時点では、両者は完全に離反していた。開高健氏との対談集『文人狼疾ス』のなかで、江藤さんが、「たとえば埴谷雄高さんをいままでサーヴァイヴさせるについては武田（泰淳）さんの物心両面の継続投資、これは大変だったと思うね」という発言に本多秋五氏が注目して、「この場合、ウエイトは『物心両面』の物にかかっている。こうした埴谷家の台所を二十年以上にわたって監視してきたかのような発言に対しては、私は即座に否という自信がない」（「新春試筆」、「文學界」昭和五十二年三月号、傍点は原文）と書いた。

埴谷氏の〈江藤嫌い〉はここで一段と増し、江藤さんの述べる事象のひとつひとつについて、その解釈、見解はちがうと投げかえしていく。

「転向者」とは一体何なのか

「日本ハムの大谷選手は投打の二刀流から投手一本に転向することはないといっています」と、スポーツニュースは伝える。

江藤さんの思想信条の変化をいう際（難ずる際）に使う転向とは、大谷選手の転向とは同じ転向という言葉ながら、その意味するものは遠い。江藤さん自身の文章をはじめ、また批評家、作家の手になる江藤淳論には、転向という言葉が頻繁に出てくる。仔細に読んでいくと、後者の転向という大きな円のなかに前者の転向が小円として包含され、そして、たいていの場合、かっこつきで「転向」と表現される。

本多秋五氏をはじめ、吉本隆明氏、鶴見俊輔氏、磯田光一氏などが、私が読んだかぎりでは、「転向論」を展開している。

常套すぎるが辞書を引いてみると、転向とは、「㊀方向・針路・方針・立場・態度・好みなどを変えること。㊁それまでの思想的立場、特に、共産主義思想を捨てて、他の思想を持つようになること」（『新明解国語辞典』）、「㊀方向を変えること。㊁それまでいだいてきた思想や主義主張を権力の強制などのためにかえること。特に、昭和初年以来、治安維持法による官憲の弾圧によって共産主義者、社会主義者などが、その思想を放棄したことをいう」（『日本国語大辞典』）とある。

本多氏は右の二つの説明に加えて、進歩的合理主義的思想を放棄する場合を第三の転向、としている（『転向文学論』）。

吉本氏は、辞書の㈡に対して「もっと狭義には、共産党員が組織から離脱して、組織無関心になることを意味している」（『転向論』」といい、「戦後文学は、わたし流のことば遣いで、ひとくちに云ってしまえば、転向者または戦争傍観者の文学である」（『戦後文学は何処へ行ったか』）ともいう。松原氏の場合は不明だが、これらの説明によって、埴谷氏が江藤さんを批判する際に、「転向」という言葉を一切つかっていない理由がわかる。

であるなら、六〇安保に首をつっこんだ江藤さんを、かつて「左翼的」傾向があったというのは正しい（江藤さんは、左翼的正義など一顧だにしていない、と「戦後と私」のなかでいうが）。

しかし、江藤さんと同じく「若い日本の会」に参加した石原氏や開高氏や浅利氏などには、安保騒動が終わったのちに「転向」という言葉が投げつけられることはなかった。江藤さんだけが「転向」という言葉を、一手に引き受けた形である。

なぜか。それは、江藤さんの行動と文章が、戦後知識人にとって許せなかったからだ。転向という言葉を何度投げつけてもあきたりないほど、江藤さんが戦後民主主義を〈冒涜〉していたからだ。他の人より江藤さんが、その点で、数倍ラディカルだったからだ。

江藤さんは、転向という言葉を、㈠の広い意味を含んだものとしてしばしばつかっている。

江藤さんには直接関係がないが、丸山真男氏も、「教養が『西欧化』した思想家の日本主義への転向」とか「敗戦による國體の『転向』」（いずれも『日本の思想』—傍点は引用者）という広義なつかい方をしている。

江藤さんは、

「戦後の日本人が、ほとんど一人の例外もなく、一度は『ユダ』と『左翼』に転向させられたという事実を、思い起してみなければならない。」（「ユダの季節」、『新潮』昭和五十八年八月号、『批評と私』所収。傍点は引用者）

と、敗戦が必然的に「左翼」であることを全国民にもたらしたといい、さらに、『成熟と喪失』では、

「その（敗戦）のときわれわれがおこなったのは集団的な『裏切り』である。（略）一夜にして『民主主義』の謳歌者に変貌させられた日本人が、どんな奇怪な心理的操作を迫られ、どんな痛みを感じたかについて、世の『転向』論者が口を緘して語らないのを私は奇怪至極と訝らぬわけにはいかない。」（傍点は引用者）

ともいう。

江藤さん自らが自身を「転向者」であると告白した形だが、それは、江藤さんという個人というより、日本人全体の集団的な「裏切り」としてとらえられている。

大久保喬樹氏は、『作家は行動する』（講談社文芸文庫）の解説で、新安保条約の成立後の江藤さんを『小林秀雄』を書くことで批評家としての覚悟を決め、政治的な言論でも保守派として立つ決意を固めたと見る。そして、「この『転向』は周囲を驚かせ、『変節』として批判され、当時（安保で敗れたりとはいえ）まだ意気盛んだった進歩的言論界においてほとんど四面楚歌のような孤立し

た状況に江藤を追い込むことになる」と書く。

江藤さんが「転向者」と名指しされる場合、進歩的陣営からは人格非難としてこの言葉を投げつけられている、と大久保氏の文章は暗示している。事実、松原論文にもそのニュアンスがある。江藤さんを否定する側には、そうした故意なレッテル貼りが存在していたと思わざるを得ない。

江藤さんの「日本文学と『私』」(『新潮』昭和四十年三月号、『新編江藤淳文学集成4』など所収)は、『アメリカと私』の刊行とほぼ同時期に書かれたものだが、プリンストン時代に関心をもった朱子学との関連から、「プロレタリア文学者たちは、マルクシズムに新しい朱子学を見、党組織の厳格な階層性に江戸期の武家社会の秩序の復活を見ていたのである」という。そして、

「『転向』とは、いうまでもなく『自分とは何者か?』というあの根源的な問を発すべき体験の古典的な例である。それが結局『村の家』への復帰であったことについては吉本隆明氏の卓抜な論文があるが、それは、私見によれば、ほとんど残酷なまでの明晰さで、マルクシズムが朱子学の擬制であり、党組織が江戸期の武家社会秩序の擬制であり、さらに未来に向うと信じていた彼ら左翼文学者が、実は彼らが所属すべき過去を手さぐりし、それを回復しようとしていたことを、証明するものと思われる。これに似た自己錯乱は、おそらく戦後の文学にも繰り返されている。敗戦は現実に占領軍という『他人』を出現させたが、その前で日本人が行った防衛的な自己閉鎖は、明治のそれとはちがってもはや朱子学的世界像に支えられていなかった。そのかわりに、そこには、この自己完結的無秩序の『平和』と『民主主義』の名による『公』認があった。」(傍点は原文)

という。

丸山真男氏は、一種のイニシエーションとして学生のころその著作を何冊か読んだが、共感するに遠い人だった。

それゆえ引用するにしても誤用の懸念があるが、「思想のあり方について」(昭和三十二年六月岩波文化講演会、『日本の思想』所収)のなかに次の一節がある。

「マルクスが、『私はマルクス主義者でない』と言ったのは非常に有名な言葉でありますけれども、マルクスのように、非常に厖大な著作を書き、自分の思想というものをきわめて体系的な形で展開した学者でさえ、マルクス主義あるいはマルクス主義者についてのイメージが原物から離れて自立的に発展していくのをどうすることもできなかった。そこに私はマルクス主義者でないという彼の嘆声が生まれるわけであります。いわんや今日のように、世界のコミュニケーションというものが非常に発展してきた時代にありましては、大小無数の原物は、とうてい自分についてのイメージが、自分から離れてひとり歩きし、原物よりずっとリアリティーを具えるようになる現象を阻止することができないわけであります。(略)こうして何が本物だか何が化けものだかがますます分らなくなります。」(傍点は引用者)

『作家は行動する』から『小林秀雄』を書いたころの江藤さんのイメージは、丸山氏が描く〈マルクス像〉から遠くはない。

六〇年安保騒動がおわったあと、江藤さんは、丸山氏のいわゆる「復初の説」を「〃戦後〃知識人の破産」（『文藝春秋』昭和三十五年十一月号、『表現としての政治』などに所収）で徹底して批判している。

石原慎太郎氏が年少の頃の江藤さんについて、いう。

「江藤と最初に会ったのは、旧制湘南中学時代だった。僕が入学した翌年、一九四六年に江藤が入ってきた。僕はサッカーをやったり美術部で絵を描いたりしていて、彼はブラスバンドでチューバかなんか吹いていていた。しばらくして、『社会研究会』が新しくできて、僕も江藤も参加したんだ。会のなかには共産党もたくさんいて、『社会研究会に入るなら民学同に入れ』みたいな議論があった。（略）あるとき、江藤が『会のなかでくだらない議論していても始まらないから、僕のおじさんで江口朴郎という一高の先生がいるから、会いに行って討論して勉強しよう』といいだした。」（「特別インタビュー　江藤は評論家になるしかなかった」、『江藤淳１９６０』掲載）

江口夫人は江藤さんの従姉だった。石原氏は、つづけて、

「それで数人で鵠沼にある江口教授の家に行ったんだ。そうしたら、江藤が一人でおじさんと侃侃諤諤議論をはじめた。おじさんのほうもそれに対して一人前に扱って真剣に答えているんだよ。その様子を見ながら、『同じ年でこんなませた奴がいるのか』と思った。そこへいくと民学同の青二才なんか全然議論にならない。ペダンティックで、ただただ感心して聴いていた。」（同）

と語る。

マルクス主義史観に立つ高名な歴史家である江口氏が中学生相手にきちんと答えるのも立派だが、

十四、五歳の身で権威に議論をふっかける江藤さんの早熟ぶりがある。

このころの江藤さんの近辺には、戦前の皇国青年からマルクス主義者となった大学生たちが出没していたが（「戦後と私」）、いかに敗戦直後とはいえ、旧制中学一、二年生の間にも共産党支持者が多数いたというのが興味深い。

当時の江藤さんには、左翼的気配が濃厚である。（ここでは、石原氏は江藤さんとは同い年といっている。）

『作家は行動する』と『小林秀雄』の間

編集者としての私は、週刊誌の経験が長く、政治も経済もスポーツも殺人事件も記事にしていく〈何でも屋〉だった。だから、何度もいうが、江藤さんを中心とする作家や批評家について語るのは分に過ぎたことである。

だが、江藤さんが、『小林秀雄』をなぜ執筆したかということを通り過ぎるわけにはいかない。『丸谷才一全集』刊行開始、という平成二十五年の新年広告にショックを受けてのちの時間を、江藤さんの作品および諸氏による江藤論に集中してきた。興味をいだいた先達の文章、言葉をノートに写してきた。

『作家は行動する』のなかでの小林批判のうち、江藤さんの「変節」問題を証明するものとして世に知られているところを、まず引いてみる。

「かつて小林秀雄氏は、確実なものは2＋2＝4で、あとのいっさいは『文体』の問題だという名言をはいた。（略）これは非行動（停滞）的なニヒリズムの精神を凝縮した卓抜な警句であって、このくだりがでてくるエッセイ『Xへの手紙』を一読すればあきらかなように、あとのいっさいは『文体』だといいすてるときの氏の表情はまぎれもない不可知論者の表情である。しかしわれわれはこの批評家がなげかけた呪詞に対して、確実ならしめるものは『行動』だけで、あとのいっさいは『停滞』の問題だといいなおしたほうがよい。」

そして、小林批判として有名な言葉がある。

「さきほど私は小林秀雄氏の『Xへの手紙』をひいて、それが非行動派ニヒリストの論理であり、そこにあるのが不可知論者の姿勢だといった。2＋2＝4以外のいっさいの思想は文体の問題にすぎない。なぜ『すぎない』のか。おそらくそれは彼をとりかこんでいるもろもろの『ことば』のうちのひとつに『すぎない』からであろう。そして『ことば』に『すぎない』ことになれば、それは真偽の検証にたえず、まったく恣意的、かつ主観的な『実体』であり、美的な対象に『すぎない』ということになる。こういったときのもろもろの思想と小林氏の関係は凹型の、すりばち型の関係である。小林氏は『ありじごく』のようにすりばちの底にいて、沈黙がちに思想を喰い殺している。逆にいえば、この場合、彼は彼が『すぎない』と喝破した思想の過程―文体に参加することを峻烈に拒否している。」

「しかし、『思想』をコットウや風景のように鑑賞するほど不潔な行為はない。」

「なぜ私はここでこのような倒錯現象、ある意味ではマゾヒスティクですらある逆立ちについてふれねばならないのか。それは、このような負の方向への衝動が、ことさらに近代日本文学を侵蝕し、毒し、不毛にしているからである。たとえば、今日までにわれわれの持ちえた最高の文学的達成であるとされる私小説の文体になかには、このような衝動がつねにひそんでいる。そして志賀直哉、小林秀雄氏らは、現実に負の行動の論理――負の文体を確立したひとである。文学史家は、彼らにおいて最高の批評があり、最高の小説があるというであろう。しかし、そのような評価は、価値を完全に逆立ちさせている。われわれはむしろ、彼らにおいて、文学が完全に圧殺された、ということを証明しなければならない。近代の日本文学において『最高の批評』が批評を殺りくし、『最高の小説』が小説を絞殺している。その事実を知らないかぎり、散文はわれわれにとって永久に無縁とならざるをえない。」（傍点は、いずれも原文）

二十代の江藤さんの若々しさあふれる文芸復興宣言とでも呼ぶべきものである。

では、『小林秀雄』の「あとがき」にあるように、

「小林秀雄論を書きたいという気持は、随分前から私のなかにあった。六年半前、『三田文学』編輯長に呼ばれて、はじめてこの歴史ある文芸雑誌に批評を書くようにいわれたとき、私は夏目漱石について書こうか小林秀雄について書こうかと、一瞬迷ったものである。結局私は『夏目漱石』を書き、それが私の批評の方向を決定した。が、そののちも、私はこのときの逡巡を忘れてしまったわけではなかった。その記憶は、むしろ小林氏に対する神経的な反撥となって、私の批評文にあら

われがちだったのであるが。

昭和三十三年の秋に、文体論を書き上げた直後、私は小林秀雄氏に対して不公正な態度をとっているのではないかという疑いに、突然とりつかれた。」

と書いたのはなぜだろうか。

江藤さんの小林氏への「不公正な態度」は『小林秀雄』の執筆であらたまったのだろうか。重ねていえば、「ありじごく」のようにすりばちの底にいて、「思想」を喰いころしコットウや風景のように鑑賞する「不潔な行為」者という小林氏への評価が、『小林秀雄』で一変しているのだろうか。

たとえば、江藤さんは書く。

「彼（小林氏のこと―引用者註）はこれらの講演（『歴史と文學』、『文学と自分』など―引用者註）で、まさに一個の時代精神として――予見しがたい歴史の信仰と自己の運命を合致させ、それを引受けた精神として語っていたのである。

これは、跳躍であるが、同時にまた転換だともいえるだろう。小林はこのとき、『実証』する観照家から行動家に変身しているからだ。自然や歴史を『心を虚しく受け納れる』ところに最大の自由がある、というような二律背反的な論理は、現にその自由を実現している者の行動に支えられてはじめて意味を持つような、行動的な論理である。それは形而上学ではなく、倫理に属している。その否定しがたい説得力は、バークレイのパラドックスの魔力とは全く異質なものである。小林の言葉は、彼自身の自然、肉体、その肉体を賭けようとする覚悟によって裏付けられた言葉だ。聴衆はおそらく本能的にそのことを感じていた。この行動家は言葉によって行動する人であり、小林の雄弁はまさに彼自身の『必然と自由』の軌跡を彼らのまのあたりに描いていたからである。」(『小林秀雄』、傍点は引用者)

こう書き写しながら、私は、学生時代に学んだ「概念形成」という哲学、心理学の一分野での言葉を思い出している。

「概念形成」という言葉を授業で聞いたとき、面白いと思った。そこで、半年かけて考えた「概念形成における負の効果」という論文が卒論となった。(『負の効果』であっても『負の文体』ではない。)

概念は一般に、正(プラス、肯定的)の因子(ファクター)や事例や属性で以て形成されるといわれる。では、逆に、概念の因子や事例や属性のうち負(マイナス、否定的)の部分だけを集積していったらどうなるのか。そうした場合でも同じような概念に近づけるのではないか、というのが「負の効果」という考え方の中心にある。

たとえば、「である」、「である」と正のファクターのみを集めて概念をつくったとする。つぎに、「でない」、「でない」と負のファクターだけを集めてそこから浮かびあがってくる概念を考えてみたとする。もちろん、概念を形成するためのファクターは多様多種であるから、事はそう単純ではない。

だが、ある概念を正のファクターだけの集積から求めても負のファクターだけの集積から訊ねても、あるいは似たようなところに達するのではなかろうか、というのが、私が卒論でやろうとしたことだった。

富士山に登るのに、静岡側から登っても山梨側から登っても頂上に到達してみれば、そこには、富士山という同じ山があった、といいきってしまうのはたぶん敷衍のしすぎである。たとえ話はしばしば本質をそこなう。心理学の理論には、多分にたとえ話が成立しやすい欠点がある。

ではあるが、小林氏をつかまえるのに、江藤さん自身がつかった言葉から「小林氏は行動家である」、「小林氏は行動家でない」、「小林氏は観照家である」、「小林氏は観照家でない」、「小林氏は変身している」、「小林氏は変身していない」などというカードを集めていく。相反するカードのなかから、正なら正ばかり負なら負ばかりを集めながら攻めいっていくと、その結果形成されるそれぞれの像（概念）のあいだに絶対的なちがいは生じないであろう、というひとつの推理なのである。

江藤さん自身が私の小林氏への評価は変わったという発言をしたからといって、その発言ひとつをつかまえただけでは「たしかにその評価は変わっている」と判断する証明にはなりえない。むしろ、本質は変っていないではないか、というまったく逆の結論に導かれることもありうる。

丸山真男氏との近似性？

『小林秀雄』の「あとがき」で、江藤さんは書く。

「書いている間に、私は少年期から青年になりかけの頃までを送った鎌倉のことをしばしば想い出した。小林秀雄の名を知ったのは鎌倉に於てであり、街を行く小林氏の姿をまのあたりにしたのも鎌倉に住んでいた頃のことである。林房雄氏の長男は私の中学の同級生であった。私が、最初から批評が文学の最高の一形式であることを疑わなかったのは、このような体験の故であるかも知れない。だが、今度は、何故自分が批評家になったかを問う番であり、批評を文学にするとはどういうことかを問う時である。この問いは、本書を書いている間私の胸を噛みつづけ、同時に最初に予期したよりははるかに厖大な時間を、この仕事についやさせることになった。そのうちに、小林氏は、次第に反撥するには親しすぎるイメイジになって行った。小林秀雄の文学観を批判しつくしたいという野望が私になかったわけではない。だが、文学観の批判がいったい何であろうか、このような赤裸々な心を開いて私の前に立っている一人の人間の存在の重さにくらべれば。」(『小林秀雄』あとがき)

小林秀雄の前に、白旗をあげてしまったという感があるが、若い江藤さんだからこの文章が書けたというものではない。のちの江藤さんも、ずっと同じだった。このような心根を衒いなく吐露できる人は珍しい。こうした江藤さんを周囲は、なぜ遠ざけてしまうのだろうか。そして、「(『作家は行動する』を書いてからの―引用者註)三年間の月日は、筆者の個人生活にもいくつかの刻み目を残した。私は同時代の作家たちに、次第に深まる違和感を覚えるようになり、この国の批評家が一度は味わわねばならぬように宿命づけられている時期が、早くも自分に訪れていることを感じた。私は引越しをしたり、家族の病気や、安保問題や、外国旅行を体験したりした。が、結局一番深く心に刻まれているのは、この仕事を見守っていてくれた二人の知己の死である。」（同）

江藤さんは、ここで亡くなられた『日本読書新聞』の東野光太郎氏と独文学者原田義人氏の名をあげる。おふたりがどんな業績を残され、どんな人物であったかを私は知らない。しかし、小林論を書くにあたって資料の提供や批評してくれた大岡昇平氏の名に加えて、一般的にはより無名であろう東野、原田両氏にもきちんと江藤さんは謝辞を呈した。

「江藤さんは変質した」という人は、『小林秀雄』という作品自体からの印象よりも、小林秀雄という人物自体をとりあげたということをたしかに問題視にしている。

小林氏を昭和の文芸復興期に一貫してプロレタリア文学と論争を重ねてきた人とする丸山真男氏の『日本の思想』や「近代日本の思想と文學」をなぞるかのごとく、江藤さんは『作家は行動する』を折角ものしたのに、いったいその後のていたらくは何なのだ、という非難である。

「小林氏はこの感慨を厳密に論理化し、その論理を生きようとする。そして（陶淵明の）『かえりなん、いざ』という嘆声を心にひめている大多数の日本のインテリゲンツィアたちは、この論理にこそひかれるのである。彼らは外来思想に参加しようとし、しかもそこから拒否される。それがマルクシズムであろうが、芸術上の革命であろうが、現実を包括的にとらえ、変革しようとする行動は、その理想が日本の直線的な西欧化にある以上挫折せざるをえない。（略）しかし、いま彼らの周囲にはわずか三反にすぎないにせよ自分の田畑があり、『自然』があるではないか。『自然』はうごかず、拒否せず、なにものをも同化する。彼らは現実の――あるいは精神上の、『土地』を耕し、死を待ち、都会で狂奔する行動家たちをあわれむ。あわれなるものたちよ、眼をあけてみるがよい。『人生似幻化』。汝らの行動はすべて幻覚にすぎないのではないか。これが小林氏の論理の根底にひそむ呼びかけである。『進歩的文化人』たちよ、汝らのなさんとすることは『迷妄』を重ねることではないか。これはおそらく彼の近作の底にひそむ呼びかけであろう。」(『作家は行動する』)①

そして、

「しかも『帰去来』はひとりインテリだけの歌ではない。近代日本人のなかには真の都会人なるものはほとんど存在しない。われわれはことごとくどこかしらに自分の『土地』をもち、『故郷』をもつ農民の血をうけている。そして小林氏の論理――『負の文体』は、ほかでもないこの『土地』の方に読者をむきなおらせようとする論理である。そこに彼の文体の異常な説得力の魅力がある。なぜなら、それは紡績女工から大学教授にいたるあらゆる『農民』出身の近代人の精神の構造に、ぴったりと整合した文体だからである。『思想』をすてて、『土地』にかえれという思想が、小林氏の思想である。このような思想が、どれほどの魔力をもっているかはいうまでもない。」(同)②

と説く。小林氏の前に立ち尽くすばかりの江藤さんは、「しかし」とつづける。

「このような思想はなにものも変えず、なにものも解決しない。それが強力な思想であり、多くの日本人の精神に整合していることは、いささかもその思想がすぐれていることを意味しない。われわれの目的はつねに行動にあり、人間を復位させ、自由にするための行動にある。」(同)③

江藤さんの思考は、『作家は行動する』のなかで、①から②へ②から③へと揺れつづける。②などは、そのタイトルが伏せられ不注意な読み方をすれば、『小林秀雄』からの引用だといっても、すぐに気づかれることはないのではなかろうか。

「日本の進化（＝欧化）と立身出世主義とはいろいろな意味でパラレルな関係にある。田舎書生の『進化』の目標は、まさに『日本の中の西洋』である東京に出て大臣大将への『段階』を上昇することにあった。（略）秀才の出世は『むら』からの（しかもしばしば上からの抜擢による）脱出であって、福沢（諭吉）がつとに太閤秀吉の『出世』を例にひいて指摘したように、『譬へば土地の卑湿を避けて高燥の地に移りたるが如し、一身のためには都合宜しかる可しといえども元と其湿地に自ら土を盛て高燥の地位を作りたるに非ず、故に湿地は旧の湿地にして……』（『文明論之概略』）という反面をもっていた。」（傍点は原文）

「政治・経済・文化あらゆる面で近代日本は成り上り社会であり（支配層自身が多く成り上りで構成されていた）、民主化を伴わぬ『大衆化』現象もテクノロジーの普及とともに比較的早くから顕著になった。」

このふたつの引用は、江藤さんからのものではない。

江藤さん独特の響きのよさがこれらの文章にはないが、その内容は、『作家は行動する』、『小林秀雄』そして『一族再会』へと通底している。この引用は、いうまでもなく、丸山真男氏の『日本の思想』からのものだ。

祖父としての漱石、父としての小林秀雄

柄谷行人氏は、海軍中将だった祖父と平凡な銀行員であると父とのギャップのなかに江藤さんの「ラディカリズム」の根を見ていたが、江藤さんと小林秀雄氏および『小林秀雄』の関係について、次のようにいう。

「(江藤)氏が夏目漱石に祖父を、小林秀雄に父を見出していることは明白である。氏が漱石に対して一貫して敬愛の念を保っているのに、小林氏に対しては極度に相反的な感情を抱いているのは、多分このためであろう。『夏目漱石』を書きあげた氏に、小林秀雄はどのように映じたか。『作家は行動する』を頂点とするラディカリズムは、おそらく『祖父』夏目漱石より見たる『父』小林秀雄の姿への破壊的な憤激であった。氏はあえて『父』をおとしめた戦後に加担し、いっそうそれを否定しようとしたのだ。小林氏に対する『不公正』なまでの批難には、こうした感情が隠されており、それは実は過度なまでの愛着を示すものにほかならなかった。事実、氏はそれを『不公正』とよび、『誤解』とはいわないのである。

『戦後と私』(一九六六年)のなかで、氏は父への感傷的なまでにやさしい思いやりを吐露しているが、ここでは氏は祖父から父を見るのではなく、父から祖父をみている。父のなかの『欠落』を裁くかわりに、その欠落を耐えた悲哀に涙ぐむのである。『小林秀雄』を書くことが、次第に氏を『戦後』の否定に向かわせた事情はかくて明らかである。」(「江藤淳論」、『畏怖する人間』所収)

秀逸な分析である。

大久保喬樹氏は、『作家は行動する』(講談社文芸文庫版)の解説で、江藤さんへの丸山氏の影響は認めながらも、以下のようにいう。

「ここ(『作家は行動する』という仕事―引用者註)には、『小林秀雄』にも『漱石とその時代』にも劣らない、命をかけた――当時の言い回しで言うなら実存をかけた――若き江藤の文学創造の行程が刻みこまれているのである。この行程を一歩一歩自分の足でたどり、その軌跡を確認したからこそ、その後の成熟期への展開が開けてきたのである。そして、それは、(略)江藤個人の青春であるとともに、戦後日本批評、戦後日本社会の青春をも体現するものだったのだ。」(「戦後批評文学の青春」)

高校時代にS君とともに読んだときから、柄谷氏や大久保氏に導かれて読むいまとの間には長い歳月が流れ、私自身の読み方は変わっていったが、江藤さんと丸山真男氏との関連についてはもうひとつ確信がもてない。

昭和三十一年に書かれた『決定版夏目漱石』の「初版へのあとがき」で、江藤さんはいう。

「英雄崇拝位不潔なものはない。ぼくは崇拝の対象になっている漱石に我慢がならなかったのだ。人間を崇拝することほど、傲慢な行為はないし、他人に崇拝されるほど屈辱的なこともない。崇拝もせず、軽蔑もせず、只平凡な生活人であった漱石の肖像をえがくことが、ぼくには作家に対する最高の儀礼だと思われる。偶像は死んでいるが、こうしてひとたび人間の共感に捉えられた精神の動きは、常に生きているからである。」

江藤さんはしばしばこうしたことをいい、「戦後と私」では、「私は私を変節者ないしは転向者あつかいしようとするあらゆる『正義』に憫笑をもって報いるだけである」といった。

柄谷行人氏は、「変節」ということについて、次のように書く。

「かつて、『社会』という場所から自己絶対的＝自己滅却的な『自然』へ遁走しようとしながら、しかもつねにその肉体が『社会』に属していた漱石を評価し、小林秀雄を『負の文体』として否定した江藤氏は、その本質においては少しも変わっていない。評伝『小林秀雄』は依然として否定的に小林氏をとらえている。ただそういう過程を歩まざるをえなかった小林氏の〝悲劇〟は、けっして単純に否定しえないという認識が加わっている。江藤氏はそのとき、『社会』を発見し得たすぐれた知性が、にもかかわらず『自然』に向かって閉じて行かざるを得なかった危うい過程を自分の事のように感じていたにちがいないのである。

つまり、江藤氏は奔放多彩な動きを示しながらある一点では少しも動いていない。逆に、自分の『立場』を守ってきたと信じている者の方がたえず実質的に変節してきているのである。」（『江藤淳著作集続3―人間・表現・政治』解説『我慢と痩我慢』）

江藤さんの思想と立場を推しはかるのに、この文章は必須のヒントを与えてくれるように思われる。

「犬は殺す」

人の性格あるいは性質というものは、外側からは正確にわからない。意識で制御できるかもしれない後天的なものならともかく、先天的なものは本人に打ちあけられてはじめて納得することがある。江藤さんの場合は、その生まれつきのものがペンを執ると過剰にあらわれやすいのかもしれない。

江藤さんは、人としてのやさしさを持つとともに、自ら書くように癇癪持ちであり、しかもそれが過剰であるので振り幅は大きくなる。自らの血筋や家系や家族のことを書いてきた『一族再会』や「戦後と私」、「日本と私」を一覧しただけでも、このことは了解される。(粕谷一希氏は『作家が死ぬと時代が変わる』のなかで、「彼はかなり強度の躁鬱症があり……」といったが、氏は医学的な根拠をみつけていたのだろう。)

慶子夫人が入院し容態が深刻とわかったある日のこと、江藤さんと私のあいだで犬が話題になった。

江藤家四代目の(メイという名前がある)飼い犬のことだが、江藤さんは、「犬は殺す」といった。飼い犬を「メイ」あるいは「メイちゃん」と呼ぶのがいつものことなのに、この日は「犬」と突き放していった。「だめですよ。可哀そうです」と私がいうと、「いや、犬は殺す」と江藤さんは激しくいった。

ある時、(夫人の体調がすぐれないと聞いてまもなくのことだが、)江藤さんの家での打ち合わせが長引き、「夕飯を一緒に食べよう」ということになった。スコッチのダブルの水割りで乾杯してから、夫人手づくりのサラダとポークソテーの夕食をいただいた。

飼い犬は、片時も江藤さん夫妻の傍をはなれず、夫妻がつかう箸でじかに分け与えられるポークソテーにむしゃぶりついていた。

この犬は飼い主以外には愛嬌をふりまくことはない。江藤さん夫妻は、「犬」といいながら、その実、飼い犬を「犬」とは少しも思っていない。飼い犬の舌が触れたように見える箸をそのままにポークソテーを口にしていた。

夫人ともどものこうした濃密な時間から決別させられて、江藤さんとふたり（？）生きて行く飼い犬など、江藤さんには、想像できないのだ。その想像は、犬にとっても江藤さんにとっても、残酷すぎる。そんな不憫を犬に味あわせるわけにはいかない。それならいっそのことという激情が、「殺す」という表現につながっていったのだろう。（その後の飼い犬は、姪の府川紀子氏の「叔父、叔母と私」《旧題「可哀想な、おじさま」『文藝春秋』平成十一年九月号》によれば、「お嫁に行っている。」）

『犬と私』に、

「六年半前のちょうど今頃、私どもの家族は二人から二人と一匹になった。ダーキイという生後二ケ月のコッカー・スパニエルが私ども夫婦の仲間入りしたのである。今でも江藤家は、二人と一匹、いや三人ないしは三匹である。ダーキイが人間化するにつれて、妻も私も犬化してしまったの

で、人間と犬との区別がなくなってしまったのである。」(『犬と私』あとがき、昭和四十一年三月)

とある。

江藤さんが自死してからのさまざまな江藤淳論が書かれた。そのなかで、吉本隆明氏がまず、「(『妻と私』を読んで)もうひとつ、普段の江藤淳らしくないなと心にかかったことがあった。これも編集者に話したことだが、夫人の入院の準備をしている時期に、愛犬《わんちゃん》を知合いにあずけている。この愛犬は、江藤淳の手記のなかでは行方不明になっていて、かれが入院、手術、退院を述べたあとでも、また連れ戻したことも、散歩の日課をはじめたことも書かれていない。これも江藤淳らしくないな、と少し心にかかった」(「江藤淳記」、『文學界』平成十一年九月号)と、犬のことを書いた。

ほぼ同じくして、四方田犬彦氏が「江藤淳の飼い犬はその後どうなったか」(『週刊スパ!』平成十一年九月一日号)を書いている。

「江藤淳が死んだと知らされたとき、ぼくがとっさに思ったのは、死の原因が何であったとか、日本の文壇政治がどう変化するといった生臭いことではなく、遺された犬はどうなるかということだった。この稀代の評論家は、たしか鎌倉の屋敷に大型犬を飼《ママ》っていたはずである。その犬は、これからどういう運命を辿るのだろう。忠犬ハチ公のように、突然いなくなってしまった主人をいつまでも待ち続けるのだろうか。

江藤淳といえば、日本の無条件降伏に異議を唱えたり、夏目漱石の研究をしたりした人という印象が強い。だが、ぼくにとっての彼のイメージは、どこまでも犬をこよなく愛した人というものである。なにしろ29歳のときに、『犬を飼っているということは、二人女房を持っているようなものだ』という記念碑的な名言を残している人である。とにかく犬が好きだった。若いころ、生活が苦しいなか、犬が飼える家を探して苦労したというエッセイを読んだときには、素直に感動した。『犬と私』という本に登場するダーキイというコッカースパニエルには、おそらくチャペックの愛したフォックステリアや、ゲーテのムク犬と同じくらいの、文学的栄誉が与えられるべきだろう。だから遺著となった『妻と私』の端々に、メイという飼い犬がでてくるあたりがとても気になった。妻の看病に疲労困憊してわが家に帰った主人にじゃれついてくるあたりの悲痛さ。こうした細部がこの本を、愛妻記の通俗から遠く隔てている。」

四方田氏の筆は、犬彦というペンネームが本名に見紛うほど感動的だ。大塚英志氏も、「江藤の死については、（略）吉本隆明が『文學界』に書いた文章の中で『妻と私』の中で江藤の愛犬についての記述がないことが気になっていた、と記しているのが目にとまって、それでちょっと救われた気がした。江藤の文学の中で『犬』が占めてきたどうにもやりきれない位置を吉本隆明はちゃんと気にとめていた。」（「犬猫に根差した思想」、『GQ』平成十一年十、十二月号）

と書く。

江藤さんの生活はたしかに犬がいなければなりたたない。三月書房から上梓されている瀟洒な小型本で『犬と私』を読んだりするといっそうその観を強くする。

自死の数日後、鎌倉西御門の江藤邸の向かいの旧里見敦邸脇の道に初老の男性が佇み、じっと江藤邸を眺めていた。そしてその腕には、犬が抱かれていた——。後日、伝え聞いたことである。抱かれていたのは、四方田氏がいう〈遺された犬〉だったのではないだろうか。

ふたりの「師」

江藤さんの博士論文「漱石とアーサー王傳説」をめぐっては、大岡昇平氏とのあいだで罵詈雑言を投げつけあっての応酬があった。

漱石と嫂登世との間の恋愛関係についてのことだが、「犬は殺す」といった昂ぶりが、論争をする場合の江藤さんのどこかに顔をのぞかせてはいないか。人間的共感とそれと裏腹な軋轢、そこに江藤さんという人間の核を見つけることはできないだろうか。

論争というものを新聞、雑誌でみかけなくなって久しい。しかし、論争とは論理のたたかいだけが興趣深いのではない。あわせて憤怒、軽蔑、冷酷、といった論争に参加している人物の性格が透けて見えてくることが面白い。

大岡氏だけではなく、のちの「無条件降伏」論争での本多秋五氏、中途から同論争に加わった、高野雄一氏、小林直樹氏といった学者にも、論争となると性格の根っこがでてしまう。〈滑稽な〉といいたいほど、それがあらわになる。

江藤さん初期の重要な作品である『作家は行動する』、『小林秀雄』は、ともに、埴谷氏、大岡氏との交際から生まれている。

『作家は行動する』という作品そのものについては、のちの江藤さん自身が「『作家は行動する』では一本調子な物差しを振り回していた」という微妙な発言（前出）をしているが、そこにいたったのも、大岡氏と埴谷氏との関係の変化による。

『作家は行動する』では、『死霊』からかなりの長さの引用をおこなったうえで、

「このもっとも繊細な、音楽的な『文体』。おそらくここにいたってわれわれは、かりにそれがかならずしも『小説の文体』でないとしても実にみごとな『文体』をみいだすのである。『死霊』には、まれにみる美しい持続があり、その持続はあの『挫折から行動』の、強い自己否定の意志でささえられている。そして、野間宏氏や椎名麟三氏が発見したいわゆる『戦後の現実』——一九四〇年代後半の『日本』の具体的な『現実』における『存在』の問題は、ここで、『宇宙』を前にした『人間』の『存在』の問題にまで拡大されるのである。読者はおそらく『つきあたる微細な霧粒と霧粒』のあいだに、ライプニッツの『モナド』の発する孤独な音をきくであろう。この音をささえたものは、類を絶して鋭敏な作者のメタフィジックな聴覚である。」（『作家は行動する』）

との賛辞を埴谷氏におくっている。

大岡氏の『野火』についてはさらに長い引用を試みたのちに、

「表面的にいうなら、これはほとんど古典主義的といえるほどの、均整のとれた、端正な文体である。措辞もまた伝統的であり、適確に漢文脈がとりいれられていて、ことに対句が意識的に用い

られている。野間宏氏の文体を決して許容しない修辞学者や文法家は、おそらくここにもっとも規範的な文章を発見するにちがいない。しかしそれは実はうわべだけのはなしであって正確なとらえかたではない。それらすべての表面的な特質にもかかわらず、このような文体は戦後の作家によってしか書かれえないのである。大岡氏の端正な文体は、他のより『非小説的』な作家たちの『猥雑な文章』とすくなからぬものを共有している。端的にいえば、これは、特殊な状況に投げ込まれたために、『行動』せざるをえなかった孤独な意識家の文体である。」(同)

という、最大級の賛辞である。大岡氏、埴谷氏を称賛する文章の中に、椎名麟三氏、野間宏氏の名前がさりげなくあらわれている。

嫂登世論争

『作家は行動する』を執筆するにいたった当時のことを江藤さんは、『新編江藤淳文学集成4―文学論集』(昭和六十年二月刊)の「著者のノート」で回顧している。

講談社の編集者から「文体論」の書下ろしを依頼された江藤さんは、まず印税の前借を申し入れた。書下ろしにとりかかれば、他の仕事はできない。集中してこの仕事にいつまでも関わっていれば生活に窮するからだ。生活費にあてるつもりだったその一部を投じて、筑摩書房版『現代日本文学全集』全九十九巻を購入する。少なくとも逍遥・二葉亭以来の、日本の近代小説百般に通暁していなければという思いからだった。

そして、「文体論」(『作家は行動する』をさす—引用者註)にとりかかってみると予想以上の難事であった。昭和三十三年の夏から秋にかけてのおよそ七十日間で仕上げたが、特に、その前半部分で悪戦苦闘していたときの孤独な日々は、忘れることができないと書く。そして、次のようにいう。

「思索に疲れると、私は、散歩がてら歩いて十分とかからぬところにあった埴谷雄高氏の家に出掛けて行った。私は、埴谷氏のよい読者ではなかったし、氏の書いているものを正当に理解できると思ったこともなかった。しかし、叔父と甥ほども年齢の差があり、戦前に深刻な左翼体験を経、私との共通点は結核の病歴があるだけという埴谷氏は、現実にあってみると、意外にもはなはだ闊達な座談家でもあった。(略)

おそらく、自分の意志によってとはいえ、大学と師とを同時に失うことになったその頃の私は、単に対座すべき年長者を身近かに求めていただけだったのかも知れない。そして埴谷氏は埴谷氏で、私のなかに、無聊をまぎらせる年少の話相手を見出していたというにすぎなかったのかも知れない。

しかし、そういう二人のあいだに、敢えて共通の話題を求めるとすれば、それは小林秀雄以外にはあり得なかった。実際埴谷氏の小林秀雄に対する関心の熾烈さには、私は少からず驚かされた。超えるべき目標としての小林秀雄、最大の敵としての小林秀雄……そういう〝小林秀雄〟について、私は何度埴谷氏が熱弁を振るうのを聴いたかしれない。」(『新編江藤淳文学集成4—文学論集』)

江藤さんは素直にも、埴谷氏とのつきあいが単なる通りすがり以上のものであり、『作家は行動する』を書く上で影響を受けた、と告白しているも同然である。

『小林秀雄』のあとがきで江藤さんは、「昭和三十三年秋に、文体論を書き上げた直後、私は小林秀雄氏に対して不公正な態度をとっているのではないかという疑いに、突然とりつかれた」とこれまで何度も引用した有名な数行を書いたが、そのすぐあとに、

「その頃創刊された雑誌『聲』の編輯同人の一人大岡昇平氏から、文体論について好意ある長文の批評を記した手紙をいただき、同時に執筆の依頼をうけたとき、直ちに小林論が書きたいという返事を出したのはそのためである。」

と書く。

『新編江藤淳文学集成5―思索・随筆集』の「著者ノート」では、江藤さんのリアクションは若干ちがう。

「(昭和三十四年二月五日消印の大岡氏からの手紙は)『作家は行動するに』触れて、『……小林、志賀を仮想敵とされる必要はないのではないかと思ひました。彼らはもう実質的に神様ではありません。彼らの機能によつて神様であるにすぎないので、仮想敵を作るのは軍備を強化するには有効ですが、大兄にはもうその必要はないと存じます』という意味深長な意見が付されていたのには、思い当たるふしがあったからである。(略)要するに、私は、『作家は行動する』のなかで批判した小林秀雄の『負の文体』なるものと、実際に鎌倉の街頭で見掛けたことのある小林秀雄の姿の実質感とのあいだの落差に少からずとまどっていた。そのとまどいから生ずる対象への向い方の不正確

さを、大岡氏の批評はさすがに的確に指摘しているように思われたのであった。」

このあと数度、大岡氏との手紙の往復があって、

「(三月二十九日付の大岡氏からの来信で)私は季刊誌『聲』に執筆する意向はないかと、大岡氏に聞かれたのである。(略)しかし、大岡氏の手紙は、よく読んでみると、『作家は行動する』の続編を書いてみたらどうか、と示唆していた。だが、果して小林秀雄という、あの実質感に充ちた生身の存在に直面しないままに、私は『作家は行動する』の続編など書くことができるだろうか?続編を書く前に、小林秀雄論を書かなければならないのではないだろうか?そう考えはじめていた私の気持が、はっきり確定したのはいつだったか、記憶にのこっていない。」(同)

という。〈編集者〉大岡氏とのあいだで、講談社版『小林秀雄』の「あとがき」に書かれた内容とはちがったやりとりがある。

江藤さんが大岡氏の勧めによってそれでは『作家は行動する』の続編を執筆しようかと考えはじめたころ、また数度の手紙の往復があり、

「六月八日付の(大岡氏の)手紙には、『拝復、御手紙ありがたうございました。小林秀雄論、ご承諾の返事がないので、心配してゐました。安心しました。材料はよろこんで提供します。』という文面がある。この間に、私が思い切っていい出したのか、なにかのきっかけで大岡氏のほうの考えが変ったのか、いずれにせよ『聲』に小林秀雄論を書くことに決まったのは疑うべき余地がない。」(同、傍点は原文)

大岡氏と江藤さんの間で次作をめぐって最初から意見が一致していたわけではない。大岡氏は、「小林秀雄については見直す必要はない。『作家は行動する』の内容のままでいい」と思っていた。

江藤さんは、このとき打ち合わせで、大岡氏に麻布の国際文化会館で夕食をご馳走になっている。江藤さんはいう。

「大岡氏は、埴谷雄高氏とは、一見全く対照的な人のように見受けられた。なによりも大岡氏のまわりには、成功した人気作家特有の華やかな雰囲気が漂っていた。大岡氏の行動半径は、ゴルフも銀座もそのなかに抱え込んでいたが、同時に氏には、国際文化会館に宿をとるような、知的でハイカラな趣味を愛するところがあり、その意味で凡百の流行作家とは一線を劃していた。要するに大岡氏は、典型的な都会人であって左翼ではなかった。

しかし、それにもかかわらず大岡氏は、深刻な左翼体験の所有者である埴谷氏と、いくつかの特徴を共有していた。その第一は、饒舌なまでに座談を好む、という性癖である。そしてその第二は、若い世代に対する興味、第三はダンディズムそのものであり、最後になによりもあの小林秀雄に対する熾烈極まる関心であった。

このような大岡氏が、左翼でないだけ、私にとって埴谷氏より話し易い相手と感じられたのは不思議ではない。私はたちまちにこの年長の作家に親しみを感じ、文学的青春について語りつづけてやまないその歯切れのよい東京弁に酔った。」（同）

『新編江藤淳文学集成5』は昭和六十年三月に刊行されている。この「著者のノート」は同年三月四日に書かれた。

『漱石とアーサー王傳説』をめぐって、江藤、大岡の両氏の間で激しい応酬があったのは、これより約十年前の昭和五十年であった。

両者間の応酬についてはその一部を引用してみるつもりだが、江藤さんは、「著者ノート」にあるような文章を、両者間の憤怒の投げ合いから十年経って書いたのである。

このあたりの江藤さんの〈公正さ〉はもっと認められてもいいのではないか。

『小林秀雄』執筆当時、江藤さんが大岡氏に心からの敬意を表していたのはいうまでもない。

参考書目に、大岡氏の『わが師わが友』、『朝の歌〈中原中也伝〉』『富永太郎伝』をあげたあと、『小林秀雄』の「あとがき」で次のように書く。

「(『小林秀雄』を)このようなかたちで書き出すことになったのは、一つにはこの評伝を『夏目漱石』の延長線上に置きたいという希望のためであり、一つには大岡氏の中原中也伝『朝の歌』の影響である。大岡氏には、未発表の貴重な資料を見せていただいたり、率直な批評をいただいたりした。本書の第一部四章までに引用されているのは、大岡氏所蔵の資料である。本書について、筆者に幾分誇り得るところがあるとすれば、それはこれらの新資料を他の研究家や読者との共有財産にし得たということにつきる。小林氏自身も、それらの公表の許可を求めた私の手紙に、存分にするようにとの返事をあたえられた。両氏の寛容に感謝しなければならない。」

ここにおいては、大岡氏は、江藤氏にとっての師である。

一方、埴谷氏については、「自筆年譜」の昭和三十四年の項に、「(目黒区下目黒に転居)吉祥寺時代、近所のため訪れてときどき文学談を聴いた埴谷雄高と往来漸く疎なり」とある。

江藤さんの『夏目漱石』についても、大岡氏とのあいだに交流がある。

「その大岡昇平氏の手紙は、今でも大切に保存してある。(略)いくら古い手紙とはいえ、私信の内容をそのまま公開するのは憚られるので、間接的なかたちで紹介すると、満寿屋製二百字詰原稿用紙五枚に、桝目を無視して記されているこの手紙は、基本的には『夏目漱石』を私から借覧したことに対する礼状であった。このころまでに、初版の版元東京ライフ社は、つぶれて跡形もなくなり、『夏目漱石』は書店では入手不可能の状態になっていた。(略)(借覧の求めに)応じて一本を郵送したところ、この手紙が来たというようなわけであった。(略)『夏目漱石』について、『あなたのやうな方が出て来たことがうれしい気持で一杯です。僕などが少年の頃からいろいろ考へあぐんでゐたことが、一挙に解決されたのがうれしいのです』などという暖い言葉が連ねられていたことについても感激したが、……」(『新編江藤淳文学集成5』「著者のノート」)

明治四十二年(一九〇九)生まれの大岡氏(埴谷氏も同年生まれである)と昭和七年(一九三二)年生まれの江藤さんのあいだには、江藤さんが「(私と埴谷氏とは)叔父と甥ほども年齢の差があり」(前出)と書いたのとおなじ感情が流れていた。

「偏執」と「錯覚」

ところが、後年、大岡氏は「『漱石とアーサー王傳説』批判」を書く。

「江藤淳氏の労作『漱石とアーサー王傳説』が話題となっている。（略）江藤氏自らその苦心と意図を語って、文学研究の『厳格な手続き』によって『もの』の『手堅い手触りを探って』みたかったといっている。江藤氏のような地位の定まった文芸評論家が、このような心構えで学位論文を書くのは異例のことである。（略）私も最近、少年時に強い影響を受けた漱石について考える機会があり、また江藤氏と同じ主題、つまり『薤露行』と『アーサー王伝《ママ》説』について、ほかでしゃべったことがあるので興味深く読んだ。同時に不満を覚えた点もかなりあるので、書いてみる。」（『朝日新聞』昭和五十年十一月二十一日夕刊）

としたうえで、

「漱石と登世との恋愛関係は『漱石とその時代』以来の江藤氏の持論であるが、氏はその主張に固執するあまり、比較文学的蘊蓄を傾けて、『薤露行』という『もの』について、誤ったイメージを読者に与えているのではないか、と思った。（略）伝記的先入見に立てば、テクストに照応するものを見付けることは容易である。私たちは多くの同じような例を他の研究者にも見ているのだが、この私的な読み方は氏の漱石と嫂登世との関係に関する主張が、偏執に近いものに変じていることを窺わせる。（略）

漱石が明治三十六年に書いたとされる断片『無題』に関するものである。そこには『三十六年の泡』という字があり、小宮豊隆によって前年三十六歳で死んだ子規の墓参記とされているものだが、江藤氏は子規に託し、嫂登世の墓を前にしての『孤愁』を述べたとしている。文の末尾に『棒杭を周る事三度にして去れり』の句がある。しかし登世の眠る夏目家の墓が石であるのはあまりにも明らかであったから、氏は棒杭とは登世の戒名を書いた『卒塔婆であることが判明する』と注記している。しかし卒塔婆はどうみても板であり、墓のうしろに並べて立てるものである。いくら重ね合わせても棒杭とはならないだろう。ところが子規の墓はこの頃は仮の墓標で、まさに『棒杭』だったのである。

江藤氏の偏執は、その比較文学上の学術探求の間にも出没して論旨をゆがめている可能性はかなり大きいであろう。」（同）

手厳しく江藤さんを論難している。この朝日新聞に批判文が載る寸前の同じ年の十一月、大岡氏は、「漱石論」を講演し、江藤さんを批判するに至る時の流れを述べている。

「『小林秀雄』まで私は、江藤さんの協力者だったわけです。（略）彼の感受性には、私と似たものがあるらしいんです。ただ、その後、彼が母の崩壊とか、治者の思想とか、そのほか政治的にいろんなことを言い出してからは支持できなくなっています。一方、母の否定をいいながら、彼の中に、まったく否定はできないものが残っているので、登世説に固執するのではないかとの見当もあります。」（昭和五十年十一月三日日本文学協会での講演、「漱石の構想力」）

こうした気持ちが、『漱石とアーサー王傳説』を読んで一挙に爆発した。

江藤さんは、大岡氏への反論をすぐさま『朝日新聞』「文化欄」に「大岡氏の読み落としたもの」（昭和五十年十二月一日夕刊）を書く。「立証の手続きを無視　否定に性急で無理解も」というリードがあって、

「大岡氏は私の敬愛する大先輩である。近年はかけちがって、あまりお逢いする機会がなかったが、老来白内障を病まれているということを聞いて、ひそかにその容態を案じていた。その大岡氏が、眼疾をおして、相当の大部にのぼる拙著を早速読破されたのみならず、長文の批評を草して本欄に寄せられた異常な熱意には、著者として感激のほかはない。

しかも氏は、はなはだ不完全で未熟な拙著について、その『成果』とされるものをいくつか指摘しておられる。後進の一若輩たる著者は、それによって、当然、少なからず鼓舞されたのである。しかし、また同時に、大岡氏が『疑問』とされる点を知るに及んで、氏があるいは拙著について、いくつか読み落としをしておられるのではないか、という感想を抱かざるを得なかったのも事実である。」

と前置きして、反論する。

「薤露行」が破局の物語であること、「薤露行」と「無題」という作品のあいだにテクスト上の照応関係が成立すること、「無題」のなかの墓参を子規展墓としているのは文中の二行にしかすぎず、他の部分は漱石の母と嫂登世の墓を訪れたものである、とあらためて強調し、そして、

「およそ研究者が遡源《そげん》学的探求と文脈上の照応関係の調査によって、その論点を深め得ると考え

た場合、あたうる限りの努力を傾注してこの作業を追求しようと考えるのは当然であり、ここに注がれた努力を『偏執』と呼び、立証の手続きを無視して結論を『錯覚』と断ずるのは、否定に性急なあまり、研究そのものの意味に対する無理解を暴露した、重大な読み落としといわざるを得ない。私は、聡明な大岡氏をしてなお、かかる歪められた頑迷固陋な独断におちいられ、しかもその不毛さにまったく気付かれずにいることを、深く惜しみ、かつ遺憾とするものである。」（同）

この文章に、大岡氏が反論した。

「年齢とか身体障害とか、論点以外のものを導入して、論争を有利にみちびこうとする卑怯な論法は、新しい文学博士にふさわしくないものであるといっておく。しかしひるがえって考えるに、文壇の論争が、とかく論点と無関係な悪罵のかわし合いに終始するのに比べれば、氏がたとえ間違った前提に立つとはいえ、私に提起した諸点について、具体的かつ詳細に答えられたのは、氏がこんど入られた学会の習慣を、早くも身につけられたことを示していて奥ゆかしく、以下私はたいへん答え易くなっている。」（『朝日新聞』昭和五十年十二月八日夕刊）

とし、第一回目の反論でも書いた漱石の断片「無題」の読み方について念を押す。

「氏の反論（三）は、右の断片『無題』のテクストの読み方に関するものである。これは子規の墓参記とされているものであるが、氏は若い研究者に助けを求めて、子規に関するのは二行だけで、あとは嫂登世の展墓記だという。『水の泡』『消える』という、共通の項を持つテクストを分断しながら『逝ける汝』という実体と別のテクストにある『逝ける日』という比喩の間に、照応と共鳴を感じる氏のグロテスクな感性、あらゆるものに同一性と類似を感じ、差違が見分けられない精神の退行と荒廃こそ問題であろう。友情と別れのいさぎよさを示すこの文章が子規にのみ関すると読めない精神盲こそ問題であろう。なお、この断片は講談社版『子規全集』別巻Ⅱに収録される（収録の実際は昭和五十三年―引用者註）。同全集の監修者の一人として、私はこの文献を江藤淳氏の三文小説的な曲解から守るつもりである。」（同）

江藤さんは、この二回目の大岡氏の批判に対して再反論は試みてはいない。

嫂と義弟の本当の「関係」

この大岡氏との論争より約五年前、江藤さんは、吉本隆明氏との対談「文学と思想の原点」（『文藝』昭和四十五年八月号、『文学と非文学の倫理』所収）で、吉本氏に「『登世という名の嫂』（『新潮』昭和四十五年三月号）で、江藤さんのあらたな、ファクトとしての発見は、漱石が、嫂を抱いて二階から降ろしてやったりするような親密な看病をやったということでしょうか」と聞かれている。気持の上での波長が合う吉本氏が相手ということもあってか、江藤さんは、こう答えている。

「漱石が、自分の側からの親愛感を明らかに告白しているのは、明治二十四年八月三日付の、正岡子規に宛て嫂の死を報じた手紙ですね。彼は、その時、はじめて俳句をまとめて作っています。これはだいたい下手な句ばかりですけれどもね。その手紙や句を見ていると、どう考えてもただごとじゃない。というような面が二、三出てくるわけですね。ですから漱石のほうに、嫂と義弟というラチを越えた感情が存在したことはそれからもほぼ実証できます。しかし登世がどうであったかということを決定的に実証する手段はありません。」（「文学と思想の原点」）

「（兄）和三郎は登世の一周忌を待たないで、三番目の妻みよを入籍しています。明治二十五年四月十五日です。ところが、その十日前に漱石は分家して、北海道（略）に送籍している。丸谷才一氏に言わせれば、これは徴兵忌避のためだと言うのですけれども、僕はそうは思わないんですね。結果としては、たしかに一戸を建てて北海道の平民になるわけですから、兵隊にはとられなくなります。だけれども、この処置がなぜ四月五日に行われたか、三番目の嫂が入籍される十日まえに行われたということが非常に重要だと思います。この点は角川源義さんがすでにすでに指摘していますが、（略）僕もこの事実を重要視したい。つまり、〈君と寝ようか五千石取ろか、ままよ五千石君と寝よ、ということがありますね。（略）人間には、どっちかというと、君と寝よ、のほうで動く時期がある。明治二十五年四月の漱石はまさにそうだったと思います。このような場合、五千石を機軸にして論を立てるととんだ見当ちがいになる。徴兵忌避などというと、進歩的文化人は喜ぶでしょうけれどね。文学はやはり、君と寝よの論理がどれほど貫かれているかをみていくべきものだと思います。三番目の嫂がくる十日前に彼が分家するというこの心情の激しさは、どうしても相当重視しなければいけないと思う。」（同）

「そこで、登世の気持についてですが、これはほぼ確信がもてるなと思ったのは、（登世の実家）水田家の子孫をたずねて、漱石が登世の病中抱いて二階の上り下りを助けたという話を聞いたときです。ご亭主の和三郎はけっしてやさしくはしなかったかも知れないけれども、弟の金ちゃんはほんとうによくしてくれたといって感謝している。(略)なにも義弟が嫂にそこまでする必要はないし、嫂も義弟にそこまでさせる必要はないんですね。しなくたってもちろん少しも不徳義ではない。二階に病室があって、行き悩んでいる登世の身体を抱いて階段をのぼらせてやったという話が、美談として残っているのはなんとしても面白いのです。」(同)

だが、大岡氏の江藤批判は、とどまるところを知らない。

昭和五十年十二月一日には、成城大学経済学部教養課程で講義をしているが、若い学生たちをまえに、大岡氏は重ねての江藤批判を展開する。

「この江藤さんの本(『漱石とアーサー王傳説』)は欠点が多いので、学位論文の形にはなっていますが、彼の『漱石とその時代』以来の持説——というより妄想に近いのですが——つまり漱石が学生時代に嫂の登世と不倫の関係にあった、というんですが、たしかな証拠があるわけではないのです。『薤露行』は漱石がはじめて姦通を扱った作品です。アーサー王物語中の一挿話の書き直しですが、その主題の扱い方や叙述から、登世との関係を暗示するものを拾い出す。一つの偏見に導かれた偏った論文で、みなさんのためになるよりは迷わすことが多いと思います。(略)

文学と視覚芸術との相互関係なんて、もっともらしいことをいって、それらの画をふんだんに載せた、グラフィックな出版で、まあ挿画入り博士論文というものです。文章も歌謡曲みたいに、詠嘆的で、くり返しが多く、寝っころがって読むには案外手頃かも知れないが、間違った情報を多く

含んでいるので、若い方におすすめできないのです。」(「「薤露行」の構造」、『展望』昭和五十一年三月号)

江藤さんの文章を指して「歌謡曲みたいな」というのには恐れ入る(江藤さんが島倉千代子のレコードを大切にしていたのは事実ではあるが)。ことこの論争にかぎっては、江藤さんというよりも、大岡氏の激情家としての性格を知る格好の材料となってしまったというほうが適当だろう。

三　本多秋五、福田恆存、そして「無条件降伏」論争

三十六年前の「無条件降伏」論争

本多秋五氏との「無条件降伏」論争は、昭和五十三年の夏のことである。

敗戦から三十三年後に起こったこの論争は、論争後すでに三十六年を経、論争の当事者であるおふたりとも鬼籍に入ってしまった今となっては、振り返る人も少ないが、平成二十年代後半の政治状況、ジャーナリズムの思考方法、学者、批評家等の思想傾向を考えると、看過できない意味を持つ。

「無条件降伏」論争を時系列的にたどれば、江藤さんの昭和五十三年一月十四日付『毎日新聞』夕刊の文芸時評「戦後文学の破産」がことの発端だった。

江藤さんは、ここで、『群像』（昭和五十三年二月号）掲載の秋山駿、磯田光一、松原新一の三氏による座談会に触れ、この時より六年前にあった講談社版の全集『現代の文学』編集委員会で、この三人の批評家による書下ろし『戦後文学史』を別巻として加えるよう強く主張したが、それがいま実現して、「若干の感慨を催さざるを得なかった」と書く。

ただ、この回の文芸時評は、明晰を常とする江藤さんに似合わず、どうにも読みにくい。

それは、昭和五十三年一月に書かれた原稿なのに、その内容は、突然、約二十年の時空を遡り、昭和三十四年に発表された平野氏の文章を俎上にあげているからである。

筑摩書房刊『現代日本文学全集』の別巻『現代日本文学史』は、昭和三十四年に刊行され、「昭和篇」の筆者が平野謙氏だった。

江藤さんは、昭和の文学現象は「『現代日本文学史』が書かれた昭和三十年代初頭には、まだ同時代的現象だった」と、平野氏の力量に一定の理解を示したうえで、その戦後のとらえかたがおかしいと、二十年後に疑義を唱えたのである。

疑義を唱えるにあたって江藤さんは、「公平を期するためにつけ加えておけば、昭和二十年代の文学を端的に『占領下の文学』と（平野氏が）規定したのは、今日から見ても卓抜な規定であったといえる」とも書く。平野氏の論点を認めているのか批判しているのか、視点の曖昧さが、この回の文芸時評を理解しにくくしている。

江藤さんの平野氏批判の論点をまとめると、次のようになる。

平野氏は「日本は無条件降伏した」と認識しているが、それは重大な誤認である。また、占領下においては憲法が占領政策の優位に立つことなど決してなかった。なぜこの事実を認めないのか。そしてなにより、「集会、結社、表現の自由」は占領軍政策によって機能を停止され、日本人がそれらの権利を獲得したのは、「（平野氏がいう）媾和《ママ》条約調印後の『逆コース』と呼んでいる時代になってからで、決してそれ以前ではなかった」と、論難する。

江藤氏は、この文芸時評の前半で、「日本のジャーナリズムそのものが〝戦後〟を食い物にしつ

つ今日にいたり、〝戦後〟が俄かに消滅しつつあることに周章狼狽している」といい、論を閉じるにあたっては、

「戦後を食い物にするとは、とりも直さず、連合国が明示した条件による降伏を『無条件降伏』と置き換え、内務省の検閲のかわりに占領軍の『より巧妙な』検閲の存在した時代を絶対化し、日本人がようやく自由を得た時代を『逆コース』呼ばわりするような論法にとぐろを巻き、そこから一歩も出ようとせず、周囲の状況の変化を常に否定して能事足れりとする精神の怠惰をいうのである。その帰結が、今日の文学の水位低下に歴然とあらわれている。

どうしてわれわれは、かくもやすやすと長いものに巻かれて敗戦の傷跡を忘れたのか。死者を想うときの心のうずきを忘れてしまったのだろうか？」

と書く。

これまで、江藤さんの書いたものから、その感覚や思想を見るうえで私なりに大切と思われるところを、ずいぶん書き写してきた。

が、文芸時評のこの部分を書き写してみると、江藤さんの興味の焦点が家族・個人、あるいは批評家としての文芸への関心から国家へのそれへとカーブを切っているのが理解される。

『アメリカと私』にあった江藤さんのアメリカへの違和感と親近感という、相反する感情がより明確な形をとり、自らと国家との関係、自らと日米関係への考察に至ろうとしている。

ここまでは了解されるのだが、この回の文芸時評の筆致はいかにも苦しげなのである。

二千九百六十字、四百字詰め七枚半相当の原稿のうち、平野氏の『現代日本文学史』「昭和篇」からの直接引用は、《1》《2》《3》と番号をつけられ、四百字にも及ぶ。（要約を加えたら、さらに多くなる。）

特に、《2　占領軍による新しい検閲制度は、かつての内務省のそれのように、伏字や削除の痕跡を残さない、より巧妙なものとかわり、この新制度に編集者はまずためらい、ひるんだ形跡があった》

という直接引用部分に注目してみたい。

平野氏は、「伏字や削除の痕跡を残さない（検閲制度）」（傍点は引用者）とたしかに書いており、後年の江藤さんが「占領期と検閲」研究で力説したことをすでに昭和三十四年の時点で先取りした形である。

江藤さんが、「もう一つの戦後史」という連載を月刊『現代』で始めたのは、昭和五十二年一月号からだった。

敗戦直後の『朝日新聞』縮刷版を精読することで〈無条件降伏〉の研究を改めて開始し、「忘れたことと忘れさせられたこと」と題して『諸君！』に連載第一回目を載せたのが、昭和五十四年四月号だった。この時点では、江藤さんは明確に〈無条件降伏〉と〈検閲〉なるものの問題点を意識している。

ワシントンのウィルソン研究所に国際交流基金研究員として赴き、検閲研究を開始したのも同年十月であった。

江藤さんの占領軍による検閲研究は、当時、猪木正道氏や福田恆存氏らによって、「占領下では検閲制度は当然なことで、誰もが知っていた」と揶揄、批判された。

検閲をめぐっての両氏と江藤さんについては改めて書きたいが、江藤さんは、こののち一連の検閲研究で平野謙氏の発言部分に言及することはない。

繰り返すが、平野氏はすでに昭和三十四年の時点で、巧妙な検閲制度が占領軍にあったと明言している。とすると、江藤さんが、昭和五十年代になって始めた占領軍の検閲研究の大部分を自らの〈専売特許〉とでもいうべきものにしていったのはなぜだろうか。

ひとつの推理である。

平野氏が『戦後日本文学史』「昭和篇」を執筆した昭和三十四年の時点で、江藤さんがこの文章をどう読んでいたか、である。この年は、江藤さんが、『小林秀雄』を書き始めた年である。当然、文学史に関わることだから、平野氏の「昭和篇」に目を通してもおかしくない。

が、仮に江藤さんが、後年問題とした部分をこの時点では何とはなしに読み過ごし、疑問に思うことはなかった、としたらどうであろうか。

江藤さんは、「安保闘争と知識人」（『朝日新聞』昭和四十年八月一七日夕刊、『江藤淳著作集6—政治・歴史・文化』所収）では、安保改定問題の根底にあったものは何か、と自ら問いかけたあと、

「この努力の背景には、それより十五年前の一九四五年八月に、日本が連合国に対して無条件降

伏したという大前提がある。この『無条件』のなかから次第に『条件』を回復し、そうするにあたって経済の復興を主とし防衛を従とするというのが、おそらく戦後の保守党政治がかかげた基本的な国策であった。」（傍点は引用者）

と書く。吉田ドクトリンを肯定する戦後史への一般的な理解である。

先に引用したが、昭和四十一年暮れから昭和四十二年春にかけて連載された「日本と私」でも、「戦後の語彙にまつわりついていた占領政策的な、GHQ的な、あるいはCIE的な臭みをともなわずに」と江藤さんはいっているが、「検閲」という言葉は、そこにはない。「検閲」についてだけではなく、「無条件降伏」についても触れていない。

であるならば、江藤さんの問題意識は、昭和三十四年ではもちろんのこと昭和四十年、四十一年の時点にいたっても、微妙な日米関係には心を砕いてはいたが、のちのテーマとなる「無条件降伏」と「検閲」には到達していなかった、という推測も成り立つ。

埴谷雄高氏に、「当時（昭和三十四年―引用者註）の若い江藤淳は私よりさらになお『左翼的』であったといえるのである」（「江藤淳のこと」）という文章もあった。

このあたりの状況証拠を勘案すると、江藤さんの心理は屈折しており、この回の文芸時評をいっそう読みにくいものにしているのではないだろうか。自分も「かくもやすやすと長いものにまかれて」いた時代もあったとでも一言しておけば、論点はより明確なものになり、その後の摩擦も生じることがなかったのではなかろうか。

戦後文学は「徒花であった」

江藤さんは、この昭和五十三年一月二十四日の文芸時評以降、立て続けに「無条件降伏」について書いていく。

まず、「〈戦後歴史〉の袋小路の打開」（単行本『忘れたことと忘れさせられたこと』収録にあたっては「戦後史の袋小路」となっている）を『週刊読書人』昭和五十三年五月一日号に書いた。ここで江藤さんは、講談社版『現代の文学』の別巻『戦後日本文学史』が出たのは喜ばしいが、松原新一氏の筆になる第一章劈頭の二行が不正確きわまりない、と批判する。

「松原氏は書いている。

《昭和二十年（一九四五）八月十五日、ポツダム宣言を受諾した日本の無条件降伏によって太平洋戦争は終結した。》

これはおそらく十九年前の『現代日本文学史』（筑摩書房刊）中の故平野謙氏の記述、《日本が無条件降伏の結果、ポツダム宣言の規定によって、連合軍の占領下におかれることとなったのは、昭和二十年（一九四五）九月のことである。》

を、ほとんどそのまま継承したものと推測されるが、この種の不正確さが新しい世代の批評家によって、無批判に、かつ事大主義的に繰り返されて行くのは遺憾至極というほかない。（略）ポツダム宣言受諾の結果『無条件降伏』したのは、『全日本国軍隊』であって日本国ではなかったのである。（略）換言すれば、それが一種の『国際協定』である以上、ポツダム宣言は日本のみならず連合国をも拘束する性格をそなえているはずであり、また事実そうだったのである。これこそが、日本の〝戦後〟の出発点でなければならなかった。しかし、なぜかこの出発点は密教化されて今日に及び、顕教として流布されているのは、『日本はポツダム宣言を受諾して無条件降伏した』というような誤謬に充ちた虚説のみである。どうしてこういう奇怪な現象が起ったのか、その根源をつきとめておかなければ〝戦後〟の文学が陥っている袋小路を打開することも覚束ない。」（傍点は原文）

前述の『もう一つの戦後史』は、「占領政策がいかに浸透したかという観点から日本の戦後をとらえることに少なからぬ疑問を抱いていた」（同書「あとがき」）江藤さんが、終戦直後から占領期の事情を直接知る要人へのインタビューをまとめたものだが、そのなかに、当時外務省条約局長だった西村熊雄氏へのインタビューがある。

この西村氏の発言、「あの（占領中の）六年間の苦しさはいまの四十代、三十代の人たちにはおわかりにならないと思います。言論の自由も思想の自由も結社の自由も、なんにもない。自由をすべて奪われているうえに、あれはああしろ、これはこうと指図を受ける。処罰はいつどこからくるかわからん、いいことでもやれといわれてやるのはうれしくない。政府も国民もひとりひとり悩んだあの六年間の苦しみは、忘れられません」を引いて、「戦後史の袋小路」のなかで、江藤さんはこういっている。

「その（西村氏の言葉を聴いた）とき、私は目からうろこが落ちたように卒然と悟った。いわゆる〝戦後文学〟とはこの『苦しみ』の時代に咲き誇った徒花に過ぎず、実は最初から『国民ひとり

ひとり』の『苦しみ』とは無縁の営みだったのだということを。」（傍点は原文）

江藤さんは、さらに『産経新聞』昭和五十三年八月十日の正論欄で、戦後外交機密文書の第四次公開での解説記事で『毎日新聞』記者が「ポツダム宣言を無条件降伏」と理解していると非難して、次のように書く。

「ポツダム宣言は、日本のみならず連合国をも拘束する双務的な協定であり、したがって日本は、占領中といえどもこの協定の相手方に対して、降伏条件の実行を求める権利を留保し得ていたのである。いうまでもなく、ソ連は対日参戦と同時にポツダム宣言の署名国に参加し、この『協定』の拘束を受けている。ソ連の邦人シベリア抑留が不法だったのは、早期帰還を約束している宣言第九項に違反していたためであり、わが北方領土占拠が不当なのは、ポツダム宣言が領土不拡張を掲げたカイロ宣言の精神を承継しているにもかかわらず、その原則を侵害しているためである。」（「ポツダム宣言を正確に読め」）

江藤さんがこうして「ポツダム宣言の受諾は、無条件降伏ではない」との論を繰り広げていたところに、本多秋五氏が平野氏の衣鉢を継ぐが如く、その反対論者として登場する。

本多氏の反論をとり上げる前に、江藤さんの昭和五十年からこの頃までの自筆年譜を眺めてみる。

昭和五十年（一九七五）四十二歳の項では、三月、慶應義塾大学より『夏目漱石「薤露行」の比較文学的研究』で文学博士の学位を授けられたこと、NHKより「明治の群像―海に火輪を」の原作執筆依頼を受け、九月、一〇月と海外取材に赴いたこと、さきの学位請求論文が東大出版会から刊行されたこと、『文藝春秋』に連載していた「海は甦る」（第一部、第二部―引用者註）が終わったことなどが記されている。

昭和五十一年（一九七六）四十三歳の項になると、テレビでの活躍が前面に出てくる。「海は甦る」が文藝春秋読者賞を受けたこと、四月に日本芸術院賞を授賞されたこと、そして、江藤さんの後半生の主たる仕事となる占領期研究にとりかかり、「もう一つの戦後史」のための連続対談を開始したことのほかは、NHK連続ドラマ「明治の群像―海に火輪を」についての部分が多い。

「同年一月二十九日午後七時三十分『明治の群像―海に火輪を』第一回『大久保利通・西南戦争』NHK総合テレビジョンより放映さる。視聴率一六・一パーセント」

とあり、二月第二回「大隈重信・明治十四年の政変」、三月「第三回「伊藤博文・憲法取調」、四月第四回「鹿鳴館前編」、五月第五回「鹿鳴館後編」、八月第六回「陸奥宗光前編」、九月第七回「陸奥宗光後編」、十月第八回「星亭」、十一月第九回「小村寿太郎前編」、十二月第十回最終回「小村寿太郎後編」と、この年はほぼ一年、明治維新の成り立ちを問うテレビ番組の制作に没頭したことを記述する。十一月、「もう一つの戦後史」（『現代』連載）の第一回として迫水久常氏と対談、十二月、東久邇稔彦氏と対談（「もう一つの戦後史」）とある。

昭和五十二年（一九七七）四十四歳の項は、三月、里見弴氏との対談（『海』）、十月、『本居宣長』をめぐって小林秀雄氏との対談（『新潮』）のほかは、『もう一つの戦後史』のための十一氏との対談に忙殺さる。この年も、テレビとの関わりがあり、

「八月二十九日、テレビマンユニオン・TBS共同制作、長屋広生脚色による史上初の三時間ドラマ『海は甦える』、TBSより放映さる。視聴率関東地区二九・三パーセント。関西地区三二・六パーセント。」

とある。そして、昭和五十三年（一九七八）四十五歳を迎える。

この年、八月に本多秋五氏とのあいだに「無条件降伏」論争が起るのだが、「五月、十五日、父隆、享年七十六を以てパーキンソン病のため逝去」の記述がある。

こうしてみると、昭和五十年（江藤さん、四十二歳）、昭和五十一年（同、四十三歳）、昭和五十二年（同、四十四歳）、昭和五十三年（同、四十五歳）の項の書きぶりが、それ以前とは変化している。江藤さんの仕事（文業）がまたひとつ違う分水嶺にさしかかって、テレビへの進出、さらに戦後史の研究にいそしむ一方で、文芸の方面からやや遠ざかる傾向が見てとれる。

昭和五十三年十一月、「この月を以て『毎日新聞』に昭和四十四年十二月以来毎月執筆して来たりし『文芸時評』の筆を擱く。」（自筆年譜）とあるのが象徴的である。

当初は、「無条件降伏論者」だった？

本多秋五氏は、江藤さんへの反論である「『無條《ママ》件降伏』の意味」を「平野謙が亡くなって、平野について書かれた文章を読む機会が多かった」と前置きして、『文芸』（昭和五十三年九月号）に発表する。弔い合戦の趣である。

ここから、江藤さんの反論、本多氏のそれに対する反論、江藤さんの再反論へと進んでいく。

江藤さんと本多氏の論争の舞台は『毎日新聞』だったのに、そこに『朝日新聞』が割り込んできて国際法学者の高野雄一氏による両者の論争への見解「無条件降伏論争の問題点（上）降伏と占領」（同年十月二日夕刊）「同（下）占領期の自由抑圧」（同年十月三日夕刊）が掲載される。

江藤さんと本多氏の論争の要約をするのは、実は気が重い。

罵詈雑言を両者が投げ合っているというからではない。

両者の掛け合いはけんか腰で滅多矢鱈に棒切れを振り回す体で、ついには「下品な文章」（本多氏）の往復となるが、そこには文士同士の論争という形があり、互いに高名な批評家なのに今日の新聞・雑誌上での論争では到底望めない一途さもある。

行司役として中に入った高野氏の文章は、法学者だけに、要約がしやすい。法学者と文学者では、言葉の位相が違うといってしまえばそれまでだが、江藤さんと本多さんのそれには文学者としてのプライドと感情がプラスされている。感情的だから要約しにくいということはない。感情的な文章でも、精読すれば要約はできる。

問題はそこにあるのではない。

江藤さん理解（擁護）の立場をとるとすれば残念なことではあるが、この時点での江藤さんの占領期への認識が、後年研鑽を重ねて『忘れたことと忘れさせられたこと』、『一九四六年憲法―その拘束』、『閉された言語空間―占領軍の検閲と戦後日本』の三部作を完成させた以後とは、質的に違っているからである。

例えば、占領軍の検閲がその当初においては、ＣＩＥ（Civil Information and Education Section 民間情報教育局）ではなく、ＣＣＤ（Civil Censorship Detachment 民間検閲支隊）によって日本国民の目をそらしながら秘密裏に行われていたとする江藤さんの研究が、この時点の発言にはあらわれていない。

江藤さんの占領三部作を読んだのちになっての感想から、公正を期していえば、本多氏との論争時点での江藤さんの占領期への認識には甘いところがある。平野氏に対する発言も同様に、江藤さんの書いたものを遡って行けば、その批判内容を簡単には首肯することはできないことは、前に述べた。

言い合いは華々しくとも、本多氏の議論をしろうとのそれ、江藤さんの議論をくろうとのそれ、と一方的に呼ぶことは躊躇されるところで、いわば半可通同士の論争が「無条件降伏」論争だった、と現在の時点の眼で判断したとしても間違いではないだろう。

『アメリカと私』には、プリンストン大学で日本文学を教えているヴィリエルモ助教授という親日家を自称する人物との会話の場面がある。江藤さんは、ヴィリエルモ氏の言動をphony（わざとらしい）（原文のまま、「わざとらしい」は、江藤さんの訳―引用者註）という。そのヴィリエルモ氏が、自分は浴衣を着たり下駄をはいたりして、こんなにも日本が好きなのに、日本人は「私を外人扱いして」仲間に入れてくれない。それに、あの安保騒動、どうしてあんなひどいことを日本人はしたのでしょう、ショックです、というのを、江藤さんが「日米関係の改善などわけもないことだ」というところである。

米大統領が特使を送って公式に原爆投下に遺憾の意をあらわし、合わせて沖縄県を返還すればよい。そうすれば、反米感情は目立ってへり、あなたのような「親日家」の居心地もよくなるでしょう、と江藤さんがいうと、ヴィリエルモ氏は憤然として、

「とにかくアメリカは戦争に勝ったのですからね。勝ったものが、占領した土地をとるのは当たり前ですよ、江藤さん。日本人は負けたことを忘れているのではありませんか。日本は無条件降伏をしたのですよ、江藤さん。」（『アメリカと私』、傍点は引用者）

という。

江藤さんはこの発言に対し反駁していない。「無条件降伏」という言葉にももちろん反論を試みず、ヴィリエルモ氏の言い分を聞き流した。

大括弧の「無条件降伏」と小括弧の「有条件降伏」

本多秋五氏の反論である「『無條件降伏』の意味」の論点の中心は、

「日本は『ポツダム宣言』を受諾して『無條件降伏』したという場合、日本は『ポツダム宣言』を受諾するに際して、最小限の希望條件さえまともにとり上げてもらえず、どんな希望條件について折衝する余地もなかったという厳然たる事実をさしている。」

「そこには、いわば大括弧でくくられる『無條件降伏』の思想と、小括弧でくくられる『有條件降伏』の方式とが同時に存在する。日本の敗戦――『ポツダム宣言』の受諾を語るとき、よく『無條件降伏の條件』という矛盾した言葉が使われるのも偶然ではない。ここでは、『條件つきの無條件降伏』といっても空虚な言葉ではない。江藤淳は、『ポツダム宣言』は、それが受諾された場合、日本のみならず連合国をも拘束する性格をそなえた一種の『国際協定』をなすものだという。たしかにその性質は、小括弧にくくられた事実としてある。」（「『無條件降伏』の意味」）

というところにある。

ローズベルト大統領が今次の大戦を枢軸国の「無條件降伏」によって終結させるとした一九四三年のカサブランカ声明の精神が「ポツダム宣言」の底流をなしている、ともいう。

そして、モハメッド・アリのような大男を連合軍、江藤さんまたは本多氏のような非力の男を日本にたとえる。大男と非力な男が殴りあって、非力な男が力尽きんとした時に、出された紙切れには「ポツダム宣言」が書かれていた。たしかに大男の差し出した紙切れには、「條件」が書いてあり、「基本的人権は守る」という。これは大男も拘束すべきものにちがいない。しかし、大男は非力な男に一切有無をいわせない。受諾は完全に「無條件」でなければならないという。

こうしたたとえ話をしながら、本多氏は、

「江藤淳は、理路整然として小括弧内の事実に終始し、より根本的な事態を見落しているのである。」（同）

とし、
「例の音吐朗々の、八艘とび流の論理で、『無條件降伏』との理解の仕方と『〝戦後〟の文学が陥っている袋小路』と、一体どんな関係があるのか誰にもわからないが、この意気揚々たる姿勢には、どこか人をハラハラさせるものがある。」（同）

と感想を述べる。

これに対して、江藤さんが「本多秋五氏への反論（上）（下）」（『毎日新聞』昭和五十三年八月二十八日、二十九日夕刊）を書く。

「文芸時評」を二日分まるまるつぶしての反論である。二日分という新聞の大胆なスペースのつかい方は、同紙の文芸時評欄を江藤さんが長年担当しているという事実を差し引いても、現在の新聞のありようからは想像もできないことである。

江藤さんは、本多氏の論は「自分は『大括弧』で深遠だが相手は『小括弧』で軽薄だと居直って」見せただけで、「これは一見荘重であるが、デマゴーグの論法である」といい、「ポツダム宣言」にカサブランカ声明の精神が底流していたというのなどは牽強付会の妄想でしかない、と反論する。

さらに、江藤さんは自らの『週刊読書人』の原稿（前出、「〝戦後歴史〟の袋小路の打開」）を引用して本多氏が、「『無條件降伏』の理解の仕方と『〝戦後〟の文学が陥っている袋小路』と、一体どんな関係にあるのか誰にもわからない」と触れているのを、「腹に一物ありとは、このような態度をいうのである」ときめつける。

ここで、江藤さんはそう考えるにいたるヒントを与えてくれた人物として、『もう一つの戦後史』でインタビューした西村熊雄氏を再度登場させて、その発言内容（「言論の自由も思想の自由も結社の自由もなんにもない……」）を紹介する。江藤さんはいう。

「奇怪なのは、本多氏が、拙文のこの部分を故意に伏せて『無条件降伏』の理解如何と〝戦後文学〟との袋小路のあいだに、『一体どんな関係があるのか誰にもわからない』などと、とぼけて見せているという事実である。都合の悪いところを伏せておきたいのは人情であるから、本多氏にとっては、占領管理下の日本が言論・思想・結社等の自由を奪われていたという事実の指摘は、よほど都合の悪いものであったにちがいない。この一点に頬冠りして通り過ぎようという氏の態度から明らかなことは、少なくとも氏にとっては『あの六年間』が、『苦しみ』の時代以外のなにものかであったという、もう一つの興味深い事実である。」（「本多秋五氏への反論《下》」）

「いったい本多氏の胸には日本が敗れたとき一片の痛みも哀しみも浮かばなかったのであろうか？　氏はそのとき他人事のように『ざまあみろ、これでせいせいした』と快哉を叫んで、敗戦の原点を見据えようともせず、占領政策のお先棒をかついで走り出したというのだろうか。本多氏とその盟友たちがその当時創刊した『近代文学』同人が、マルクス主義からの転向者であることは周知の事実である。そうであれば本多氏もその他の人々も、いかに消極的にであれ戦時中の日本国家に忠誠を表明した時期があったにちがいない。つまり氏が、敗戦によって『無条件降伏』は『日本人の常識』と叫び出す以前に、再転向の瞬間が存在したにちがいない。

本多氏とその友人たちは、マルクス主義からの転向がどれほどの『苦しみ』を伴うものであったかについては、繰り返して書いて来た。それなら敗戦時の再転向の際には、痛みもなく『苦しみ』もなくて、ただ〝解放〟の喜びだけがあったのだろうか。いったい氏とその友人たちは、いったん誓ったはずの日本国家への忠誠を、どこにどう処理して来たというのだろうか?」(同)

江藤さんは、「近代文学」同人の転向問題を取りあげた。占領軍は解放軍だったのかと問い、そして、日本国家への忠誠はどうしたのだ、とまでいう。

本多氏は、『転向文学論』をすでに昭和三十二年に上梓しており、転向問題まで触れられては、といっそう熱くなった。

「戦後」は喪失の時代か、解放の時代か

本多氏は「江藤淳氏に答える(上)(下)」と、『毎日新聞』同年九月七日、八日両日の夕刊に書いた。またも二日連続での掲載である。

反論(上)に、「占領下の自由と不自由　日本支配階級に責任　占領政治のせいではない」、反論(下)に、「『国家』観念の奥行きの深浅　苦しんだ心ある文学者　思い屈し、口ごもる」という見出しがあり、真っ向から江藤論に反駁する。

反論(上)で本多氏は、

「もともとはサンフランシスコ条約の締結に漕ぎつけるまでの苦心談を語るのが九五％以上の内容である同氏（西村氏）の談話から、とくにこの一節だけをピックアップした江藤氏の引用も意図的なものである。（略）西村氏との対談でこの言葉を聴いたとき、『眼からうろこが落ちたよう』であった、と江藤氏は書いている。こんな言葉をきいてウロコが落ちるような眼は、一体どこについているのか？」（傍点は原文）

と反駁し、さらに、占領管理下では言論・思想・結社等の自由が奪われていたという事実を江藤さんが強調しているのを、「休み休みにいえ、真っ赤なウソである。」と断言する。

占領期体制についての判断が、江藤氏と本多氏では正反対なのである。本多氏は続けて、

「敗戦直後の、日本国民の『苦しみ』は、まず第一に、食うに食なく、住むに家なく、勤めたくとも職がないことであった。その責任は、事ここにいたらしめた日本の支配層が負うべきもので、それを占領政治のせいに帰するのはお門違いである。（略）江藤氏が『なかんずく言論・思想等の自由は、占領下の日本には存在し得なかった』などと途方もない虚言を吐いてまで、当時の日本国民の『苦しみ』を占領政治の責めに帰そうとするのは、日本の支配階級が負うべき重大な責任を免除したいという暗々裡の願望による、としか考えようがない。」（「江藤淳氏に答える《上》」）

と書く。

戦後の苦難な日常への責めを負うべきは、占領軍であるよりも日本軍と日本の旧支配階級である、とするこの本多氏の視点は、戦後七十年たった今もいたるところで散見される。日々のジャーナリ

ズムの論調にも、ペンクラブを中心とする作家、批評家の発言にも、学者の思考の底流にも脈々と息づいている。歴史認識に関することである。

本多氏は、反論（下）でさらに江藤さんを追撃する。江藤さんが「戦後と私」で、戦後は「喪失の時代」であるといい、「祖父たちがつくりかつ守った国家」が崩壊したという意味でも「喪失の時代」だったと強調しているのをとらえ、

「戦争が終わったとき、私はホッとした。自国の敗北に解放を感じなければならぬとは苦々しいことだが、これが事実であった。江藤氏と私とでは、おなじものに対して見方が食い違い、対立せねばならぬのも道理だろう。」（「江藤淳氏に答える《下》」）

といい、江藤さんが、本多氏とその盟友たちの戦前の転向と戦後の再転向を問うて、「いったん誓った日本国家への忠誠をどこにどう処理して来たというのだろうか？」といったのに対しても、

「昔の憲兵か、陸海軍の学校の教官か、書物の上でのみ知る異端審問官を髣髴させる口吻である。」（同）

「のみならず、ここで『国家』への忠誠を云々する江藤氏は、いいまわしこそ岡っ引きのユスリがましいが、支配者の立場に立っている。氏のお好みの言葉でいえば『治者』の立場である。」（同）

と断じ、「長い夏、炎暑もすぎて、秋風立つ。余儀ない事情によるとはいえ、いい歳をして、下品な文章を書いたことを恥じる」として擱筆する。

本多氏の反論から十日後、江藤氏の「再び本多秋五氏へ」が『毎日新聞』（同年九月十八日夕刊）

に載る。

まず、「言論・思想の自由は、占領下の日本には存在し得なかった」という江藤さんの主張を本多氏がそれは「真っ赤なウソ」であり、「途方もない虚言」としたことをとりあげて、では、昭和二十二年の二・一スト中止は誰のせいだったのか、昭和二十五年六月六日の徳田球一以下二十四名の日共幹部の公職追放指定は、これまた誰のせいだったのかといい、これをしも本多氏は「自由」な状況というのか?と問いかける。

本多氏が、「『国家』は巨大で奥深い存在である。そこには多くの暗黒がある」といっているのに対して、「その言やよし。だからこそ国家は、その『暗黒』に身を捧げた無慮二百五十万の戦死者の霊とともに、絶え間なく本多氏とその盟友たちを追いつづけている。戦争に負けて氏らが『ホッとした』ときもそうである。今日にいたってもなお、そうである」(「再び本多秋五氏へ《下》」)と江藤さんはいって、

「本多氏の『自我』は、アメリカの国家意思が旧日本国家を否定してくれたあとの空白にチョコンと居直って、わが世の春を謳歌したというにすぎない。日本の戦後は、本多氏の思想によってもたらされたものではない。あくまでも占領政策によって形成されたのである。」(同)

と結論づける。

転向問題も絡んでの議論の根っこは、何度もいうが、戦後をどう見るかにかかっている。

戦後を喪失の時代と見るか、あるいは占領軍がもたらした、軍国主義の解放からの延長と見るか、

自明のように見えてこの問題は、いまだ曖昧なままである。それなのに、ごく少数の人を除いて議論の対象とはしなかった。むしろ議論を避けるのをあたかも大人の態度としているかのように、ジャーナリズムも、言論人も、学者も、そして文芸の世界も、この問題を等閑視してきた。

「無条件降伏」論争を無視し続ける学者

民主党政権の失政によって自民党が総選挙に大勝し、平成二十四年、第二次安倍内閣が登場する。外交、安保、経済、行政、そして靖国問題等に関して、安倍首相は「戦後レジームからの脱却」を唱えた。だが、それに賛成するか反対するかという以前に、ジャーナリズムは表面活発に見えて実は熱のこもらない論調に終始していた。

『読売新聞』と『産経新聞』は、安倍首相の提唱に賛成し、『朝日新聞』、NHKは、そうすることが言論機関の矜持であるかの如く、改憲にも集団的自衛権論議にもとおり一遍の反対論を唱えたが、どちらの側も核心に迫る迫力はなかった。ともに入口のところにとどまった議論に終始し、それをうけて、人々も「日々の暮らしに関係がない。どうでもいいや」と、知って知らない素振りである。

新聞社の世論調査というものは、質問紙からして自らの議論の方向に回答を引きよせようとする我田引水の典型である。

憲法問題について最近の調査の数字を見てみると、今の憲法を変える必要がない五〇%、変える必要がある四四％（『朝日新聞』平成二十六年四月）、今の憲法を変える必要がない四一％、変える必要がある四二％（『読売新聞』平成二十六年三月）とある。立場を異にしているとそれぞれが紙面で大書する割には、両者間の差は大きなものではない。

憲法改正の数字が高くなったことが、過去にあった。憲法施行五十周年を迎えた平成九年のことである。橋本龍太郎内閣の時である。共同通信の調査では、「憲法を改正してもかまわない」という改正容認論が四七パーセントで、これに、「大いに改正すべきである」という積極改正論一六・三パーセントを加えると、憲法改正肯定派が六三パーセントを超えた。『朝日新聞』の調査でも、改憲必要派が四六パーセント、不要派が三九パーセントで改憲派が上回った。

この現象は注目に価する。

改憲が起こりそうもない時には、改憲に賛成といい、〈戦後レジームからの脱却〉を唱える首相が登場すれば、改憲反対という、人々のバランス感覚である。

要するに、変化を望まないというより、人々は自分の世代で責任を取りたくないのである。

アメリカに頼りきりという国の姿を、人々は知っていて知らないそぶり、という江藤さんの批判は死んではいない。

高澤秀次氏は、「無条件降伏論」に最初に疑義を唱えた文学者は福田恆存氏であり、江藤さんではないと批判する（『江藤淳―神話からの覚醒』）。

高澤氏の論点はのちに紹介するが、同書のなかで、高澤氏は「無条件降伏論争」について次のようにいう。

「(だがそれよりも特筆すべきことは、) 福田・江藤という文学者のここでの問題提起以外に、戦後社会の存立基盤にかかわるこの問題を本格的に思考の対象とした言論人が、皆無だったことだろう。このような形で戦後を根底から疑ったのが、彼ら文学者以外になかったという事実は、この非文学的な難題に畳み込まれた文学問題の扱い難さの証明でもあった。(略)

それにしても、占領軍の『検閲』の内実を、例えば丸山(真男)学派の名だたる政治学者の一人だに問題にしなかったというのは、やはり異常な事態だったと言えはしまいか。丸山の名声を決定的なものにした『超国家主義の論理と心理』(『世界』一九四六年五月号)にしてからが、『検閲』を通過した反日親米的内容に彩られた、占領下の日本にあってのこれ以上にない模範的な論文であったことは、江藤の議論に照らして看過できない問題であろう。」

高澤氏の指摘は、イデオロギーの相違、右左の立場にかかわらずきちんと立ち止まって考えてみなければならない。敗戦後の国の成り立ちの基本にかかわることである。

「無条件降伏」論争は、論争から三十六年経っても終わってはいない。江藤さんなら、その著作の題名のひとつにあるように「日米戦争は終わっていない」ということだろう。

しかし、そのために、文芸の世界から江藤さんは次第に孤立していくことになる。どうやら江藤さんは虎の尾を踏んでしまったようだ。

文芸の世界もジャーナリズムの世界も同様に、江藤さんの指摘にもかかわらず、何事もなく日々を重ねていく。

赤坂真理氏の作品『東京プリズン』（平成二十四年《二〇一二》刊行）のみがかろうじて「無条件降伏」論争のその後を引受けた恰好である。

この作品には、アメリカ東部最北端のメイン州に中学を終えるとすぐ留学した主人公（赤坂氏と思しき女性）が、寄宿先の家族から何度も、〈アメリカン・ウェイ・オヴ・ライフ〉という言葉をあたかも「おはよう」代わりに、〈民主主義〉の呪文の様に、復唱させられるシーンがある。主人公の母親は、東京裁判の通訳をしたという設定になっている。現行憲法制定過程への疑問も、ハイスクールに通う日米両国の高校生の眼から的確に捉えられている。検閲への言及もある。そして「母親との間には一見、何もないかのようだった。お互いに、決して語り合おうとしない領域がある以外は。それがアメリカだった」という印象的な語りもある。

「無条件降伏」論争余波

文学者同士による「無条件降伏」論争に、国際法の第一人者高野雄一氏が行司役として、『毎日新聞』から舞台を変えて『朝日新聞』に登場した。

「無条件降伏論争の問題点（上）降伏と占領の性質」、「無条件論争の問題点（下）占領期の自由抑圧」（昭和五十三年十月二日、三日夕刊）がそれであるが、高野氏は江藤さんの議論に賛意を示すことはあっても、全面的なものではない。強く批判している。本多氏には厳しい見方をするが、すべてを否定してはいない。

文学者が関与した「無条件降伏」論争の「非文学的な難題に畳み込まれた文学問題の扱い難さ」（高澤秀次氏）に苦笑気味な気配がある。

高野氏の論点を整理してみる。

高野氏によれば、日本はポツダム宣言を受諾したが、日本政府はなお存続を認められた。ドイツにおける無条件降伏とは、法的政治的にはっきりした違いがある。ここまでのところは、江藤論が正しい。本多論は誤りである。

しかし、「ポツダム宣言」、「降伏文書」は力による一方的なものである。その内容は問答無用で一方的に定められて、無条件で受諾させられた。かつ、これらの条項は連合軍の権力が上に立ち、日本政府は従属するものとされた。この連合国最高司令官に対する従属関係は「降伏文書」に明文化されている。

「江藤氏はなぜかこの従属制限の法的条項には論争では全然ふれず、かえって『日本は明示された諸条件の下に主権を維持しつついわば約束づくの降伏』をしたとして、占領管理下の日本をもそう理解しているようである。そうだとすれば、明瞭な誤りである。」（「無条件降伏論争の問題点《上》」）

高野氏は、この（上）で、連合軍の日本占領は江藤さんが主張するような「保障占領」ではないといっている。高野氏は（下）で、

「江藤氏が占領権力の行使、自由抑圧が無法なもののようにしばしば論難するのは、『方式』や『文書』の上から正当でない。占領には、そもそもなにほどか自由の拘束が正当性をもって認められる。日本軍の南方占領についても同じである。もとより日本の占領は単純な占領、伝統的な保障占領をも越えていた。ポツダム宣言受諾・降伏文書署名（広義の国際的な合意・協定）が基調になった。日本の政府も法律もその制約下にあった。」（「無条件降伏論争の問題点《下》」）

といい、「日本の国民は（略）占領下の苦痛と抑圧にまともに（お二人《江藤さんと本多氏をさす―引用者註》以上ではないだろうか）耐え抜いて独立回復後の日本を迎えた」と苦言を呈する。

そして論を閉じるにあたって、「問題を提起されたお二人の自重を祈る」として、筆を擱く。

なにやら、文学者同士のしろうと論議はこれだから困る、という専門家の舌打ちが聞こえくる。猪木正道氏が「占領に、自由の制限、検閲はつきもの」と笑い飛ばしたのと同じ思考法だろうが、江藤さんと本多氏は文学者の立場から、高野氏が力説したまさに「自由」の問題を論じていたのである。

高野氏が当時あえて筆を執ったのは貴重なことではある。学者はのちの小林直樹氏をのぞいてほとんど誰もが発言していない。

「無条件降伏」論争と「占領軍の検閲」がその後の日本人の言語空間にいかなる影響を及ぼしたのかという点についての考察は、法学者の及ぶところではないのだろう。文学者の文学者たる所以のものをふたりは追求したのだ。だからといおうか、江藤さんは本多氏に悪い印象をもっていない。

開高健氏との対談でも、本多氏という人について、

「本多秋五さんもそうだね。あの人には白樺派の研究があるから、まったく裏返しも表返しもないような白樺エピゴーネンの一人だけど、本多さんていう人は真面目な人で、先々月号の『文學界』に書いたものは大変素直で、好感持ったけどね。あの人はやっぱり地方の地主のメンタリティを一歩も出てないね。」(「作家の狼疾」、『文學界』昭和五十二年一月号、『文人狼疾ス』所収)

と語ったことがある。

「無条件降伏」論争から半年ほどたって、江藤さんは、こう書いた。

「先ず、昨年八月末から九月にかけて、本多秋五氏と応酬を繰り返しているあいだは、寂として周囲に声なきがごとくであり、歳末が近づくにつれて百家が尻上りに争鳴して、さながら鼎の沸くがごとき形勢であった。この動と静との対照は、妙というほかなかった。

さらに興趣を加えたのは、争鳴した百家のうち相当数が、なぜか匿名もしくは実質的な匿名でしかものをいわず、そのまた九割ほどが論争の意義を否定しようと躍起になったという事実である。秋口の〝声なき声〟は、ついに年末にいたって〝声ある声〟と化したかと見えたが、なにをはばかったのか申し合わせたように、面体を隠して遠吠えしてみせたのである。

それにもかかわらず、暮れも押し詰まった十二月二十七日付『毎日新聞』夕刊所載の久野収氏・本間長世氏の対談、『〝戦後論争〟をどう生かすか』によれば、『この論争は起こるべくして起こった論争といえる』(久野氏)と評価された。(略)

その両氏が揃って意義を認めている論争を、あれほどむきになって否定しようとした匿名の筆者たちは、いったいなにを否定しようとしたのか、諒解に苦しむというほかない。

『刺激、挑戦を突きつけ』（本間氏）られて頭にカッと血がのぼったあまり、われを忘れて罵詈讒《ばりざん》謗《ぼう》をきわめ、論争提起者の人格を否定しにかかったことはほぼ明らかであるが、それ以外の思惑についてはいうだけ野暮で、少くとも議論の発展になにひとつ貢献しなかったことだけは確実である。」（「他人の物語と自分の物語」、『文學界』昭和五十四年三月号、『新編江藤淳文学集成3』など所収）

江藤さんは意気軒昂なさまを見せるが、当時の「論争」に対する冷ややかな空気が感じられて興趣深い。

小谷野敦氏は、『現代文学論争』で、無条件降伏に正面から異議を唱えたのは、三村文男氏という在野の研究家であり、すでに同氏が昭和四十年四月の『歴史評論』に原稿を寄せて世間に無条件降伏論が広まっていることに反駁した、としている。磯田光一氏はその著『戦後史の空間』で、「占領下に書かれた田岡良一氏の論文を別格とすれば（江藤さんの論点は、田岡論文に多くを負っている―引用者註）、占領終了後に『有条件降伏』論を最初に提出した論文は、（略）『国際法講座』第三巻（昭和29年、有斐閣）に収められた高野雄一氏の『第二次世界大戦の占領・管理―日本の場合を中心として』である」という。磯田氏は三村氏にも、ここで触れている。

福田恆存氏の「當用憲法論」

さて、高澤秀次氏は、文学者で最初にこの問題を提起したのは、江藤・本多論争の十三年前に「當用憲法論」（『潮』昭和四十年八月号）を書いた福田恆存氏である、といった。

「その論旨はそっくり江藤淳に引き継がれてというより、江藤は福田論文を事実上剽窃したに過ぎないのである。」（『江藤淳―神話からの覚醒』）

といい、

「江藤・本多論争は、この福田の問題提起を全く無視して行われた。戦後を代表する保守派の言論人にして、ともに文芸評論家であった福田・江藤の個人的に微妙な関係を、私は具体的に何も知らない。ただしかし、福田の名を伏せたまま、『無条件降伏』の誤謬を暴き立て、平野・本多に代表される『近代文学』派の戦後文学者の了見を全否定する江藤の自己顕示欲的な論争術は、公平に見て決してフェアなものとは言えなかった。」（同）

と手厳しい。

福田氏の「當用憲法論」は、昭和四十年の憲法記念日にNHKテレビの「憲法意識について」という座談会に、福田氏が、小林直樹氏、大江健三郎氏、高坂正堯氏とともに参加したことに触れることからはじまる。司会者は憲法学者の佐藤功氏で、福田氏は、

「處が私以外の四人はそれぞれ微妙な差はあつても、齊しく現憲法肯定論者、所謂『護憲派』であり、私だけが所謂『改憲派』と目されてゐる人間であります。」（「當用憲法論」、『平和の理念』な

ど所収）

と書いた後、

「私は昨年『平和の理念』において、前文も第九條も對外的謝罪の表明であると書きましたが、實はもう一つ見逃し得ぬ事實があります。それは何かと言ふと、戰争中、軍部によつて苦しめられた文官達の復讐心の表明であるといふ事です。とすれば、一部の知識人の誇る平和憲法は同胞間の怨恨憎悪の落し子に過ぎぬといふ甚だ醜い事實に直面せざるを得なくなる。が、それが事實なら、如何に醜からうと、吾々はそれを直視しなければなりますまい。さういふ上層指導者の憎悪や恐怖心の飛ばつちりを受けて、國民が二十年も三十年も悩んでゐる様では民主主義も主權在民も、これまた上から押附けられた自己欺瞞であり、飴玉でしかないといふ事になりませう。」

と分析する。

福田氏が、憲法前文も第九条も、ともに軍部によって苦しめられた文官達の復讐心と呼応している、としていることは記憶に留めておきたい。そして、

「國民の多くはポツダム宣言を無條件降伏と受取らされた。が、これは全く事實に反するものであります。」

といい、福田氏はポツダム宣言の中から、現行憲法の三本柱である主権在民、基本的人権、戦争抛棄に関する条項、すなわち、第九条、第十条、第十二条、第十三条を抜き書きして

「ここに明らかな事は、無條件降伏の要求とは日本帝國政府に對するものではなく、單に日本の

軍隊に對するものであるといふ事です。それも決して日本軍の解體を意味するものではない、その事は右ポツダム宣言の第九條、第十三條から推測出來る樣に、占領軍が駐留する場合の安全保障と第十條（基本的人權の尊重の確立―引用者註）第十二條（占領軍の撤収の条件―引用者註）實現の爲の必要なる措置としてしか考へられてゐなかつた事は明らかであります。」（傍点は引用者）

と述べる。

この「當用憲法論」が掲載された『潮』昭和四十年八月号は同年の七月五日に発売されている。昭和四十年といえば、江藤さんが『毎日新聞』夕刊（八月十七日）に「安保闘争と知識人」を寄稿した年である。先の引用のように、このなかで江藤さんは「日本が連合国に対して無条件降伏した」とはっきり書いている。

江藤さんは、この時点で、はたして福田論文を読んでいたのだろうか。

「①読んではいたが、福田氏の論点を素通りした」、「②読んではいたが、福田氏の論点に賛成ではなかった」、「③読んでいなかった」の三通りが考えられる。福田論文の掲載誌がややマイナーな『潮』であることを考えれば、見逃してしまい、「③読んでいなかった」、ということも考えられる。

江藤さんは、「いわゆる戦後文学は、大岡昇平、福田恆存以外あまり読まなかった。」（「文学と私」、昭和四十一年十一月刊講談社版『われらの文学―江藤淳・吉本隆明』など所収）と書いている。

昭和四十一年の時点でこう書くのだから、江藤さんの福田氏への関心はずっと持続しており、「當用憲法論」を読んでいたことも十分に考えられる。

下手な推理をしても詮無いことだが、高澤氏のいう「事実上剽窃した」というより、ある時点までは、江藤さんの関心が「無条件降伏」という問題に届いていなかったというのが実情ではないだろうか、という気もする。

『甲乙丙丁』をめぐる問題

「無条件降伏」だけでなく、「占領軍による検閲」に対しても、昭和四十年のころの江藤さんの問題意識は希薄だったのではないだろうか。

江藤さんは、平成元年（一九八九）に『昭和の文人』を上梓する。『忘れたことと忘れさせられたこと』の連載を昭和五十四年（一九七九）に開始して以来、江藤さんはずっと占領期の研究をつづけ、執筆の範囲も東京裁判、天皇論、宰相論などにひろがっていく。この間、文芸に関連する作品として、『自由と禁忌』、『近代以前』、『批評と私』などが刊行された。

『昭和の文人』は、『新潮』に昭和六十年一月から連載を開始し第十五回を以て完結するまで、途中長い間隙があって、約四年を要した。

『昭和の文人』では、中野重治に気持ちが傾斜した書き方をしている。「あとがき」には、「私はこの仕事によって、ほとんど中野重治という文人を再発見したといってもよい。彼は若年の頃の詩に詠じた『豪傑』にこそならなかったが、終生廉恥《れんち》を重んじ、慟哭を忘れることがなかった。そのような中野重治の文業に対して、私はほとんど自ら慟哭を禁じ得ぬ想いであった。」

とある。中野氏の『甲乙丙丁』を読み込んで江藤さんは、「驚くべきことは、（略）『アカハタ』の検閲方式が、『伏字をさえ許さ』ず、「『ここ何行削除』と入れることも許さ」ず、『これだけの文句が削られて、削られた跡がわからぬよう上下《うえした》くっつけて発表され』たという意味で、占領軍の検閲方式とまったく同一のものにほかならないという事実である。」（「『甲乙丙丁』の時空間Ⅱ」）

と書く。さらに、

「だが、此度、はじめてこの長編小説を通読して、私は、ほとんど立てつづけに衝撃を受けていた。これは、共産党の内輪揉めに関する、とめどもない愚痴などではなかった。この小説こそは、オリンピック前後から東京に拡がりはじめたあの不思議に空疎な時空間を把え得た、きわめて特異で独創的な作品であった。そこには、いわば徒手空拳でこの白茶けた時空間と向い合っている作者の、悲痛な呻き声が刻み込まれていた。」（「『甲乙丙丁』の時空間Ⅰ」、傍点は引用者）

と書いた。

江藤さんは、すでに『作家は行動する』で中野重治を肯定的に描いていた。が、ここでの問題はそこにあるのではない。江藤さんは、この『昭和の文人』の連載を書く昭和六十年まで傍点部分にあるように、『甲乙丙丁』を本当に通読していなかったのだろうか、という疑問である。

『昭和の文人』の連載第九回「時空間の変容と崩壊」のなかで、江藤さんは『甲乙丙丁　三十二』（『群像』昭和四十一年八月号）からつぎのくだりを引用する。

「二・一ストライキにたいするマック司令官の禁止命令、それは『弾圧』といった名のちょこまかとしたものでは決してなかった。占領者の外国軍事政権が、新聞、雑誌、単行本はおろか個人の手紙まで開封検閲して、しかも印刷物については、過去のどんな日本政府がやったのよりも残忍で欺瞞的な伏字なしを強行したのだったから。」（傍点は、江藤さんによる）

昭和四十一年の時点で、『甲乙丙丁』は占領軍の隠微な検閲を克明に描いている。さきに述べたように、平野謙氏が『現代日本文学史』「昭和篇」で「占領軍による伏字や削除の痕跡を残さない巧妙な検閲制度があった」と書いたのが、昭和三十四年であった。

江藤さんが、「安保闘争と知識人」で、「日本が連合国に対して無条件降伏をした」と書いたのが、昭和四十年だった。福田氏が「當用憲法論」を発表したのも、同じ年だった。

なぜ、江藤さんは平成元年に書いた『昭和の文人』のなかでわざわざ「だが、此度、はじめてこの長篇小説を通読して」と書いたのだろうか。

あるいは、昭和四十年、四十一年の段階では、江藤さんは、無条件降伏にも占領軍の検閲問題にも関心がなかったのではないか。

この時点で関心がなかったということは、江藤さんほどの人なら責められてしかるべきことかもしれない。しかし、人間は万能ではない。

江藤さんは、正直なのである。その時々の感情にしたがって、全力投球をする。

占領軍の検閲をずっと問題視していたという立場を貫くのなら、「だが、此度、はじめてこの長編小説を通読して」などと正直に書くことはない。だが、中野重治氏の作品を読んで感動したことを、江藤さんは、ぜひとも書きたかった。中野重治論にあたって書いてしまった、いわずもがなともいえるこの一行は、かえって江藤さんが公平であろうとした証ではないだろうか。江藤さんには自信があったともいえる。

執筆の跡を掘り返せば、こうした矛盾がでてくることを十分承知していたが、その痕跡を消そうとはしない。当然なことである。江藤さんは、いう、「激変する戦後の日本で、自己を欺くまいと努めながら生きることは、……精神の緊張をも強いるのである」(「変節について」)、と。

「検閲、そんなことは誰でも知ってゐる」と福田恆存氏

『忘れたことと忘れさせられたこと』の文庫版の「あとがき」で江藤さんは、こうも書く。

「私が、『諸君!』に、この本に収められている一連の文章を連載したのは、今から十六年前、昭和五十四年(一九七九)の春から秋にかけてである。この時期が、いわゆる『無条件降伏』論争の直後、米国ワシントンのウィルソン研究所に赴任する直前にあたることは付け加えるまでもない。のちに『一九四六年憲法―その拘束』、『閉された言語空間―占領軍の検閲と戦後日本』とともに三部作を構成することになる私の占領史研究は、この『忘れたことと忘れさせられたこと』から始まったのである。」

福田恆存氏は、「問ひ質したいことども―公開日誌から」を、『中央公論』昭和五十六年四月号に

書いた。そのなかで、福田氏は江藤氏の占領史研究に触れて、こう書く。

「連合軍総司令部は『敗戦後三《ママ》年間、広範囲にわたる事前検閲をやってゐたのです』と、氏（江藤さんのこと—引用者註）は言つてゐるが、そんなことは誰でも知つてゐる。（傍点引用者、①）私自身、当時のＣＩＥ（Civil Information & Education）に出掛け、その『事前検閲』を受けた覚えがある。（傍点引用者、②）（略）江藤氏は私のところに聴きにくればよかつたと思ふ。事前検閲が書簡、私信、電報、電話にまで及んでゐたと、氏は言ふが、それは特殊の人の事であらう。電話の盗聴といふのは、その当時としては至難の業であつた。（傍点引用者、③）」

そして、こんな明々白々なことを知るためにわざわざウィルソン・センターまで行って、段ボール古箱二百個の公開文書と格闘するのは、「たゞ国際交流基金の金を無駄遣ひすることが目的だつた」としか思えないとまでダメ押しをする。（『中央公論』に載った論文は、旧仮名、新漢字表記。単行本、全集では、『問ひ質したき事ども』となっている。）

福田氏の言葉は毒を含むがごとく激しい。だが、この文章には、いくつかの注解を加えて読む必要がある。

まず、①のところだが、たしかに占領軍が検閲をやっていたのは、福田氏がいうように「誰でも知っていた」ことはまちがいない。『甲乙丙丁』の記述でもしかり。

山本武利氏はその著『ＧＨＱの検閲・諜報・宣伝工作』で、荷風の昭和二十一年三月二十日の日記から「頃日郵便物検閲の爲遅延数日に及ぶ」という部分を引いている。山田風太郎氏の『戦中派闇市日記』から、山田氏の友人が六月二日に出した手紙が、「進駐軍の検閲ありしため余が許へ十日」かかって着いたと嘆くさまも引用している。

文藝春秋の先輩である半藤一利氏も、共著『占領下日本』のなかで、「旧制高校の寮に来る手紙は開いていましたよ。毎回『Opened by 何とか』って書いてありましたよ。」と発言している。

江藤さん自身も滞米中の研究成果として公開資料の中から米国人ジャーナリストのレポートを探り出している。そのなかで日本人から日本人へ宛てた私信が検閲を受けている。

「十日に出したはずの手紙に、まだ御返事をいただいておりません。一月に撮った写真を同封したのですが、どうなったか知りたいと思います。博多の進駐軍検閲係は悪名高いので、お手紙を出したあとで心配しております。それだけに御返事が一層待たれます。写真は途中で失くなってしまったのかも知れません。」(『閉された言語空間―占領軍の検閲と言語空間』、傍点は原文。そして、この傍点部分は検閲官によって削除された、と江藤さんは説明する。)

この手紙は、昭和二十二年のものとされる。

たしかに、占領軍による検閲は「誰でも知っていた」事実であろう。

「CCD」の検閲、事前検閲と事後検閲

続いて、②についてだが、「敗戦後直後の三年間をCIEが事前検閲を行っていた」と福田氏が断定するのなら、これは福田氏の勘違いである。

この時期（福田氏のいう敗戦後の三年間）、検閲を行っていたのは、CCD（Civil Censorship Detachment　民間検閲支隊）であった。CIEは、民間情報教育局と訳される。

「CCDは秘密機関であった。その活動は全占領期間を通じて非公然で、一般メディアに登場することは許されなかった。プランゲ文庫（メリーランド州立大学附属マッケルディン図書館所蔵のコレクション。資料を求めてここに江藤さんは、ウィルソン研究所滞在時代に日参していた―引用者註）新聞・雑誌データベースのキーワード詳細検索で、『CCD』は2件なのに対し、『CIE』は2473件も出る。CCDは日本人から隠れた活動をしていたことが分かる。」（山本武利氏『GHQの検閲・諜報・宣伝工作』）

とあるように、占領初期においては、CCDとCIEではその役割を全く異にしていた。

CIEは占領当初から日本人の間でその存在が知られていた。日本人の思考や史観を操作したとして悪名高い「ウオー・ギルド・インフォーメーション・プログラム（戦争について罪悪感を日本人の心に植えつけるための宣伝計画）」の一環であるGHQ作の『太平洋戦争史』やNHKのラジオ番組「真相はこうだ」のような占領軍の宣伝広報を担った機関として、である。

昭和二十四年十月三十一日、CCDはGHQの方針変更で廃止され、その後、検閲の役割をも兼ねたのがCIEである。

このあたりのことは、当然なことに当時の日本人には十分理解されていなかった。しばしば、両者の混同が見られた。

『閉された言語空間―占領軍の検閲と戦後日本』には、こんなエピソードが挙げられてある。文藝春秋新社（当時の社名）から刊行予定の石坂洋次郎著『馬車物語』が印刷進行の都合で発売日が遅れることになった。文藝春秋新社はすぐさま出版局長名で、「民事情報局」（つまりＣＩＥ）宛てに始末書を提出した。日付は、昭和二十三年七月二十日である。ところが、その始末書は、プランゲ文庫にある写しでは「民事情報局」という宛名が一本線で抹消され、「民事検閲部」（つまりＣＣＤ）と書き直されている。

江藤さんは、「日本の出版関係者のあいだで、影の組織である民間検閲支隊（ＣＣＤ）は、しばしば表の組織である民間情報教育局（ＣＩ＆Ｅ）と混同されていたらしい。おそらくそれがＣＩ＆Ｅと思い込みながら、実際にはＣＣＤに校正刷や納本用の書籍を届けていた編集者が、少からずいたらしいのである」（『閉された言語空間』）と書く。

実際、東京内幸町の旧放送会館（ＮＨＫ）という同じ建物のなかにＣＣＤもＣＩＥもあったのが、こうした混乱が起こる一因だったろう、とも江藤さんはいう。

②について福田氏の発言は間違っていると断定したが、福田氏が「敗戦三年以内にＣＩＥ」に行ったというのはそうした類の混同の一つであり、ＣＩＥに行ったと思っていたが実はＣＣＤだったということもありうる。

逆に、福田氏が「検閲」の相談に行った先が、たしかにＣＩＥだったとすると、それはＣＣＤが廃止された昭和二十四年十一月以降のことなのである。

雑誌の事前検閲は昭和二十二年十月にほぼ廃止されてはいたが、慎重を期して事後検閲に関することを当局に相談に行ったとするなら、福田さんの文章の内容が必ずしも間違っているということにはならない。

だが、③の点になると、これは、福田氏の認識不足である。

CCDは国民の郵便、通信、電話の検閲を行う通信部門と新聞、出版、映画、演劇、放送などメディアの検閲を担当するPPB（Press, Pictorial and Broadcasting Division プレス・映画・放送部門）に分かれていた。

CCDのデータによれば、

「1945年から49年10月まで、即ちCCDの活動期での郵便、電報、電話の検閲量は、（略）郵便は2億通、電報は1億3600万通開封され、電話は80万回盗聴されていた。」（山本武利氏『GHQの検閲・諜報・宣伝工作』）

「49年5月の資料によると、郵便検閲では国内郵便の2％の350万通を4000人の日本人の検閲者と60人のアメリカ人監督者で調べていた。電報は国内電報の15％の500万通を100人の日本人の検閲者と12人のアメリカ人監督者で、また電話は東京、大阪、福岡では全電話の0・1％、その他の地方では全電話の1％の1000分の1の量を63人の日本人、アメリカ人以外の外国籍所有者FN（Foreign National の略。主として、戦時中日本にいて日本に帰化した日系2世、―原文の註）の検閲者、そして12人のアメリカ人の軍人、民間人の監督者が70台の盗聴器を使って調

べていた。」(同)

ジョン・ダワー氏の『増補版―敗北を抱きしめて』でも、

「CCDの調査官は最盛期には全国に六〇〇〇人以上いたが、その大部分は英語のできる日本人で、疑わしい文書を特定しては、それを翻訳あるいは要約して上司に提出していた。一九四七年末には、主要日刊紙約七〇紙と、すべての書籍と雑誌を含む多くの出版物が、事前検閲の対象となっていた。CCDの出版・演芸・放送課(PPB)だけでも、月平均で『新聞二万六〇〇〇号、通信社刊行物三八〇〇点、放送台本二万三〇〇〇本、広報印刷物五七〇〇点、雑誌四〇〇〇号、書籍および冊子一八〇〇点』もの資料がなだれこんでいたと推測される。これにくわえて、CCDの四年間の『政権』期間中に、なんと三億三〇〇〇万点という驚くべき数の郵便物が抜き取り検査され、電話も、およそ八〇万の私的な通話が傍受された。」

とある。

資料にあらわれたこうした日本国民への郵便、電報、電話という通信部門への検閲は、福田氏のいうような小さな数字とは決していえないだろう。

江藤さん自身もアメリカメリーランド州スートランドの国立公文書館分室でCCDの検閲の実態の数字を探し出している(『閉された言語空間―占領軍の検閲と戦後日本』)。

「これほど大量の人員を動かして、郵便などの個人的メディアを4年以上検閲していたということ自体が驚きである。それにもかかわらずこうした工作の実態を示す資料はきわめて少ない。ましてやＣＣＤの廃局と同時に検閲関係の重要文書は廃棄処分となり、とくに電話や電信の検閲の証拠はほとんど抹消された。そこで働いた日本人で自らの体験を語る者もきわめてまれであった。」（『ＧＨＱの検閲・諜報・宣伝工作』）

公的な記録の抹消が、占領終了までにたぶんアメリカの手によって行われていたのである。

敗戦にあたり、日本軍の軍人あるいは日本の官僚は内地においても外地においても事後の責任を逃れるために貴重な文書を焼却した。こういう蛮行を行ったのはわが日本人のみであり、恥多き民族性に起因すると一部の学者たちは力説するが、都合の悪いことをタブーとして埋めてしまうのは万国共通のことであるようだ。洋の東西を問わず、人間にはこういう面もあるということを認めたほうが公正な研究ができるのではないだろうか。

占領軍は、形式上表面上は、言論、宗教、思想の自由ならびに基本的人権の尊重をしなければならないとするポツダム宣言を順守する姿勢を見せていたのである。本多氏もそう解していた。

江藤さんが福田恆存氏にもし「一揖」しておけば

江藤さんが、福田恆存氏が書いた「當用憲法論」を発表当時（昭和四十年）には見逃していた可能性があったのではないか、ということを先に記した。

しかし、本多氏との「無条件降伏」論争があった昭和五十三年、福田氏の「問ひ質したいことども」が書かれた昭和五十六年までの十年あるいは十年余ものあいだずっと、勉強家の江藤さんが

「當用憲法論」の内容を見逃していたと考えるのは無理がある。当然、その内容を理解していたにちがいない。

そうであるなら、本多氏との論争、その後の戦後史研究において、江藤さんは、福田氏の「當用憲法論」にきちんと触れておくべきであった。それこそ、江藤さんがよく使う表現である「軽く一揖」を福田論文に捧げておけばよかったのである。

「無条件降伏」や「占領軍による検閲」という、現在まで尾を引く大きな問題に、もし、「一揖」を欠いたばかりに、福田氏という保守の重鎮の後ろ盾を得られなかったとするなら、そのマイナスはあまりにも大きい。

漱石と嫂登世をめぐって、江藤さんと大岡昇平氏との間に応酬があった。論争は大岡氏がリング外でもまだ拳を振るい続けるといった体で一応の終りを告げたが、漱石と嫂の関係を問うたのは、江藤さんばかりではない。

小泉信三氏は早くからエッセイでこの点に触れている（『読書雑記』）。その考察に対して、江藤さんは『夏目漱石』（昭和三十一年十一月刊、東京ライフ社版）でも、「登世という名の嫂」（『新潮』昭和四十五年三月号）でも、『漱石とその時代―第一部』（昭和四十五年八月刊）でも、言及している。

「登世という名の嫂」では、小泉氏の『読書雑記』から長い引用をしたのち、「過去三年来『漱石とその時代』という伝記を書いているうちに、私は次第に小泉氏のいわゆる『憶測』が単なる『憶測』の域にとどまらず、相当の根拠を有する事実だと信じるにいたった。つまり漱石は嫂をひそかに恋していたのであり、嫂もまたおそらくこの義弟に『親愛の念』以上のものを感じていたのである」と記した。

小泉氏が慶應義塾塾長経験者という母校の大物であれば、江藤さんにとってこの程度の〈挨拶〉をするのは当たり前であり、何ら問題とするにあたらないとする見方もあろう。

しかし、もし同じ言及を福田氏に礼を尽くすという形でおこなっていれば、江藤さんの戦後研究があれほどまでに孤立せずにすんだのではないだろうか。もっと世の共感が得られ、今日まで日本を拘束する戦後史の課題として認知されていたのではないだろうか。もちろん、福田氏に「一揖」を欠いたからといって、福田氏がそんな小さな人物ではなく、礼儀は礼儀、言論は言論として筋を通したであろうことは、十分に想像できることではある。

福田氏とのことは何の根拠もない推測ではあるが、江藤さんのプライドと処世が絡んで、どうにも気にかかって仕方がない。

江藤さんのプライドが日本の戦後にとっての大きな問題を軽視する結果をもたらしたとすれば、残念きわまりないことである。文壇でも、論壇でも（保守論壇においても）、ごく一部を除いて江藤さんの占領史研究は無視同然の扱いを受けつづけてきた。江藤さん自身への人身攻撃とさえいってもよい批判はいったいなんだったのだろう、と今でも慨嘆の気持を隠せないでいる。

何度も引用したように、江藤さんは「私の占領史研究は『忘れたことと忘れさせられたこと』からはじまったのである」（同書「文庫版へのあとがき」）と書いている。

『忘れたことと忘れさせられたこと』の『諸君!』連載は、昭和五十四年四、五、六、八、九、十月号であった。

『もう一つの戦後史』は、「現代」に昭和五十二年一月号から十二月号まで連載されたインタビューをまとめたものである(単行本は昭和五十三年四月十日刊)。この「あとがき」で江藤さんは、

「私は、かねがね占領政策がいかに浸透したかという観点から日本の戦後という時代をとらえることに、少なからぬ疑問を抱いていた。英国の生んだ優れた外交官で、日本史学者としても著名なサー・ジョージ・サムソンは、明治維新の改革について《結局受容されたものは、仮にその形態において西欧的であるとしても、その色彩と実質において完全に日本的なものであった》と、指摘している。それとほぼ同じことが、第二次大戦後の日本においてもあてはまるのではないかと思われてならなかったからである。」

と、書く。そして、同対談を続けているあいだに戦後史の根本についての世の通説が間違っていることを示唆されたとして、次の三つの点をあげる。

すなわち、(一)「無条件降伏」したのは日本陸海軍であって日本国ではなく、日本はポツダム宣言に明示されている七つの条件を受諾して降伏した。しかも、ポツダム宣言は日本のみならず連合国をも拘束した。(二)極東国際軍事裁判は、A級戦争犯罪人の処刑にあたって、ハーグ陸戦法規以外の根拠を見いだせなかった。(三)日本国憲法が言論・表現・集会等の自由を保障したとしても、占領下の日本には事実上言論・表現の自由は存在しなかった——である。

林修三氏（占領当時、法制局長官）への同書でのインタビューからは林氏の発言として、次のようなことを引き出している。

「吉田（茂元首相）さんは国会なんかでは、日本は無条件降伏したのだからしょうがありません、てなことをよくいわれましたが、ご本人はそうは思っていられなかったと思います。（略）〝無条件降伏〟とはなんだということになりますが、ポツダム宣言を受諾して降伏したのですからね。そういう意味では、あの内容が日本政府の降伏条件ですから、無条件ではないと思います。いわゆる軍事行動は無条件ですが、あとのことは、日本国の問題はポツダム宣言に書いてあること以上にはでないはずだと、われわれはそう思っておりました。」

この連続インタビューの最終回には、西村熊雄氏（昭和二十二年から二十七年外務省条約局長）が登場した。

西村氏の発言は、前述したように、それを聞いて江藤さんが「そのとき、私は、眼からうろこが落ちたように卒然と悟った。いわゆる〝戦後文学〟とは、この『苦しみ』の時代に咲き誇った徒花にすぎず……」（傍点は原文）と書き、本多氏がこれに対して「こんな言葉を聞いてウロコが落ちるような眼は、一体どこについているのか?」と反撥したところである。

「個人」の苦しみと「国家」の苦しみ

こののちだいぶ経ってから、加藤典洋氏が、「崩壊と受苦―あるいは『波打つ土地』」（『群像』昭和五十八年十一月号、『アメリカの影』所収）で、江藤氏の「眼からうろこが落ちた」との表現に対して批評を試みている。

加藤氏は、西村発言とは占領下で連合軍の指示を受けて行政にたずさわることがいかに苦しいものであったかを示したもので、むしろ江藤さんは、西村発言に対して、

「自分は知らなかったが――忘れていたが――、敗戦後、占領下の個人の『自由』は、実は政府の『苦しみ』にあがなわれていた。しかも、その個人の自由に何らかの制限があったとすれば、その理由は政府が他国の従属下におかれているということであった。それ程、個人は政府（国家）に多くを負っていた。自分の問題意識は、一言でいえば、国家の不在のなかで個人の成熟はどのように可能か、という形をしていたが、しかし、それは何と、国家に恩恵をこうむりながら、その『苦しみ』に気づくことなく、措定されたものだっただろうか。そこから自分は、個人と不在の国家をどのように関係づけるか、という課題を引きだした。しかしその時国家は、『不在』ではなく、苦しんでいた――。」（傍点は原文）

と考えるべきだったのではないか、と指摘する。

ただ、西村発言は、加藤氏によると、検討すべき元となるテクストに、雑誌掲載時、単行本掲載時においても、また、まえがきにあたる「前置き」と本文との間にも異同がある。つまり同じ時同じ時刻に、西村発言はなされたはずなのにその発言はちがった形に表現されており、江藤さん自身もそれを使い分けているというのである。

そのテクストをここでそのまま紹介するのは煩瑣にわたるので、加藤氏の論拠を展開するうえで最も関連のある単行本の「前置き」を引いてみる。

「……（占領管理下の）あの六年間の苦しさは、いまの四十代、三十代の人たちにはまったくわかりにならないと思います。いわゆる言論の自由、思想の自由、結社の自由といった自由をすべて奪われている以外に、敗戦のもたらした社会的混乱、そのなかでの日々の苦しさは大変で、餓死者が出なかったのが不幸中の幸いでした。」（傍点は、加藤氏による）

この傍点の部分が、江藤さんの「戦後史の袋小路」で引用した西村発言には見当たらないと加藤氏はいい、「この脱落部分の有る無しで、この次の来る『政府も国民もひとりひとり悩んだあの六年間の苦しみ』の意味が変わってしまうことは、いうまでもない」とする。たしかに、そうした見方もできる。

ただ、政府の「苦しみ」をいうのなら、この脱落部分に求めなくても、「戦後史の袋小路」で江藤さんが引用している（前に全文を引用）「……自由をすべて奪われているうえに、あれはああしろ、これはこうと指図を受ける。処罰はいつどこからくるかわからん、いいことでもやれといわれてやるのはうれしくない。政府も国民もひとりひとり悩んだあの六年間の苦しみは、忘れられません。……」（傍点は引用者）の傍点部分でも十分に理解できる。

「いいことでもやれといわれてやる」のは日本政府であり、「やれ」と命じるのはGHQであり、「処罰はいつどこからくるかわからん」と処罰を受ける対象は日本政府の役人であり、「処罰をする」のはＧＨＱである。

福田恆存氏が、「憲法前文も第九条も文官の戦前の軍部への復讐心の表明」と考えていたのは、前述のとおりである。

加藤氏は、江藤さんの内部における「国家不在」のなかでの「個人」という根拠の崩壊を、西村発言の脱落部分に見ている。そして、脱落にいたる心的規制として「フロイトの無意識の検察官」をあげる。たしかに西村氏のひとつの発言にちがった形の表現が出てくるのはおかしい。加藤氏が問題としているのは、論文でいえば「前置き」、いわばリードの部分である。

「前置き」というのは普通なら本文で言わんとすることを省略しつつ簡潔に述べる部分である。単行本を見るかぎり、本文にはない発言を「前置き」に書いてしまった江藤さんの意図がたしかに不明である。（ただ、加藤氏がのちにいっているように西村氏の発言自体に、雑誌《『現代』昭和五十二年十二月号》と単行本《『もう一つの戦後史』》とでは、かなりの異同がある。）

黙殺と無視の「占領史研究」

江藤さんはプリンストンから帰って、アメリカで感じた欠落の根っこを日本文学史に辿ろうとして『文学史ノート』（『近代以前』）の連載を始めた。ところが、評判は散々だった。気を取り直した江藤さんは、アメリカを視野から払いのけつつアメリカにとらわれて『成熟と喪失―〝母〟の崩壊―』を書くことになる。

加藤氏は、江藤さんが日本の高度成長期の危機を「母」の崩壊としてとらえてきたとして、「ところで、ここで特徴的なのは、この主題が、江藤にあっては文字通り『母』の喪失と『個人』の成熟という軸の上に設定されながら、徐々に『個人』の成熟と『父』(=国家)の不在という、もう一つの軸に、重心をずらしていったことである。」(『崩壊と受苦』)という。肯けるところである。

江藤さんは、本多氏との論争の後、執筆活動の中心を占領史の分野に定める。それに比例するように、福田恆存氏や吉本隆明氏をはじめ右と左とを問わず、というよりむしろ保守派の間に、その研究は疑問視されていく。

そして、当の論文を雑誌に掲載する編集者のあいだにも微妙な空気が漂っていく。

江藤さんの占領研究三部作はいずれも文藝春秋から刊行され、文庫として残っている江藤さんの数少ない作品となっているが、この占領史研究を雑誌でやろうとした時、歴史に興味を持っているに違いないと思っていたある先輩から(半藤一利氏ではない。念のため)、「なぜ、つまらないことに力を入れる。誰もこんなテーマに興味を抱いてはいない。雑誌をどうかするつもりか」ときつくいわれた経験を、私自身が持っている。

江藤さんに、「戦後の再検討」と題する昭和五十三年十月二十六日に慶應大学の三田演説館で行われた講演録がある(『忘れたことと忘れさせられたこと』所収)。

三田演説館とは福沢諭吉が塾員に語りかけた由緒ある建物であると慶應大学広報資料は説明する

が、江藤さんは最初に、「私は、実は慶應義塾に在学中に演説館に足を踏み入れたことはありません。覗いたことはありますが、文字通りの覗き見で、福沢先生の着流しの、あの気概に満ちた肖像がガランとした館内を見下ろしているのをしばらく仰いでいたことがあります」と述べ、母校での講演に感慨をおぼえたのか、

「福沢先生という方は、文章を読んでも談話速記を読んでも大変に明るい方のようでありますが、しかし大変激しい方でもあったに違いない。『学問のすゝめ』を書かれたときも、楠公権助論で世間を騒がせたこともある。つまり自分の主張を明断に述べようとするあまり、時代の風潮、一時代のコンヴェンショナルな考え方に痛撃を加えることを、少しもためらわなかった方です。従って敵も多かった。私ども慶應義塾の人間は、福沢先生を仰ぎ見ていますから、何よりも先に身内の親しさを感じるのですが、今日に至るまで福沢諭吉という人物を日本人一般の目は、必ずしも塾員の見る目と同じではない。（略）慶應義塾は、光栄ある少数派の大学であると私は言ったことがあります。（略）私どもは時代から取り残されているから少数派なのではなくて、常に一歩先んじているから少数派なのである。私はそのように思って生きてまいりましたし、これからも生きていくつもりでおります。」

と、冒頭でいう。

これは、小林秀雄氏の没後小林氏に仮託して自らの心情を述べたことに、かなり近い感想である。そして、江藤さんは、この時点ですでに、自らの主張が少数派であることを認識していたというこ

とになる。

講演は、ポツダム宣言が、世上流布されている通念とは違って、日本国の「無条件降伏」などを意味してはいない。こうしたことをいまさら再検討するというと都合の悪い人がたくさん出てくるが、「文章を正確に読み取り、できるだけ正確な文章を書くことを務めとして」いきたいと、その意気込みを述べる。

江藤説を『朝日新聞』紙上で批判した高野雄一氏についても、昭和二十二年の雑誌論文では連合国の日本を「保障占領と解釈しておられる」ではないかと反論を試みている。

しかし、この三田演説館での講演で江藤さんに注目したいのは、そうした「無条件降伏」論争それ自体の関することではない。江藤さんは、いう。

「諸君のうちで志があって事を為そうとする人々は、必ず自分の背後を固めなければいけません。自分の力で背後を固める。固めた上で堂々と誰に臆することもなく所信を述べる。そうすれば、時間が解決してくれる。仮に一時は孤立しても五年、十年経つうちに、諸君の言っていることが正しければ、世間はその言葉を傾聴するようになっていきます。だからちっとも恐れる必要がない。」

そして、慶應義塾教授だった永井荷風を引いて、

「三千万円入りの信玄袋を握りしめながらたった一人で生涯を閉じられた。この荷風先生は、戦争中カーキ色に媚を売るようなあさましいことは少しもしなかった。（略）『私立の活計を為して他人の財に依らざる独立』を貫くという姿勢を生涯崩さなかった。」

と述べる。

江藤さんは、「私立の活計」は果たしたものの、その論が「五年、十年経つうちに、世間はその言葉を傾聴するように」なるには、残念ながら今にいたるも実現していない。むしろ、〈仮に一時は孤立〉するどころか、あからさまに無視されている。

自らの著作のタイトル『忘れたことと忘れさせられたこと』を地で行く形である。

大久保喬樹氏は、安保騒動、そして『小林秀雄』執筆ののち江藤さんは四面楚歌状態にあったといったが、この占領期研究時代以降は、第二の、いや死に至るまで永遠の四面楚歌のときということになろうか。

のち、最晩年になっての江藤さんは、周囲からのこうした無視に対してどんな心理状態で対峙したかを、山崎行太郎氏を相手に語っている。（江藤淳インタビュー「『思想と実生活論争』をめぐって」、『海燕』平成九年三月号、『保守論壇亡国論』所収）

「論争というのは相手を破壊しようと思ってやることですから、食うか食われるかですからね。しかし、これは言葉の上でのことだから比喩的には破壊されるけれども、実際に死ぬわけでもないし、勝ったの負けたのだってはっきりしない。それでどっちも勝ったと思ってやっていると、十年ぐらいたつとぱたっと倒れたりするわけです。（略）

論争というのは、決着がつくとすれば何十年かたってからでしょう。批評というのは、そういうものですよ。即効性はない。だから僕は長生き主義で、長生きしたいと思っています。それを、何十年前に江藤がこういってたがやはりこうなったと、人が何もそこでもてはやしてくれる必要はない。そんなことはみんな忘れてしまっているし、関係があると思わなくてもちっともかまわない。それでも自分にはわかりますからね。それは自己納得ではない。現実の推移が自分が賭けたものの実現によって、当初の認識は間違っていなかったということを実証してくれたら、こんな嬉しいことはない。」（傍点は引用者）

江藤さんはこの山崎氏のインタビューを受けた二年後に自ら命を絶ってしまう。

「僕は長生き主義で、長生きしたいと思っています」といいながらである。

江藤さんは、占領史研究というあるいは文学の範疇に入らないのではないか、という分野にあえて手を出したがために、孤立していった。そして「論争というものは、決着がつくとすれば何十年かたってからでしょう」と達観しながら、死んでいく。そのストレートな心情がなんとも痛ましい。

こうした心の持ち方は、江藤さんの大きな特徴である。

「文学と私」の冒頭で、「私が批評家というものになったのは、全くの偶然である。私は子供の頃から読書も書くことも好きだったが、文学を職業にするつもりはなかった。そうかといって役人にも会社員にもなりたいとはおもわず、学者になるには根気がなさすぎるように感じていた」（傍点は引用者）と、江藤さんは書いているが、ここまで占領期と検閲の研究に執心したのであれば〈根気がなさすぎる〉どころの話ではない。あるいは、孤立無援のなかであったがために意地を貫き通したということなのだろうか。江藤さんという人を知るうえで何度も考えてみたいところである。

四　「占領軍と検閲」、『一九四六年憲法―その拘束』の核心

本格的な占領史研究へ

「静かなやうでありながら、そこには嵐があつた。国民の激しい感情の嵐であつた。広場の柵をつかまへ泣き叫んでゐる少女があつた。日本人である。みんな日本人である。この日正午その耳に拝した玉音が深く深く胸に刻み込まれてゐるのである。あゝけふこの日、このやうな天皇陛下の御言葉を聴かうとは誰が想像してゐたであらう。戦争は勝てる。国民の一人一人があらん限りの力を出し尽くせば、大東亜戦争は必ず勝てる。（略）あれだけ長い間苦しみを苦しみとせず耐へ抜いて来た戦ひであつた。泣けるのは当然である。群衆の中から歌声が流れはじめた。『海ゆかば』の歌である。一人が歌ひはじめると、すべての者が泣きじやくりながらこれに唱和した。（略）歌つては泣き泣いてはまた歌つた。通勤時間に、この群衆は二重橋前を埋め尽くしてゐた。けふもあすもこの国民の声は続くであらう。民族の声である。大御心を奉戴し、苦難の生活に突進せんとする民草の声である。日本民族は敗れはしなかつた。」（傍点は江藤さんによる）

敗戦の翌日、昭和二十年八月十六日の『朝日新聞』は、皇居前広場の光景をこう伝えた。この記事の末尾には「一記者謹記」とだけ記されている。

江藤さんは、本多氏との「無条件降伏」論争をより確実なものにするために、昭和二十年の敗戦直後からおよそ二か月半のあいだの『朝日新聞』を読むことを始めた。昭和五十三年の年末から五十四年の年始にかけての大学の休暇を利用してであったが、江藤さんは、いう。

「本多秋五氏とのあいだに幾度か応酬を繰り返したいわゆる〝無条件論争〟、あるいは〝戦後〟論争については、甲論乙駁があって興味深かったが、この論争をさらに新しい文脈に発展させるためには、感情的な水掛け論に終始していても仕方がない。まず事実を検証し、検証の結果にもとづいて議論を進めなければならないと思われたからである。この場合、検証されるべき事実とは、第一に、日本人が敗戦当時、降伏と占領をどのように受けとめていたかであり、第二に、占領中の『言論の自由』なるものの実体が、果たしていかなるものであったかである。」（『忘れたことと忘れさせられたこと』）

当時の新聞は、不足する用紙事情から新聞紙裏表の二ページ建てであった。小さな活字の紙面はニュースであふれんばかりだったが、『朝日新聞』を精読したことの成果が、占領史研究第一作の『忘れたことと忘れさせられたこと』である。

同書のなかで、「無条件降伏」論争と「占領軍による検閲」が〈言論の自由〉をもからめて不即不離の関係にあることを、江藤さんはあらためて確認している。

江藤さんは、「一記者謹記」の記事を引用するにあたって「日本民族は敗れはしなかつた」という部分に傍点をふり、「すべてはここからはじまったのであり、もし昭和二十年八月十五日が〝戦後〟の原点だったとするなら、そこにはこのような光景が隠されていたのである」と書く。

以下、江藤さんによって『忘れたことと忘れさせられたこと』に引用された『朝日新聞』の記事をしばらく追ってみたい。

八月十八日の『朝日新聞』社説は、東久邇内閣の成立について触れるが、江藤さんは、この社説に、次のように傍点をふる。

「新内閣の組閣ここに成る。（略）ポツダム宣言なるものの内容が、その大綱において明瞭なりとも、その適用、方法、細目において頗る疎であり、樽俎折衝の余地が多分に存するると察せらるるにおいてをやである。」

八月二十八日の社説にも、江藤さんは、傍点をふる。

「敗戦に伴ひ、我国は幾多の降伏条件を課せられ、この諸条件の誠実なる履行のみが、日本の再出発を可能ならしめるに至つたが、……」

いずれの社説も、ポツダム宣言の細目に「樽俎折衝の余地」がありとし、降伏条件の「誠実な履行」とも述べており、「日本が無条件降伏した」との言葉はない。

江藤さんは、敗戦後二か月半の『朝日新聞』の紙面で、「無条件降伏」という言葉が用いられているのは、降伏文書の「一切の日本国軍隊及日本国の支配下に在る一切の軍隊の聯合国に対する無条件降伏」という文言の引用と、その解説記事のなかの用例を除けば、わずか五件しかないことを見つける。

しかもそのうち四例までは、「無条件降伏」は文脈上では否定的、比喩的にとらえられ、「日本が無条件降伏した」というニュアンスで用いられているのは、同盟電が伝えるスターリンの演説のなかにあるだけだった。

こう例証したうえで江藤さんは、敗戦直後の日本人は降伏文書が調印され、占領が開始されたのちになってもなお、連合国との折衝や交渉が可能であると信じていたのではないか、と考える。つまり、普通の人々も降伏を条件付きと理解していたのではないか、というのである。

引用した社説はそうした国民感情を背景にしており、『朝日新聞』のみが希望的観測に走っていたと考えることはできないだろう。当時のジャーナリズム全体の論調も敗戦直後はほぼ同様の認識下にあったとみて間違いない。

日本の再建への強い意思を示す一方、輸送等の困難のなかで幸いにも新聞を読むことができた読者に対しては、降伏と占領という事態に国民として堂々と対処しようとの主張を、『朝日新聞』は掲げ続けていた。検閲についても、『朝日新聞』は九月八日には、チューリッヒ発UP特電として「新聞、ラジオに検閲を受けることになる模様で、このための特殊の訓練を受けた米軍の検閲班がすでに横浜に到着してゐる」と伝え、翌九日には「〝もし〳〵に〟ご注意　外国向郵便物を米軍が検閲」という記事を載せた。

ところが、である。マッカーサー司令部は、『朝日新聞』に、九月十八日午後四時から二十日午後四時までの四十八時間、新聞発行の停止を命じた。（縮刷版には、二日分の脱落がたしかにある）

占領軍が記事を検閲した結果の発行停止命令である。江藤さんは、いう。

「この事件は、その四日前の九月十四日午後五時、占領軍当局から発せられた同盟通信社の業務停止命令と並んで、看過できない事件であり、その影響は鮮明に九月二十一日以降の同紙紙面にあらわれているからである。」（『忘れたことと忘れさせられたこと』）

実際は、「その影響は同紙紙面にあらわれている」どころの話ではない。

山本武利氏によれば、『朝日新聞』は発行停止処分を受けて、一挙に「検閲の優等生」に変わってしまったのである。（『ＧＨＱの検閲・諜報・宣伝工作』）

『朝日新聞』の「硬骨」

『朝日新聞』は、それまで連日のように米兵の非行を報じていた。

「拳銃で脅迫、街や劇場に米兵の非行」、「殖える米兵の不法行為」等の見出しにそれが如実にあらわれている。

九月十五日には、「同盟通信社業務停止　米軍司令部の命令」とする三段抜きの記事を掲載した。十七日にいたって、マッカーサー司令部の発表をもとに同盟通信社業務停止に関する長文の解説記事を載せた。それは、

「（米軍宣伝対策局民間検閲主任の声明では、）日本国民に対して配布される総てのものは今後一層厳重な検閲を受けるやうになるであらう。新聞およびラジオの全面的検閲が引続いて行はれるであらう。偽のニュースとか人を誤らせる様な報道は一切許さない。また聯合国に対する破壊的な批

判も許されない。」（傍点は江藤さんによる）

と、米軍による「検閲」の実態を恐れることなく暴露した。

民主主義を標榜しながら「言論の自由」など一顧だにしない米軍による検閲の存在を世に知らしめることになったこの解説記事は、マッカーサー司令部を刺激した。

それだけではない。

遡って、十五日の一面で『朝日新聞』は、鳩山一郎氏の談話である「新党結成の構想・上」を掲載しているが、司令部はこれも問題あり、とした。

鳩山氏は新党への思いを語る一方、「戦後復興の諸政策は如何」と問われて、次のように語った。

「〝正義は力なり〟を標榜する米国である以上、原子爆弾の使用や無辜の国民殺傷が病院船攻撃や毒ガス使用以上の国際法違反、戦争犯罪であることを否むことは出来ぬであらう。極力米人をして罹災地の惨状を視察せしめ、彼ら自身彼らの行為に対する報償の念と復興の責任とを自覚せしめること、日本の独力だけでは断じて復興の見通しのつかぬ事実を率直に披瀝し日本の民主主義的復興、国際貿易加入が米国の利益、世界の福祉と相反せぬ事実を認識せしむること……」

孫の鳩山由紀夫元首相からは想像もできない硬骨ぶりである。

戦後の進歩的知識人とジャーナリズムによって曇らされてきた眼には、この敗戦直後の鳩山発言はいまなお新鮮に写る。

江藤さんは、『忘れたことと忘れさせられたこと』の執筆のずっと以前に、「〝戦後〟知識人の破産」を書いた。

六〇年安保に際しての丸山真男氏等の知識人の思想的破綻を述べたものだが、そのなかに、「米軍が日本にやって来たのは占領地を征服するためで、それ以外のなんのためでもないことを直観していたのは政治家という実際家たちで、知識人ではなかった」という一節がある。

後年の江藤さんからすれば、まだ生硬な表現だが、鳩山発言がその本質をついているのは間違いない。江藤さんが持っている視点の一貫性を示す一例である。

十七日付の『朝日新聞』は、前記の米軍宣伝対策局民間検閲主任の声明に関する記事のすぐ次のスペースに、「求めたい（日本）軍の釈明〝比島の暴行〟発表へ　国民の声」という見出しがついた解説を載せる。

「（前略）第四の見解は、今日突如として米軍がこれを発表するにいたつた真意はどこにあるかといふことである。一部では、聯合軍上陸以来若干の暴行事件があり、これは新聞にも報道され、米軍側でも厳重取締りを約し、最近次第に事件が減じつつあるが、暴行事件の報道と、日本軍の非行発表とは、何らかの関係があるのではないかといふ疑問を洩らす向もある。激烈な戦闘中における異常心理による暴虐と、今の如き平和的進駐における場合の暴行とは、同日に論ずべきではないが、日本軍の暴虐は比島における民心をつなぎ得なかつた一原因であつたとか、米国新聞記者によつて指摘されてゐる。この点は若干事情を異にするとはいへ、今日日本における聯合軍についてもあてはまることであり、日本が新たな平和への再出発にあたり、聯合国側があくまで人道に立つて行動

してもらひたいと要望してゐる。」（傍点は江藤さんによる）

至極まっとうな解説記事である。

日本軍の比島における暴虐行為は当然反省しなければならない。が、この時点で占領軍があえてそれを公表したのは増えつつある米兵の犯罪を〈どっちもどっちだ〉と相殺しようとする意思が働いているのではないか、と記事は疑問をぶつけた。

「激烈な戦闘中における異常心理による暴虐と、今の如き平和的進駐における場合の暴行」という表現に、占領軍何するものぞという記者の義憤と気概がある。

当然のことに、この記事は司令部の忌諱に触れ、四十八時間の発行停止処分の最大の原因となった。

こうしたポツダム宣言を無視し言論への検閲を強行しようとする連合軍の背景にはアメリカの強い意向が存在した、と江藤さんは推論する。

アメリカから見れば、日本人は異常ともいえる平静さで占領を受けとめている。〈今の如き平和的進駐〉と先の解説記事は書いている。その背景には、戦争に負けてはいないとする心理さえあるのではないか。そうした日本人への疑心暗鬼がアメリカの姿勢をいっそうかたくなものにしていった、というのである。

江藤さんは、書く。

「政府と国民とが一体となってよくまとまり、連合軍のあいだには一定の距離を置き、『異常な平静さ』を保っていた占領当初の日本人の姿は、当然のことながら全世界に強い影響をあたえていた。」（『忘れたことと忘れさせられたこと』）

たとえば、重慶の中華民国国民政府の高官は、「日本敗れたりとはいへその国民性は決して軽視することができぬ。例へば日本国民の皇室に対する忠誠、敗戦後における威武不屈、秩序整然たる態度はわが国人の範とするに足る」（同）と述べた。

ワシントン九月二日発の同盟電（『朝日新聞』掲載は四日）は、アメリカのバーンズ国務長官の声明を伝えている。

「日本の物的武装解除は目下進捗中であり、われ〳〵はやがて、（略）日本の戦争能力を完全に撃滅することができるだらう。日本国民に戦争ではなく平和を希望させようとする第二段階の日本国民の『精神的武装解除』はある点物的武装解除より一層困難である。」（同）

この記事をもとに、江藤さんは次のようにいう。

「バーンズに『精神的武装解除』を主張させたのは、第一に報復への恐怖であり（註。当時、日本本土には陸海軍あわせて三百五十万余の兵力が依然温存されていた。陸海軍の保有航空機のうち少なくとも六千機は特攻作戦に使用可能だった―）、第二に占領によって接触を開始した異文化への薄気味悪さであったにちがいない。異文化とは、異なった価値基準を内包した文化にほかならないが、トルーマン、バーンズをはじめとする当時のアメリカの指導者たちは、この異文化を自らの文化に等質化し、異なった価値基準を破壊して同一の価値基準を強制しない限り、報復の危機は去らないと考えたのである。」

江藤さんは占領史研究のいたるところで、戦後われわれに与えられた民主主義とは「〈アメリカン・ウェイ・オヴ・ライフ〉の〈別名〉である」といっている。アメリカによる、異文化に対する民主主義という名の〈同一の価値基準の強制〉である。

話は飛ぶが、分子生物学者でノーベル賞受賞者である利根川進氏が『日本経済新聞』の『私の履歴書』で興味深いことを書いている。

「ノーベル賞受賞者の肩書でいろいろご利益があるでしょうといわれますが、私が気が付くことはあまりありません。1つあるとすれば、こういうことです。米国人は人種差別しないよう一生懸命努力していますが、それは意識の奥底に差別が残っている証しでもあります。ある会合で幾人かと一緒にテーブルに座った時、アメリカの大手新聞社のベテラン記者は私を無視するか避けるような態度でした。別の知り合いの教授がその記者に対して『利根川教授はノーベル賞受賞者ですよ』と紹介したとたん、態度が変わり話しかけてきたことがありました。この時は『ノーベル賞は人種差別の防波堤の役割を果たしてくれるんだ』と感じたものです。」

この『私の履歴書』が『日経』に載ったのは、平成二十五年十月二十四日のことである。ちょうど、江藤さんの検閲研究を読んでいたころのことなので印象に残っている。文中にあるアメリカの大手新聞社とは、当然日本人でも知っている有名な新聞社のひとつなのであろう。

ダワー氏の『増補版―敗北を抱きしめて』に印象的な記述がある。

「日本を民主化するという考え方自体が、じつはアメリカ人が戦争中に教え込まれていたプロパガンダの大きな修正の結果であった。アメリカのメディアでは、戦時中つねに、すべての日本人は、子供、野蛮人、サディスト、狂人、あるいはロボットとして描かれていた。（略）アメリカ人の心のなかには『よきドイツ人』を思い浮かべる余地はあっても、『よき日本人』はどこにも存在しなかった。戦争中ほとんど抗議の声もないままに、一〇万人以上の日系人が強制収容所に収容されたことは、こうした憎悪が存在した証に他ならない。」

民主主義の〈別名〉と江藤さんが名づける〈アメリカン・ウェイ・オヴ・ライフ〉を理解し、そこで生活していくのは楽なことではない。月並みな表現ながら、アメリカと日本とのあいだの心理的な距離は、現在においてもなお遠い。

『朝日新聞』の「態度変更」

国民一般の動静はどうあろうとも、しかし、『朝日新聞』にとっては発行停止処分が度重なれば経営は危殆に瀕する。こののち、『朝日新聞』の論調は占領軍の政策に加担する方向に大きく旋回していく。

山本武則氏の『GHQの検閲・諜報・宣伝工作』には、当時の朝日新聞首脳が言論の自由より経営を選び、発行停止処分を避けるために自己検閲システムを強化して行くさまが詳述されている。同書によれば、昭和二十一年の社員名簿には東京本社だけで七人もの検閲課員がいた、という。

そのうちのひとりがＣＣＤ（民間検閲支隊）のなかのＰＰＢ（プレス・映画・放送部、前出）に日参し、「検閲に出す記事が通るかどうかいつも心配です。事前検閲は『朝日新聞』にとって大変よいことです」と述べていることを、山本氏は米側資料から発掘している。検閲課員の発言がぎこちないのは、日本語から英語に訳され、それがまた日本語に再訳されているからである。

言論の自由などどこへやら、いわば、なれ合いの情景がそこにはある。検閲する者、検閲される者の間に、「検閲」というタブーを共有するという微妙な関係が生じている。

九月六日にはトルーマン米大統領からマッカーサー連合軍最高司令官に対して、「われわれと日本との関係は、契約的基礎の上に立つものではなく無条件降伏を基礎とするものである」との指令が出された。

「無条件降伏」論争で、本多氏が強調したところは、連合国側の論理に立つかぎり正鵠を射たものなのである。

しかし、占領軍はトルーマン指令を強調しても、完全に日本の新聞をその掌中に収めることができなかった。日本政府による戦前からの検閲制度がいまだ存続していたのである。

『朝日新聞』九月二十八日の一面トップは、「天皇陛下　マ元帥をご訪問　卅五分に亙りご歓談」という報道であった。しかし、この記事には、モーニング姿の天皇が開襟シャツ姿のマッカーサー元帥と並んでいるかの有名な写真は載っていない。

誰もが知っている写真が「天皇陛下、マックアーサー元帥御訪問　廿七日アメリカ大使館にて謹写」という見出しつきでニューヨーク・タイムズ東京特派員の天皇会見記とともに掲載されたのは、翌二十九日であった。(のちに書かれた『閉された言語空間―占領軍の検閲と戦後日本』のなかでは、記念写真とインタビュー記事は、「おそらく占領軍総司令部から配布されたと思われる」と、江藤さんはいっている。)

が、この紙面が内務省の検閲に抵触して、発禁処分の対象になった。

この内務省による発売禁止措置は、同日午前中に発せられた連合国最高司令官指令によってたちまちのうちに覆されることになる。

いたちごっこのようであるが、つまりは、検閲の検閲である。この日をかぎりに、連合軍による検閲は日本国自体の検閲制度の上位に立った。

その指令の骨子は、「日本政府は新聞の自由並に通信の自由に対する平時並戦時の制限の手段を即時停止すること」とし、新聞そのほかの刊行物、国内国外とを問わず無線、電話、映画、そのほかの一切の画面あるいは言葉による検閲は、最高司令官が特に制限した承認によってのみ取り締まられる、ことになった。

江藤さんは、書く。

「このようにして日本の新聞は日本政府の手からもぎとられ、いわば治外法権に等しい位置におかれることとなった。そして、その代償として、無謬かつ絶対的な連合軍最高司令部にのみ、百パーセントの忠誠を要求されることとなった。九月二十九日の最高司令官指令によって、新聞の強制転向は全く完了したのである。」（『忘れたことと忘れさせられたこと』）
十月一日付の『朝日新聞』は、同盟通信社の解散を報じた。
そして、江藤さんは、朝日新聞掲載の記事を分析して、「九月二十九日以降の『朝日』紙面に、よくいえば〝明るい〟記事、その実は占領軍に対して迎合的な記事が目立って増えはじめているのは、注目すべき事実である」という。「今年のミス・アメリカ　ベス・マイアスン嬢に栄冠」、「ボクらの見た米軍　まじめに働き、よく遊ぶ」、「馬の首や〝自由の女神〟米進駐軍の部隊マーク」などをその例としてあげている。
十月二十四日の『朝日新聞』は、「朝日新聞革新　戦争責任明確化　民主主義体制実現　社長、会長以下重役総退陣」いう内容の記事を報じ、同じ日に「新聞の戦争責任清算」と題する社説を掲げた。
この社説こそ、八月二十三日の社説「自らを罰するの弁」で『朝日新聞』が力説した、「……吾人自ら如何なる責任も如何なる罪もこれを看過し、これを回避せんとするものではない。わが親愛なる同胞諸君に対して如何なる贖罪もこれをなすに吝かなものではない。しかしながら、やがて聯合国から来たるべき苛烈な制約の下に、我が同胞の意志を如何に伸暢せしめ、その利益を如何に代表すべきか、これこそ今後の我国言論界に課せられた新なる重大任務である。」（傍点原文）
という内容の対極にあるものだった。十月二十四日の社説は、
「吾人が今にして蹶然起つて自らの旧殻を破砕するのは、同胞の間になほ残存する数多の残滓の

破砕への序曲をなすものである。吾人は顧みて他をいふ前に、先づ自らが生れ代つて、同胞の前に、そしてまた世界の前に新なる姿を示さんとするに外ならない。」

という。

江藤さんは、結論づける。

「つまり『朝日』は、八月二十三日には『親愛なる同胞諸君』の前に首を垂れて詫びていたが、十月二十四日になると『残存する数多の残滓』を『破砕』していない『同胞』に先がけて、その非を『世界』に詫びるのだと主張している。これこそ文字通り百八十度の態度変更というほかない。」

(『忘れたことと忘れさせられたこと』)

こうして、『朝日新聞』は、占領政策に全面的に屈服した。

一次資料を求めてアメリカへ

『忘れたことと忘れさせられたこと』の後半部分は、「性急な(明治)憲法の改正は不要」とする美濃部達吉博士の紹介、江藤さんがポツダム宣言、無条件降伏論の議論を進めるうえで理論的支柱となった田岡良一京都帝国大学教授の「占領軍の法的根拠論」への考察、検閲に匹敵する深刻な影響を国民に与えたCIE作の「太平洋戦争史」を批判したジャーナリストでのち外務省嘱託となった富桝周太郎氏への言及などにページが割かれる。

『忘れたことと忘れさせられたこと』を書き終えた江藤さんは、占領期に関する一次資料を求め

てワシントンに赴くことになる。同書のあとがきには、

「当地（ワシントン）に来て以来、私は、この仕事の継続として、占領期の米軍の検閲についての調査と研究に没頭している。幸い現在の米国の知的雰囲気は、硬直して腐臭を放ちつつある日本の一部ジャーナリズムのそれよりはるかに自由であり、日本占領の恥部ともいうべき過酷な検閲制度が存在したことを深く恥じる気風が感じられるのはまことに心強い。」（傍点は引用者）

とある。

「日本の一部ジャーナリズム」とは、文壇、論壇を含むのであろうが、江藤さんは、自らが孤立していることを自覚していた。のちに連続対談の相手である吉本隆明氏にも突き放されたような感想を聞かされて（前出）、理解されがたい分野に踏み込んでいることも実感していた。

昭和五十四年十月一日に、江藤さんはウィルソン研究所（正式には、ウッドロウ・ウィルソン国際学術研究所）に着任した。

福田恆存氏からは、「国際交流基金の金を無駄遣ひ」と不本意な批判を浴びたが、江藤さんは着任早々から、メリーランド州スートランドにある合衆国国立公文書館分室（ここには連合国総司令部関係の文書が収められており、福田氏に皮肉られた『段ボール二百箱分』のG－2関連の文書が収められていた）と、メリーランド州立大学附属図書館であるマッケルディン図書館東亜図書部ゴードン・W・プランゲ文庫（ここには占領期に米軍の検閲を受けた日本の書籍、新聞、雑誌等のコレクションがあった）に通いつめる。

江藤さんは、十月八日、早くも雑誌『創元』第一輯（昭和二十一年十二月発行）の校正刷りを発見する。

『創元』には、吉田満の『戦艦大和の《ママ》最後《ママ》』（ママは江藤さんによる）が掲載されるはずであったが、ＣＣＤの検閲によって掲載禁止となっていた。

「Suppress（掲載禁止）」との文字が大書された意見書には、その禁止理由が記されていた。

「作者の飾り気のない態度と詩のキビキビした文体、それにきわめて印象的深い内容は、それ自体読者の心に失われた偉大な戦艦に対する深い哀惜の念のごときものをかき立てずにはおかない。これを読んだ日本人のうちの好戦的分子が、新たな大和により武運をあたえるような次の戦争を切望しないと、いったい誰が保証するだろうか？（略）いずれにせよ、かかる徹頭徹尾軍国主義的な作品が、かりにある観点からすれば名作であるにせよ、大幅な削除のみで検閲を通過するようなことがあれば、ＣＣＤの検閲基準は革命的変革を蒙ったと思料しなければならない。」（原文は英文、江藤さん訳）

この意見書について、江藤さんは、「米軍将校である検閲官が『戦艦大和ノ最期』に感動したことは明らかであり、まさにその理由で彼がこの作品を掲載禁止に付したことも明らかである」と書いている。（「死者との絆」、『新潮』昭和五十五年二月号、『落葉の掃き寄せ』及び『一九四年憲法―その拘束その他』所収）

教育学者の高橋史朗氏は当時、メリーランド州立大学大学院に留学していた。プランゲ文庫で検閲資料を調査するのが目的だった。その著、『日本が二度と立ち上がれないように占領期にアメリカが行ったこと』で高橋氏は、あるエピソードを紹介する。

「私は半年間、大学院に籍を置きながら、その図書館で資料を整理するアルバイトをしました。倉庫のある薄暗い部屋にこもって、連日資料をめくり続けました。（略）（調査に来られた）江藤さんは山のような資料の中から、あっという間に『戦艦大和ノ最期』に関する資料を発見しました。」

ワシントンで開かれた学会でこの成果を発表する江藤さんを高橋氏は会場の後ろで聞きながら、「何で私は導かれないいんだろうな。こんなに長いこと研究しているのに、何で私には発見できないのだ」と落ち込んだ、という。

高橋氏は、占領期における教育問題研究の第一人者である。当然、プランゲ文庫の資料検索の方法については、当時も熟知していたことだろう。それを、江藤さんは風の如く東京からやってきて、高橋氏が嘆くほどの短時間に、重要資料を発見した。いかに雑誌『創元』について事前調査を日本でしてきたとはいえ、これは尋常なことではない。『アメリカと私』執筆にはじまるアメリカへの強いこだわりがあったのか。敗戦による江頭家の崩壊への思いが、占領期研究にのめりこませたのか。あるいは、〈戦後知識人〉をめぐっての変節、転向問題がまだ尾を引いていたのだろうか。

『増補版―敗北を抱きしめて』のなかでも、ダワー氏は「江藤淳は、占領期の検閲について一次資料をもとづく鋭い論評を加えている」と書く。

江藤さんは、『一九四六年憲法―その拘束』が『落葉の掃き寄せ』と一冊に合本化されて、

『一九四六年憲法—その拘束その他』というタイトルの文庫本になった時（平成六年、すなわち自死の五年前）、その「まえがき」で次のようにいった。

「微力を傾注し、ときには時の移るのも忘れて書きつづけたこれらの論文が、ついに文春文庫に収められることになった今日、著者である私は若干の感慨を禁じ得ない。『一九四六年憲法—その拘束』は、ワシントンで書いた。それから十五年、世の中は一変したともいえるけれども、また少しも変っていないともいえる。だからこそ私は、この機会にこの本を一人でも多くの真摯な読者に呈したい。そして、それらの読者の自問を促したい。日本はこのままでいいのか、と。自由な社会、偽善にまどわされない言論とは何か、と。」

ウィルソン研究所に着任して約三週間たった昭和五十四年十月二十四日、江藤さんは、スートランドにある合衆国国立公文書館分室で、ある文書を発見する。

G—2指揮下のCCD（民間検閲支隊）資料のなかの「新聞・映画・放送部　一九四六年十一月二十五日　月例業務報告書・附録Ⅰ」と題する文書である。

この文書の日付は現行憲法公布（昭和二十一年十一月三日）の三週間後であったが、この文書が示す内容は、この時点で新たに制定されたとするより従来から行われていた措置を改めて確認をしたと解釈した方が妥当である、と江藤さんはいう。

その内容は、江藤さんの検閲研究で何度も触れられることになるので、そのさわりを引用してみたい。

「次に掲げるのは、削除または発行禁止処分の対象となる項目を略説したものである。
一、SCAP（連合国最高司令官または連合国軍総司令部）批判
二、極東軍事裁判批判　極東軍事裁判に対する一切の一般的批判、または軍事裁判に関係ある人物もしくは事柄に対する特定の批判がこれに相当する。
三、SCAPが憲法を起草したことに対する批判　日本の新憲法起草に当ってSCAPが果した役割について一切の言及、あるいは憲法起草に当ってSCAPが果した役割に対する一切の批判。
四、検閲制度への言及　出版、映画、新聞、雑誌、の検閲が行われていることに関する直接間接の言及がこれに相当する。」（傍点は江藤さんによる）
このほか、合衆国に対する批判、ロシアに対する批判、英国に対する批判、朝鮮人に対する批判、中国に対する批判、他の連合国に対する批判など、検閲指針三十項目からなっている。

その検閲指針の中から、江藤さんは、「戦争擁護」、「神国日本の宣伝」、「軍国主義宣伝」、「大東亜共栄圏宣伝」、「戦犯の正当化と擁護」、など当然予想されるもののほかに、「満洲における日本人の取扱いに対する批判」、「第三次世界大戦に関する論評」、「ソ連対西側諸国（冷戦）に関する論評」などが検閲の対象になっているのを取りあげ、「まことに興味深い」と感想を述べる。

〈満洲における日本人の取り扱いに対する批判〉は満洲生まれの私にとってもまことに興味深いが、検閲の対象は周到というにあまりある。敗戦後の日本のジャーナリズムががんじがらめになっ

ていくさまが手にとるようにわかる。

江藤さんはいう。

「私がそのなかで特に深い衝撃を受けたのは、引用中に傍点を付したその第三項と第四項についてであった。その理由はいうまでもない。ここにこそ現行憲法、特にその第九条が『一切の批判』を拒絶する〝タブー〟として規定され、今日にいたるまでも一種不可侵の〝タブー〟として取扱われつづけている国民的心理操作の原点があることを、前記二項目は余りにも明白に示していたからである。」(『一九四六年憲法―その拘束』)

そして、

「しかもこの検閲の実態は、『検閲制度への言及』を厳禁した上で実施されるという、きわめて周到かつ隠微な検閲にほかならなかった。」(同)

と念をおす。

『増補版―敗北を抱きしめて』を読む

ダワー氏も、アメリカ人の立場ながら、「なかでもとりわけオーウエル的だったのは、禁止事項のなかに、検閲が行われていることをけっして公式に認めてはならない、という項目が含まれていたことである」(『増補版―敗北を抱きしめて』)と書いている。

こうした検閲制度を指して江藤さんは、「比喩的にいえばこの検閲制度によって、日本人は憲法に関して鏡張りの部屋に閉じ込められたようなものだ」といい、「この鏡はこちら側から見ればまさしく鏡としか見えず、自分の顔以外何も映さないが、あちら側、つまり占領軍当局と米国政府の側から見れば実は素通しガラスで、部屋の中の様子は細大洩らさず、手に取るようによくわかる仕掛けになっている。」（『一九四六年憲法—その拘束』）と表現する。

江藤さんは、占領と戦後の研究を始めた時、「私は、かねがね占領政策がいかに浸透したかという観点から日本の戦後という時代をとらえることに、少なからぬ疑問を抱いていた」（『もう一つの戦後史』）と書いたことがあった。

そう指摘する戦後研究とはまさしく、〈鏡張りの部屋〉に閉じ込められた日本を、外側から分析する手法である。鏡にうつる我が身を眺めて脂汗を流す筑波山の蝦蟇を、距離を置いて観察するが如くである。

だが、この視点は、占領の主役たるアメリカの研究者のみが持てるといえるのではないだろうか。ダワー氏の『敗北を抱きしめて』は、一九九九年（平成十一年）に原著が出版され、その二年後に日本語訳が刊行された。（日本語訳『増補版』は、二〇〇四年《平成十六年》に出版された。）平成十一年に亡くなった江藤さんは当然この本を読んではいないと思われるが、ダワー氏の方は江藤さんの著作を詳細に読み込んでおり、憲法制定と検閲の項でたびたび江藤さんに言及している。

日本でベストセラーになった同書については、いろいろな読み方がなされてきた。平川祐弘氏は、

「『敗北を抱きしめて』はアメリカ占領軍による日本改革にいそいそと協力した日本人を描いていますが、あの本を読んでいまなお共感するような読者の心理は、分析に値するように思われます。ジョージ・W・ブッシュ大統領が二〇〇七年退役軍人大会で、戦時中の日本軍をアルカイダにたとえ、それを打ち破ることで日本の民主化に成功したかのような演説をしたのは、ダワーの自己満足的な書物が米国人に与えた誤解のいい例でしょう。」（『日本人に生まれて、まあよかった』）

と、読み、柄谷行人氏は、

「『敗北を抱きしめて』は、占領下の日本社会について包括的に書かれた最良の書である。この本は米国でピュリツァー賞を受けたが、イラク戦争で日本占領経験を引き合いに出した当局がこれを読んだはずがない。著者の考えでは、イラクは日本と似ていない。むしろ、国連に反して単独で中東に攻め入った米国こそ、満州事変から十五年戦争の泥沼に入っていった日本に似ている。一方、この本は日本でよく読まれたと聞いているが、近年の状況を見ると、広範に読まれたとはとうてい思えない。政治家や官僚がこれを読んでいないことは、確実である。」（『朝日新聞』平成二十五年九月二十九日、ジョン・ダワー『忘却のしかた、記憶のしかた』書評）

と、書く。

『増補版―敗北を抱きしめて』は、江藤さんがいう、占領期の日本人が閉じ込められていた〈鏡張りの部屋〉が、「占領軍当局と米国政府の側から見れば実は素通しのガラスで、部屋の様子は細大洩らさず、手に取るようによくわかる仕掛けになっている」状態下にあったと考えれば、アメリカが占領期の日本をどうとらえていたかを知る格好の材料となりうる。

合わせ鏡としてのダワー氏

こうした江藤さんの見解と関連した記述のいくつかを同書から引いてみたい。ダワー氏は、いう。「今日のイラクは一九四五年の日本ではないし、ブッシュ大統領のアメリカは、第二次世界大戦に勝利した当時のアメリカではない。とはいえ、今日のイラクの状況は、戦後の日本を理解するうえで新しい光を投げかけている。イラク占領は、日本占領と根本的に違っている。だからこそ、敗戦後の日本について、われわれはひとつの切実な問いを抱くのである。あれだけの悲惨と混乱の最中にありながら、なぜ、日本は無秩序と無縁であったのか？　あれだけの激しい戦闘のあとに、なぜ、占領者に対する暴力がまったく発生しなかったのか？（略）

われわれの歴史への問いは、われわれが置かれた状況に応じて変化する。私自身『敗北を抱きしめて』の内容を、新たな目で見直そうとしている。（略）日本占領は、非の打ちどころのない成功であったわけではない。日本占領は多くの問題を残した。しかし、あの時代は、今のわれわれが大部分失ってしまった、素晴らしいものに満ちていたようにも思われる。よりよい世界を作りたいという心底からの願い、『民主主義』は実現できるのだという本気の理想主義、かつての敵同士が急速に善意と信頼をとりもどしていった姿。そして私がもっとも感銘をうけるのは、あれほど多くの日本人が、社会のあらゆるレベルで粘り強さと明るさを発揮したことであった。」（『増補版―敗北を

抱きしめて』への序文、傍点は引用者）

〈素通しのガラス〉を通して、外側から日本という〈鏡張りの部屋〉の内部の様子を細大洩らさず観察しようとすれば、ダワー氏のような〈傍点部分の〉見解となる。

江藤さんがこの本を手にとっていたとすれば、ダワー氏のいう「あの時代は、今のわれわれが大部分失ってしまった、素晴らしいものに満ちていたようにも思われる」、「『民主主義』は実現できるのだという本気の理想主義」、「かつての敵同士が急速に善意と信頼をとりもどしていった姿」という印象自体に大きな違和感をもったにちがいない。

江藤さんは、『敗北を抱きしめて』を読むことは叶わなかったが、ダワー氏のこの「増補版への序文」のなかに、江藤さんが後半生を賭けてやろうとしたテーマが隠されている。

いわば、ダワー氏の研究と江藤氏のそれは合わせ鏡の位置にある。だから、江藤さんを理解するためにも、ダワー氏の本はきちんと読む必要がある。

『敗北を抱きしめて』には、読了した日本人から多くの批判がある。たとえば、

「東京裁判に、判事としても、検察官としても、朝鮮人がひとりもいなかった事実はきわめて異様である。朝鮮は植民地化され、何十万という男や女が日本の戦争装置による残忍な仕打ちを受けた――『従軍慰安婦』として、日本国内の採掘や重工業の現場でもっとも過酷な労働を強いられた労働者として、そして、軍の下級徴集兵として。」（『増補版―敗北を抱きしめて』）

などという記述がそうだ。

だが、江藤さんの「占領と憲法と検閲」に関する研究を理解しようとすれば、次のような視点は江藤さんを理解するための補助線となり得る。

「日本は、世界に数ある敗北のうちで最も苦しい敗北を経験したが、それは同時に、自己変革のまたとないチャンスに恵まれたということであった。（略）とはいえそれは戦勝国アメリカが占領の初期に改革を強要したからだけでなく、アメリカ人が奏でる間奏曲を好機と捉えた多くの日本人が、自分自身の変革の筋立てをみずから前進させたからである。」（同、傍点は引用者）

「投げやりな利己的行動がどこでも目についたが、新しい可能性があらゆるところに出現したことも事実であった。軍国主義者の下では不可能だったことを実行し、発言し、考えてみる機会がやってきたのである。もちろん、占領もまた、軍部による独裁政治である。しかし初期の占領軍は、かつての支配層の威圧的な支配手段を破壊した。それは、民衆がそれまで思いがけなかったような感情表現と独創性の花を咲かせるのに十分な自由をもたらした。」（同）

こうしたダワー氏の視点は、「江藤・本多論争」になぞらえれば、本多氏の主張と合致する。日本人自身が占領軍に自ら進んで迎合していった、ととれる部分である。戦後民主主義を信奉する人々への応援歌であり擁護論でもある。

「大衆の意識に衝撃を与えた周辺的集団は、三つの互いに重なり合うサブカルチャーから成っていた。ひとつはパンパンと呼ばれた占領軍兵士を相手とする売春婦の世界である。そこでは、征服者を歓迎して抱きしめるという表現が、きまりが悪くなるほど直接的にあてはまった。もうひとつは闇市である。それは手におえないほどのエネルギーに満ち、ほれぼれするほどの一匹狼的な行動規範が発揮された場所である。そして三つめは酒のにおいがぷんぷんする『カストリ文化』の界隈である。」（同）

「パンパンは公然と、恥知らずに征服者に身を売ったが、他の日本人、とくにアメリカ人のお近づきになった、いわゆる『善良』な特権的エリートたちもまた、肉体そのものではないが、ある意味で身を売っていたのである。」（同）

「江藤・本多論争」での争点のひとつは、占領当時に外務省条約局長であった西村熊雄氏へのインタビュー（『もう一つの戦後史』）をどうとらえるかにあった。

西村氏の「言論の自由も思想の自由も結社に自由もなんにもない。自由はすべて奪われているうえに、あれはああしろ、これはこうと指図を受ける。……政府も国民ひとりひとりも悩んだあの六年間の苦しみは、忘れられません」という発言をめぐって、江藤さんがこの言葉に「眼からうろこが落ちたように卒然と悟った。〝戦後文学〟とは、この『苦しみ』の時代に咲き誇った徒花に過ぎず、……」と書いたのを、「こんな言葉をきいてウロコが落ちるような眼は、一体どこについているのか?」と本多氏が応酬した場面である。

『敗北を抱きしめて』には、これに呼応するかのように、次のような部分がある。

「敗戦国ドイツで採用された直接統治の軍事支配と違って、日本の占領は、すでに存在している日本の政府組織をつうじて『間接的に』行われた。（略）日本の軍事組織は消滅し、抑圧的であった内務省も解体されたが、官僚制は手つかずのままであり、天皇も退位しなかった。アメリカの植民地総督は、自分たちが出した指令を遂行するのに現地のエリート官僚層に頼り切っていたのだ。その結果、ＳＣＡＰの庇護を受けた日本の官僚は、戦争に向けて国家総動員を進めていた絶頂期よりも実際にははるかに大きな権限と影響力を獲得したのである。」

この部分は、江藤さん流にも、本多氏流にも解釈できる。また、加藤典洋氏の「江藤論」にも対応できる部分である。

『敗北を抱きしめて』を読んだうえで、あらためて西村発言を考えてみると、大きな権力は持つがＧＨＱの手先となって働かざるをえなかった高級官僚の〈苦しみ〉が読みとれる。

率直にいえば、西村氏にとっては、江藤さんが驚愕した「言論・思想・結社の自由」を奪われた〈苦しみ〉よりも、こちらの〈苦しみ〉が大きかったのではないか。ダワー氏は、いう。

「占領下にある日本において、マッカーサーが大君主であることは疑いの余地がなかった。そして彼の部下は、あたかもこの大君主の代理をする植民地総督のように職務を遂行した。（略）当時精力的にＧＨＱの占領政策にたずさわっていたセオドア・コーエン（『日本占領革命』の著者―引用者註）のうまい表現をかりれば、（マッカーサーの部下たちは）『政府の上の政府』を運営していたのである。この超政府は、政治・経済・社会・文化に対する基本政策を具体的に提示し、推進しながら、『命令ではないが命令と同等の強制力をもったもの』という巧妙な技をあみだした。当時、ＧＨＱの中級レベルのスタッフでさえも日本の役人に勧告や指示を行っていたが、それらは、形式的には命令ではなくとも実際には命令としての効果をもっていた。」

「冷戦が激化し、核軍拡戦争が加速し、ヨーロッパの大国が東南アジアにもう一度帰ってこようともくろみ、また共産主義者が中国で勝利し、さらには朝鮮戦争が勃発しても、敗戦国・日本におけるアメリカの支配は不変であった。一九四七年に施行された新憲法の下で日本人は理屈の上では市民となり、もはや天皇の『臣民』などではなくなった。しかし実際には、日本国民はいぜんとして占領軍当局の臣民であった。」

こうしたダワー氏の分析を読めば、江藤さんが「占領」の実際を語るにあたって西村氏の発言を〈自由〉にからめて最大限に引用したことは、西村氏にとっては逆に、大きな慰安となったのではないだろうか。

西村氏には、「江藤・本多論争」でその発言が話題となった際、発言の真意をたとえ求められたとしても、江藤さんの解釈に付け加えることはなにもなかったのではないだろうか。

むしろ江藤さんの解釈に満足して沈黙に徹したほうが、占領下にGHQがいうがままに動かざるをえなかった高級官僚としての自らの苦渋に満ちた立場を守ることになる。

ワシントン発『一九四六年憲法―その拘束』

江藤さんにとって、『一九四六年憲法―その拘束』は、ウィルソン研究所での研鑽の日々の最大の収穫である。

『一九四六年憲法―その拘束』は、昭和五十五年六月十六日に脱稿し、『諸君!』八月号（同年七月二日発売）に掲載された。

私は、当時この編集部にいて江藤さんの担当だったが、書き終えた六月十六日にすぐさまワシントンから速達航空便で原稿を送ってもらったとしても、印刷、校正、著者校正などを考えれば、二十日の校了日にはとても間に合わない。

頭を悩ましたが、窮余の一策としてある大企業のワシントン事務所のファックスをお借りすることとした。

昭和五十五年の「江藤淳（自筆）年譜」には、「六月、十六日、去る三月二十四日のウィルソン研究所における日米関係シンポジウムで行った報告にもとづき、『一九四六年憲法―その拘束』を執筆、『諸君!』編集部にファックスにて伝送す」とある。

ところが一方、今の時代からは考えられないことだが、当時の文藝春秋には会社全体でファックスはたった一台しかなかった。それも、編集部ではなく、営業（販売）部に置かれており、倉庫との在庫管理の連絡のために使われていた。

当時の物書きとの編集者の接触の仕方は、旧来通りの電話または手紙で下打ち合わせをしたうえで、直接会い、原稿を依頼しそしていただくというものだった。当然、いまのIT時代とは違い、いやでも物書きと編集者の距離は近い。

企業のワシントン事務所の業務の邪魔をせず、また文春における在庫管理の仕事の障害にならないようにと考えると、百五十枚の原稿を二日間に分けて、ファックスを日本時間の早朝に受けるしかなかった。

誰も出社していない営業部の部屋にただひとり陣取って、つぎつぎにファックスから流れてくる江藤さんの原稿を読んだ。編集者にとって、一番楽しくありがたい時間であった。

江藤さんの原稿は、いついただいても綺麗なものだった。手直しや推敲のあとを示す書き込みや吹き出しがない。棒線を引いたりする訂正の跡もない。印刷に回すための指示を編集者として原稿に赤鉛筆で加筆するのが、躊躇されるほどである。これは、江藤さんの生涯において変わらないことだった。

『一九四六年憲法―その拘束』は、「『ごっこ』の世界が終わった時」、「〝戦後〟知識人の破産」等を加えて、同年十月に単行本となった。

この本の「あとがき」で江藤さんは、「一九四六年憲法論」を書くにいたるまでについて興味深いことを書いている。

九か月にわたるウィルソン研究所での研究を終えて七月のはじめに帰国した江藤さんは、十年前の自分は何を考え、そして二十年前は何を思案していたのだろうかと記憶の糸を手繰りはじめた。そして、十年前の「『ごっこ』の時代が終わった時」と（安保騒動の年だった）二十年前の「〝戦後〟知識人の破産」というふたつの文章を行き当たる。江藤さんは、

「つまり、そこ（「『ごっこ』の世界が終わった時」）でも私はすでに『黙契と共犯の上に成立して

いる世界』という言葉を使っていて、それこそが戦後の日本人がそのなかで生きている『ごっこ』の世界の特徴にほかならない、と記している。」（『一九四六年憲法─その拘束』、「あとがき」）と、自らの問題意識に変化のないさまを確認した。

そして、さらに十年の歳月を遡り、昭和三十五年（一九六〇）の『文藝春秋』十一月号掲載の「〝戦後〟知識人の破産」について、「これを書いたとき私は、その年の五月から六月にかけて日本を揺るがせた、いわゆる〝六〇年安保〟の疲れでいささか健康を害し、数カ月の療養生活を送ったばかりであった」（同）が、と前置きしてこの論文についても次のように述べる。

「そのとき私は、〝六〇年安保〟の内側で、身をもって体験した反安保勢力のファナティシズムとオプティミズム、なかんずく現実認識の欠如に対して激しい憤りを発し、同時にその内側にいた自分に対して深い責任を感じていた。私は当時革新派ですらなく、自民党反主流派に事態収拾を期待して動いた一人にすぎなかったが、〝六〇年安保〟の体験が自己満足的革新派の専有物でないことを明らかにするためにも、私は書かなければならなかった。

いいかえれば、そのときから二十年間、私は多少とも同じことをいいつづけて来たことになる。それは、いうまでもなく、私にとっての責任のとり方であり、憤りの発し方にほかならない。そのことを、私は、二十年前に書いた『〝戦後〟知識人の破産』を読み直しながら、あたかも昨日のことのように鮮烈に思い出していた。

只一つ、時の経過と日本をめぐる国際環境の大きな変動につれて、二十年前にはまだおぼろげにしか見えなかったものが、十年前になるとかなり明瞭に見えはじめ、今日ではさらに明瞭にその輪郭を現わしはじめたことは事実であった。ワシントンで『一九四六年憲法―その拘束』の原型となった英文論文を執筆していた今年の三月ごろですら、私は、〝六〇年安保〟のとき二十代後半だった自分をかり立てたものが、敗戦以来当時も今も、依然として制限されつづけている日本の主権に対する哀しみと怒りであったことを、何度も感じていたからである。」（同）

江藤さんは、「いいかえれば、そのときから二十年間、私は多少とも同じことをいいつづけて来たことになる」と肚の底から絞り出すような文章を書いた。『アメリカと私』にも同様な認識があったといえよう。

これは、柄谷行人氏が、昭和四十八年（一九七三）に、「つまり、江藤氏は奔放多彩な動きを示しながらある一点ではすこしも動いていない。逆に、自分の『立場』を守ってきたと信じている者の方がたえず実質的に変節してきているのである」（前出、『江藤淳著作集続3「解説」』）と書いた江藤淳像に似ている、江藤さん自身による述懐である。

『一九四六年憲法―その拘束』はなぜ書かれたか

『一九四六年憲法―その拘束』執筆の直接のきっかけは、ウィルソン研究所に着任して四か月余たった昭和五十五年の二月初旬に「ワシントンポスト」に掲載されたジョージ・W・ポール元国務次官の論文「レンタ・キャリアー」にあった。

ポール氏の議論はこうだ。日本はいつまでも自国の防衛をアメリカに頼ってはならない。自前で二隻の航空母艦を建造する。一方、合衆国海軍はそれを借り入れて運用するという方法をとるべきだ、というのだ。

「もし日本が現在の態度を変更しようとせず、一方的に利益のみを享受しようとするなら、自国の防衛負担が増大し経済が沈滞するにつれて、米国人はますます日本に腹を立てるにちがいない。これは両国のためになる状況ではない。今や日本政府が惰眠から眼覚めて、われわれに応えるべきときである。日本はいままであまりにも長期にわたって只乗りをしつづけて来たのである。」

この論文を読んで江藤さんは、

「そこにはなにがしか私を苛立たせるものが含まれていた。いうまでもなく私は、憲法はどうするつもりだろう、と反問せざるを得なかったのである。（略）ジョージ・ポールともあろう人物が、日本の憲法の制定経過や、第九条が戦後の日本人に及ぼしている法的・心理的拘束について全く無知であるはずがない。だが、知っていてこういうことをいい出したとすれば、やはり一言いっておかなければならない。当の日本人であるわれわれが、日本の一九四六年憲法の成立事情について無知なまま（あるいは無知をよそおいつつ）、ポール論文の論旨を批判しても、それは到底有効な批判になり得ないからである。」（『一九四六年憲法—その拘束』）

という印象を持った。

実際、江藤さんは、「やはり一言いっている」。この『一九四六年憲法—その拘束』の元版とでもいうべき英文原稿を書き上げ、三月二十四日にウィルソン研究所で聴衆をまえに発表することになる。これについては後述したい。

すでに、江藤さんは、スートランドにある合衆国国立公文書館分室で、「SCAPが憲法を起草したことに対する一切の批判及び言及」を禁止するというCCDの検閲資料を発見していた。（前述）

江藤さんは、「検閲指針にあげられている他の抑圧が大部分過去の抑圧であるのに対して、憲法起草の真相に対する抑圧が未来を先取りした抑圧にほかならなかったという点については、この際特に注目しておく必要があるものと思われる」（同）という。

その一方米国の学界では、占領終了と時を同じくして『一九四六年憲法』、特に第九条の成立事情を究明しようとする試みが相次いで行われはじめていた。セオドア・H・マクネリー教授やロバート・E・ワード教授の研究がそれであるが、主として、この両教授の研究にもとづき江藤さんは憲法に関する記述を重ねていく。

日本側資料としては、高柳賢三・大友一郎・田中英雄編著『日本国憲法制定の過程―連合国総司令部側の記録による―I原文と翻訳』（全二巻）をはじめ、『憲法調査会報告書』とその厖大な付属資料等々があるが、しかし、それらは「そのすべてが依然として多少とも前掲〝タブー〟の拘束下にあり、米国側研究の明断さに欠ける憾みがある。敢えて記述の骨格を、米国側の研究と資料に依拠した所以にほかならない」（同）と、江藤さんは判断した。

この判断が、日本の学界の反感を買ったのはいうまでもない。のちに紹介する小林直樹東大教授の感情的な江藤さんへの反発は、その氷山の一角であろう。

江藤さんは、『一九四六年憲法―その拘束』の「あとがき」で、「〝戦後〟知識人の破産」を書いて以来「『ごっご』の世界が終わった時」を経て、一九四六年憲法論を書くまでの歳月を「いいかえれば、そのときから二十年間、私は多少とも同じことをいいつづけて来たことになる。それは、いうまでもなく、私にとっての責任のとり方であり、憤りの発し方にほかならない」とその心境を吐露したが、『一九四六年憲法―その拘束』での江藤さんの文意に沿って、現行憲法の制定の概略を追ってみようと思う。

昭和二十年（一九四五）十月四日、連合軍最高司令官ダグラス・マッカーサーは、総辞職を翌日に控えた東久邇宮内閣の副総理近衛文麿を呼び、帝国憲法改正の陣頭に立つように慫慂し、近衛は、十月十一日付で京都帝国大学教授佐々木惣一博士とともに内大臣府に設置された御用掛に任命され、改正草案の起草に着手した。

ところが、十一月一日にいたって、総司令部はマッカーサーの近衛支持を否定する声明を発表した。江藤さんは、この間の事情をマクネリー教授の推測を引き、次のようにいう。

「一つには『ニューヨーク・タイムズ』をはじめとする米国内のジャーナリズムが、日華事変以来の近衛の〝戦争責任〟を追及しはじめたためにマッカーサーが窮地に陥りかけたからであり、一つには国務省・総司令部間の日本占領について激烈な主導権争いの結果であったにちがいない。」

しかし、総司令部の声明にかかわらず改正草案起草の作業は進められ、十一月二十二日に近衛案が、同二十四日には佐々木案が奉呈され御進講が行われた。内大臣府そのものが同二十四日付で廃止されたため、両案は陽の目を見ることはなかったが、いずれの案にも〈戦争放棄条項〉は含まれていなかった。

十月十一日、東久邇宮内閣にかわって幣原喜重郎内閣が誕生した。この日マッカーサーと会見した幣原首相は、マッカーサーから憲法改正の意向を示された。幣原首相は、「民主化を実現するために帝国憲法を改正する必要はない」との談話を発表し、十月十三日に松本烝治国務相を長とする憲法問題調査会を設置した。

松本委員会は、総司令部の意向を一切求めなかった。これに対して総司令部側は、早急に改正案を提出するようにとの督促を重ねた。日本政府はようやくこれに応じ、昭和二十一年二月十日前後に草案を総司令部に提示する態勢を整えた。

ところが、二月一日付の『毎日新聞』が突如松本委員会の改正案をスクープした。

江藤さんは、「このスクープがどのような経路で行われたかは、今日にいたるまで謎に包まれている」(『一九四六年憲法―その拘束』、『占領史録三―憲法制定経過解説』)と書く。

西修氏の『図説日本国憲法の誕生』でも、スクープした『毎日新聞』の記者がのちに、「松本委員会の事務局にあったものを『もらってきて』、数名で手分けして書き写し、また元の場所に戻したと証言している。いったい、誰かを通じて意図的にもらってきたものか、あるいはたまたまそこにおかれていたものを持ち出したのかは、いまひとつはっきりしない」とある。

二月三日、マッカーサーは総司令部民政局（GS）に、〈戦争放棄条項〉が入ったいわゆる「マッカーサー・ノート」とともに憲法草案の起草を命じた。

〈戦争放棄条項〉がここではじめてあらわれた。「マッカーサー・ノート」は、

「国家主権の発動としての戦争は、廃止される。日本は、紛争解決の手段としての戦争のみならず、自国の安全を維持する手段としての戦争をも放棄する。日本は、その防衛と保全とを、今や世界を動かしつつある崇高な理想に委ねる。

日本が陸海空軍を維持する機能は、将来とも許可されることはなく、日本軍に交戦権を与えられることもない。」（同。傍点は江藤さんによる）

というものだ。この「マッカーサー・ノート」について江藤さんは、次のように解釈している。

「ここでもっとも注目すべきことは、『自衛権』と『交戦権』の否定が、なによりもまず国家主権に対する決定的な制限として想定されていることであろう。〝戦争放棄条項〟を〝非戦条項〟、あるいは〝平和条項〟と理解するのは実は問題のすり替えであって、それは正確には〝主権制限条項〟と理解されなければならない。そのことを右のマッカーサー・ノートは、もっとも明瞭に、かつ露骨に示しているからである。」（同）

「原子力エネルギーの暖を取っているところです」

二月三日、マッカーサーの指令を受けた民政局長ホイットニー准将は、ケイディス（江藤さんは

ケイディスとの表記を採る）陸軍大佐以下三人の幕僚に起草作業案の作成を命じた。ワード教授の『日本現行憲法の起原』によれば、この作業に参画したのは、二十五人の人々であった。江藤さんは、同書をもととして以下のように書く。

「弁護士出身のホイットニー准将のほかに、このグループには四人の弁護士が加わっていたが、そのうち誰一人として憲法学を専攻した者はいなかった。ほかに、前下院議員が一人、行政法の専門家が一人、中国史専攻の学者と戦前の日本に経験の深い社会学者が一人ずつ。しかし、ワード教授の評価にしたがうなら、このなかに誰一人として一国の憲法を起草するという大任に当れるような識見を備えた人物はいず、また戦前の日本を知り、日本の伝統と政治体制についての知識を有する人々にいたっては、僅かに三人を数えるのみであった。」（同）

二十五人中の二十一人によって構成された九つの起草委員会は、「実に六日六晩の特急作業」（同）で、総司令部憲法草案の起草を完成させた。ただし、この草案では、「〝戦争放棄条項〟は第九条ではなく第八条」（同）に置かれていた。

この第八条からは、「マッカーサー・ノート」にあった「自国の安全を維持する手段としての戦争をも放棄する」という部分が削除されていた。江藤さんは、この点についてマクネリー教授の説を引いて、「起草者たちはおそらくマッカーサー・ノートに示された『自衛権の否定』が、ほとんど国家主権そのものの否定を意味しかねないことに気がついた」（同）ものと推し測っている。

そして、運命の日ともいうべき二月十三日を迎える。

この日の出来事を〈運命の日〉と評するのは、日本にとってというばかりではなく、結果的には、江藤さん自身にとっても〈運命の日〉になったからである。

文壇においても、論壇においても、江藤さんが、孤立していくことにつながる日となるのである。『一九四六年憲法―その拘束』は、『小林秀雄』に続く江藤さんにとっての躓きの石となった。二月十三日の模様を書いていく江藤さんの筆の運びは、『一九四六年憲法―その拘束』という本のハイライトである。そしてそれを書いたが故に江藤さんは、進歩派、保守派を問わず忌避され、無視同然の仕打ちを受けるのである。

その最大の原因は、前述のように、アメリカ側のケイディス大佐ら三幕僚が共同で作成したこの日の会談の記録を自ら訳し直し、高柳賢三・大友一郎・田中英夫編著『日本国憲法制定の過程・I 原文と翻訳』に収録されている翻訳をあえて採らなかったかったことにある。憲法学の保守本流に反抗する姿勢を示したのだ。江藤さんは、あらためて、

「その理由は、おそらくあの現行憲法に対する〝タブー〟が暗々裡に作用しているために、ことさら婉曲かつ不正確な翻訳がおこなわれているように思われてならなかったからであり、さらにはこの翻訳が、現行憲法は『押しつけられた』ものでないとする故高柳博士の持論に適合するように文脈を曲げて作成されている、という印象を拭いがたかったからにほかならない。」

と、強調する。

二月十三日午前十時、総司令部民政局長ホイットニー准将は、ケイディス陸軍大佐、ラウエル陸

軍中佐、ハッシー海軍中佐の三幕僚を従えて外務大臣官邸を訪問した。日本側代表は、吉田茂外務大臣、松本烝治国務相、白洲次郎外務大臣秘書官、長谷川元吉翻訳官の四人であった。

煩瑣にわたることかもしれないが、米側三幕僚の会談記録をどう江藤さんが訳したか、そのあとを追ってみたい。ここが江藤さんの「一九四六年憲法論」の肝心要なところだからである。

江藤さんは、会談記録の冒頭部分の高柳博士らによる訳がおかしいという。原文は、次のとおりである。

“General Whitney sat with his back to the sun, affording best light on the countenances of the Japanese present who sat opposite to him”

高柳博士らの訳文は、

「ホイットニー将軍は太陽を背にして坐った。日本側は彼と向き合って坐ったので、その顔が明るく照らされた」（傍点は江藤さんによる）となっているが、江藤さんは、

「（この英文が）二つのセンテンスに分けて翻訳されている。これでは、原文の“affording…”からはじまる分詞構文に含まれているホイットニーの意図は、完全に無視されざるを得ない。いうまでもなく“afford”は他動詞であり、“affording…”の主語が“General Whitney”で、“the countenances of the Japanese”が与格に置かれていることは、多少英語を解する者ならば自明の事実だからである。」

と述べる。この部分の江藤さん訳は以下の通りである。

「ホイットニー将軍は、向い側に座った日本側代表の顔にまともに日光が当るように、太陽を背にして坐った。」

また、次のセンテンスも問題のある訳し方だという。高柳博士らの訳では、

「その際ホイットニー将軍は、物静かに『われわれは、戸外で原子力の起す暖［＝太陽の熱］を楽しんでいるのです』と言った」（傍点は江藤さんによる）と訳されている部分である。

原文は、"Whereupon General Whitney quietly observed to him. 'We are out here enjoying the warmth of atomic energy.'"である。

江藤さんは、高柳博士訳を

「『原子力の起す暖［＝太陽の熱］』とはいったい何のことかと、呆気にとらわれないわけにはいかない。『原子エネルギーの起す暖』は『太陽の熱』を含むかも知れないが、決して『太陽の熱』とイクォールではない。それをわざわざ割注して［＝太陽の熱］と限定したのは、翻訳者の恣意でなければ歪曲であり、この場面が示している緊張と葛藤を隠蔽しようという試みと断ぜざるを得ないのである。」（『一九四六年憲法―その拘束』）

と断じる。江藤さんは、過激にも、斯界の権威による訳文に歯向かったのである。

この場面は、以下のようなホイットニー将軍一行の行動と照合しているところである。

この日、十時十分、一行は、憲法草案を日本側に渡すと、ポーチを去り日光を浴びた庭に出ている。そのとき米軍機が一機、家の上空をかすめて飛び去った。白洲氏が、十五分ほどたってからや

って来た、という場面である。江藤訳では、次のようになる。

「そのときホイットニー将軍が静かな口調で彼（白洲氏）に語った。

『われわれは戸外にでて、原子力エネルギーの暖を取っているところです』」

江藤さんは、

「いうまでもなく、ここでホイットニーが飛び去った米軍機の爆音を計算に入れて、わざわざ『原子力エネルギーの暖』に言及し、米側に三発目の原爆攻撃を行い得る能力があることを誇示して、白洲氏に心理的圧力をかけようとしていたことは、あまりにも明らかだといわざるを得ない。」（同）

といい、

「現に渡米中、私がまえに触れた英文論文（"The 1946 Constitution, Its Constraints"—引用者註）を発表したとき、ホイットニーが『太陽を背にして坐った』くだりを引用すると聴衆のあいだにざわめきが起り、「原子力エネルギーの暖」のところにくると気まずそうな失笑が起った。それが原文に対する米国人の自然な反応であることはつけ加えるまでもない。『制定の過程』の訳文が、昭和四十七年（一九七二）に公けにされたものであることを考えると、現行憲法制定に関して日米間に激しい葛藤があったことを隠蔽し、否認しようとする〝タブー〟が、いかに根強く正しい史実の認識を妨げているかに、あらためて一驚しないわけにはいかない。」（同）

と書く。

『一九四六年憲法—その拘束』の付記には、

「本稿は昭和五十五年三月二十四日、ウィルソン研究所で発表した The 1946 Constitution, Its Constraints にもとづき、それを自由に拡大したものである」とある。

ケイディス氏の面前で「一九四六年憲法―その拘束」を発表

この三月二十四日のウィルソン研究所の江藤さんの論文発表の場面については、時を同じくして同研究所に赴任していた田久保忠衛氏の興味深い描写がある。

研究所の会議室には、五十人ほどのアメリカの政・財・官・学からの出席者で満席だった。現行日本憲法の起草者の一人ケイディス氏が参加するとあって会場は緊張感に包まれていた。田久保氏は、書く。

「慶子夫人が寄り添ってテープレコーダーの操作をするはずだったが、手が震える感じで江藤氏の隣に座れないというので、夫人には後方の席に移ってもらい、私が録音を取る作業を代行した。江藤氏の三、四十分の発表とそれにもとづく小一時間ほどの質疑応答が行われた。

江藤氏は正確な英語で不合理な検閲がどのように行われたかを切々と訴えた。高齢のケーディス元（民政局）次長は杖を持ってわれわれの真ん前に座り、ついに終始ひと言も発しなかった。国務、国防両省や政治家のOBで、何らかの形で日本とかかわりのある人だけに『検閲』『憲法』というテーマは微妙な心理的影響や感情をもたらしたはずだ。しかし江藤氏の明快な主張と具体例に関して、真正面からの反論は飛び出さなかった。」（『憲法改正、最後のチャンスを逃すな！』）

田久保氏は、江藤さんの論文発表のあと、同席していた元駐日公使のリチャード・フィン氏に「江藤氏はなぜあのような過激な発言をするのか」と問われ、「I am proud of him（彼を誇りに思う）」答えたという。

さらに、「フィン氏は、米国が軍国主義によってがんじがらめになっていた日本国民を解放してやったのだと信じている人々に属し、憲法についてもそれまで何度となく私と討論を闘わせていた」（同）と書く。（田久保氏によれば、のちにフィン氏はこの見解をあらためたという。）

江藤さんの英語力には日本人屈指という定評があったが、憲法の起草者の一人であるケイディス氏を前にして現行憲法の制定過程に異議を唱え、フィン氏をして、「なぜ江藤氏はあのように過激なのか」といわしめた姿勢は評価せざるを得ない。

ダワー氏の『増補版―敗北を抱きしめて』では、一九四六年憲法の制定過程に多くのページが割かれている。流暢な日本語を駆使するベアテ・シロタ氏の行動などを詳述しているが、ケイディス氏については、

「チャールズ・ケーディス大佐は典型的なニューディーラーの一人であり、新憲法の起草に指導力を発揮するなど、民政局で重要な役割を果たした人物であるが、彼は後に、『私は、日本史、日本文化、日本神話についての知識はまったくなかった』と率直に語っている。また、『私は日本のことはまったくの白紙状態だった。もちろん、日本の戦争中の残虐行為や、中国と東南アジアに領土を拡張したことは知っていたが、日本については新聞から拾い集めた知識以上のものは持ってい

なかった』とも回想している。

例外はあったけれども、ケーディスのようなケースは概して典型的なものであった。実際、日常的な業務でも、日本の問題についてわずかなりとも語る資格をもったほとんどの人は、意図的に排除されていたようである。」

と、書いている。

江藤さんは、『一九四六年憲法―その拘束』を、主としてマクネリー、ワード両教授の研究を追う形で進めていき、マッカーサーが『回想』で記した、憲法に戦争放棄条項を提案したのは幣原首相だったという説を覆す。

西修氏は、『日本国憲法成立過程の研究』で、第九条の発案者を、幣原発案説、マッカーサー発案説、幣原・マッカーサー意気投合説、ケイディス・ホイットニー共同発案説、天皇発案説の五つに分けてそれぞれを詳述し、六番目の幣原発案説の否定の項で、江藤さんの検閲研究をとり上げて、江藤説を紹介している。

現行憲法すなわち「一九四六年憲法」は、昭和二十一年（一九四六）十月七日第九十回帝国議会を通過し、衆議院の審議過程で、第九条第二項に「前項の目的を達するため」といういわゆる芦田修正が付け加えられた。そして、十一月三日に公布された。

江藤さんは、プランゲ文庫でＣＣＤの検閲を受けた憲法に関する日本人学者の論文を探し出している。

「新憲法の草案は、昭和二十一年四月十七日に発表せられた。（略）それに加えて、この新しい草案には、英訳が附加されたのである。（略）それにしても――そうして、特に口語体に依ることにしたのは大いに意義あることであるにしても――その体裁がむしろ翻訳的なものであることが、世の注目を引くところであった。かくしてわれわれは、おのずから、同時に発表せられた英訳を対照して、事を研究したのであった。率直にいって、憲法草案は、正文たる日本語を読むよりも、英訳に就くことが理解を容易にし且つなめらかならしむるのであった。（略）政府は、日本語のものが原文で、英語のは単なる訳文に過ぎないことを主張したのであり、それは当然のこととして固より信ぜねばならぬところではあるが、しかし、一般の場合における原文と訳文との関係とは逆なものになっていることが、争われないところであるとせられたのであった。（『新憲法と法律の社会化』・傍点を附した部分はすべてCCDによって削除されている）」（『一九四六年憲法―その拘束』）

のちに、この文章は、牧野英一博士の手になるものと確認されるが、CCDの検閲の苛烈さが手にとるようにわかる。江藤さんが発掘した憲法起草過程に関しての検閲方針が、忠実に実行されていた例である。

ポール元国務次官の「レンタル・キャリアー」という論文に触発されて書いた『一九四六年憲法―その拘束』の後半部分で、江藤さんは、次のようにいう。

「もともと米国の対日占領政策は、〝万邦無比〟の大日本帝国を抹殺し、あり来たりの日本国を誕生させることを目的としていたはずである。だが、ここでも皮肉なことに、米国の日本占領は、全く別な意味で〝万邦無比〟な日本を生み落してしまった。それが憲法第九条二項によって『交戦権』を剥奪され、世界のどの国にも通用しない防衛上の虚構を強制されている日本であることはいうまでもない。」

そして、

「私がここで提起しようとしている問題は本来ごく単純な問題である。それは、わかりやすくいえば、日本が憲法第九条二項の規定している『交戦権』を放棄したままで、果たして平和を維持できるか、という問題にすぎない。」

「ところで、米国は、この議論にどのような参加の仕方をするのだろうか？　ワード論文が指摘する通り、憲法改正問題は、『本質的に《日本の》内政上の問題』であるが、『この点で日本の置かれている状況』が『一種特殊』である事情は、少しも変っていない。もし米国が、憲法第九条二項の『交戦権』否認が、日本の主権行使を少からず拘束している現実を認めるならば、米国はおそらくこの〝主権制限条項〟がなによりもまず対日不信の象徴であることを認めるはずである。いつの日か日本が、再び米国を攻撃し、米国の利益に多大の打撃をあたえはしないだろうかという不安と不信が、この〝主権制限条項〟を生み出したという歴史的事実を、おそらく米国の識者は認めざるを得ないはずである。

それならおそらく、彼らは次に自問しなければならない。その不信感を、彼らは今でも持ちつづけているのだろうかと。相対的により強力で、より少く米国に依存するようになった日本が出現したとき、彼らはそれにたえられるだろうかと。」

古森義久氏は、昭和五十六年（一九八一）四月に、ケイディス氏に、憲法第九条が生まれた背景を中心において、憲法制定過程について詳細な聞き取りをしている。（『憲法が日本を亡ぼす』、『占領史録三』所収）

そこで、ポール元国務次官の「レンタル・キャリアー」論に呼応するかのごとく、第九条についてケイディス氏は、こう述べた。

「日本に対し防衛面でもっと努力をするべきだという圧力がかかるたびに、この第9条は日本にとって完璧な言い訳となる。極東の軍事力を十分に保つために、日本はもっと貢献（負担）すべきだ、アメリカはもう独力ではそれができない、という要請があるたびに、日本はぐるりと振り返って、『みて下さい。私たちは憲法の規定によりそうしたことはできないのです』と反論することができる。だから第9条は、アメリカの対日外交の手をしばる効果をはたしている。それも、日本の立場からみれば一向かまわない。なぜならアメリカはソ連が日本に向けて進撃し、日本を占領するような事態を決して座視しないことを、日本はよく知っているからです。」

現行憲法制定の中心にいたケイディス氏とて戸惑いを隠せないでいる。

江藤さんの『一九四六年憲法―その拘束』は、何度もいうが、昭和五十五年（一九八〇）六月に書かれた。

日本の憲法改正論議は、アメリカにとっていかなる意味を持つものなのか。

日本が現状のままであることを望んでいるのか。そうとは、思えない。では、交戦権を持つ主権国家としての存在となることを望むのか。本当に、そうだろうか。

江藤さんが提起した、「『交戦権』を放棄したままで、果たして平和を維持できるか」という問いかけは、今もきわめて有効である。江藤さんは、次のように述べて擱筆する。

「最初に述べた通り、私が提起しようとした問題は、ごく単純な問題である。私は、歴史的経緯からして憲法第九条二項が〝主権制限条項〟であることを指摘したにすぎない。この問題について、各方面から忌憚のない議論が起ることを、あらためて切望する次第である。」（傍点は引用者）

小林直樹氏の批判

しかし、江藤さんが期待したような「各方面から忌憚のない議論が起る」ことはほとんどなかった。

平成二十年代後半である現在は、安倍政権の存在、あるいは『読売新聞』、『産経新聞』による憲法改正への試みなどがあり、表面上は江藤さんが期待した議論の方向に活発化したかに見えるが、残念ながら、当時の江藤さんは孤立するばかりだった。江藤さんの問題提起の時期が早すぎたというのではない。

江藤さんの過激で容赦しない論調が、文壇はもちろん、論壇、学会、ジャーナリズムの反発を招き、その「検閲」と「憲法制定過程」に関する考察は、右からも左の勢力からも憫笑と無視を持って迎えられていたからである。

代表的な例として、小林直樹氏と猪木正道氏の江藤批判をとり上げてみたい。

まず、小林氏の批判であるが、その論の進め方は冷淡でもあり権威的でもあり、正直いって、要約するのはあまり楽しいことではない。

小林氏の江藤批判は、昭和五十五年九月二日、三日の『毎日新聞』夕刊に掲載された。江藤さんの『一九四六年憲法—その拘束』と『毎日新聞』掲載（昭和五十五年八月一日、二日夕刊）の「憲法と禁圧」そして、『諸君!』（昭和五十五年七月号）に掲載されて当時話題となった清水幾太郎氏の「核の選択」などを合わせて論評したものだったが、「反憲法の思想—その幻想と誤想」（上）（下）というタイトルが示す通り、進歩的な立場を鮮明にしていた。

「『靖国』や『君ガ代《ママ》』とともに、戦車や軍艦を前面に押し出し始めた政治は、いったい国民をどこに連れ立てていこうとしているのだろうか——。種々の兆候からみて、この道は、明治国家が辿った、あのなじみ深い軍国主義の『いつか来た道』にそっくりである」と小林氏は、（上）で、前置きする。

これは、安倍政権批判の文章では、もちろんない。昭和五十五年当時の鈴木善幸内閣を批判したものである。正義はひとつということなのだろうが、時代を超えて、どちらの政権をも批判したともとれるある種の一貫性が、この論調にはある。小林氏は、「江藤氏の狙いも主張も幻想の上に積み重ねられた、論理的には無意味の提言ということになろう」といい、

「江藤氏が鬼の首でもとったように持ち出してきたアメリカ側の新資料なるものも、質的には誰でも知っていた事柄に属するものであって、今日まで『タブー』が作用しているなどということを少しも実証しはしない。制憲史の新しい資料の発掘と研究は、現に専門の法学者によって行われているし、今後も継続されるべきことだから、江藤氏がその作業に寄与されようとしている努力は、それとして評価されていい。しかし、いわゆる『押しつけ憲法』論議の前提となっていた枠組は、憲法学では十分に広くとって考察されてきており、江藤氏の主張と論理は、とうの昔からおり込みずみの事柄であって、憲法の存在根拠を少しでも揺るがすような意味はないのである。江藤氏のタブー論は、折角の〝新資料〟にも拘らず二十年前の改憲論（正確には復古運動）と、全く同質かつ同構造のもので、学会にとっても国民にとっても、何のプラスにもならないだろう。」（傍点は引用者）

と、専門家の立場を強調して江藤さんの論拠を、徹頭徹尾、否定する。そして、（下）で、「第九条をアメリカの「押しつけ」だとしてこれを押しのけようとしている人々が、外ならぬアメリカの強圧に従属し、最も危険で不自由な途にのめり込もうとしている矛盾も、国民の自主性を考えないところから出てきているのではないか。——こういう国民不在の国家論と防衛論は、国民を今度こそ回復不能な死地に連れ去っていくことになろう。国民は今こそ、あらゆる幻想や誤想から脱却して、自らの自由と安全のために、目覚めた憲法論を持たねばならない、とおもう。」

といって、その論を閉じる。

小林氏の議論を進歩的文化人による十年一日の如くの議論といってしまえばそれまでだが、江藤さんは「憲法と禁圧・再説」と題する反論を『毎日新聞』昭和五十五年九月十九日、二十日の夕刊に載せる。(またも、二日続きの紙面である。)

「私はまさに、小林氏が専門家なら『誰でも』知っていると称する現行憲法制定過程に関する史実が、国民全体はもとより、知識人一般の知見にすら及んでいないからこそ、敢えて『一九四六年憲法―その拘束』を書き、『憲法と禁圧』を書いたのである。(略)

いうまでもなく憲法は国の基本法であり、その制定過程に関する正確な史実は決して一部『専門家』によって私されるようなことがあってはならない。むしろ、文字通りそれを『誰でも』知っている知識とするように努めるところに、民主主義社会における『専門家』の国民に対する責務があるといわなければならない。(略)

もし小林氏の言葉に偽りがなければ、国民一般はともかく、少くとも氏の講義を聴いた学生ぐらいは、現行憲法の制定過程について正確な知識を持っていてもよさそうなものだと思われる。

ところが、あにはからんや去る五月上旬、ハーヴァード大学の研究会で『諸君!』所載の拙稿と同趣旨の研究発表を行ったとき、その場にいたライシャワー教授から聞いた直話では、ライシャワー氏は、数年前ハーヴァードに留学した東大法学部の卒業生が『SCAPが憲法を起草した』という事実を全く知らなかったので、『頗る奇異な感じがした』と語っていた。小林氏は果たして、『誰でも知っている事柄』を、講義で繰返す必要がないと判断したのだろうか、それとも制憲過程に関するあからさまな事実は、『専門家』以外の『誰にも』知らすまいとして話を端折ったのだろうか?」（「憲法と禁圧・再説」、『一九四六年憲法―その拘束』所収。傍点は江藤さんによる）

のちに江藤さんは、吉本隆明氏との対談「現代文学の倫理」（『海』昭和五十七年四月号、『文学と非文学の倫理』所収）で、宮沢俊義氏が帝国憲法を擁護していたそれまでの姿勢を百八十度転換し、〈八月革命説〉を唱え以後一九四六年憲法の強力な擁護者になったことを語って、小林氏にも触れているが、それをここで引用することは、時期の点で、アンフェアとなるのでやめたい。また、宮沢氏の〈八月革命〉への〈コペルニクス的転回〉（「八月革命と国民主権主義」、『世界文化』昭和二十一年五月号）についても、『占領史録三』の「憲法制定経過―解説」で詳述している。

本多秋五氏との「無条件降伏論争」の直後に慶應大学で江藤さんは、「この不可解な混乱（日本が無条件降伏したということをいつまでもいい続けること―引用者註）を指摘したのが、歴史学者でもなければ、国際法学者でもなく、私のような門外漢だったというのも、実はおかしな話です」（「戦後の再検討」、『忘れたことと忘れさせられたこと』所収）と講演しているが、こうした物言いも、専門家のプライドを逆なでする一因だったのかもしれない。

西修氏が、面白いことを書いている。

「昭和21年11月3日。東京都交通局が『日本国憲法公布記念』として発行した電車往復乗車券（金80銭）には、国会議事堂の屋上に『自由の女神像』が据えられている。また翌年5月3日に逓信局《ママ》が発行した『日本国憲法施行記念』の切手シートには、1円と50銭切手の下に、憲法前文の抜粋が英文と日本文で掲示されているが、英文に全体のスペースの約3分の2が割かれている。」（「公布68年、真の日本示す新憲法を」、『産経新聞』平成二十六年十一月三日。往復乗車券と切手シートの写真の実際は、西氏の『図解日本国憲法の誕生』で見ることができる。）

「いったい、どこの国の憲法を『記念』したのだろうか。これらの記念発行物に対しても、連合国軍総司令部（GHQ）の関与があったのだろうか。押しつけがましく、侮蔑感すら抱かせる構図になっている」というのが西氏の感想だが、たしかに、当時の人々は、こうした記念乗車券や記念切手を目の当たりにした時、どう感じたのだろうか。興味を引くことである。

「占領軍の検閲は当然なこと」―猪木正道氏の見解

小林氏が江藤批判を展開することになる約二か月前、猪木正道氏が日本記者クラブでの研究会に招かれた席で、江藤さんの検閲研究に触れた。

講演がおわって、会場からの憲法について質問があり、それへの回答のなかで、ついでにとでもいうように、次のように語った。

「……最近、江藤淳さんとかいろんな人が勇ましいことをいい出していますが、あの方たちは、敗戦後の日本がどういう状態であったかをご存じないんだと思うのです。ですから、まるで吉田さんや幣原さんが腰抜けであったかのような論調で、やれ検閲があったの……、当たり前じゃないですか、占領軍が検閲しないという例がありますか。そんなこと、いまさらのようにびっくりして、ウッドロー・ウイ《ママ》ルソン研究所に行ったというんですから、ご苦労さんな話だ、と思っているんですけどね。（笑）」（「日本記者クラブ会報」第一二七号、昭和五十五年九月十日発行）

江藤さんは、この猪木氏の発言に対して長い感想を述べる。

「試みに、前掲の猪木正道氏の放言と、これにつづく記者団の肯定的な『笑』とのあいだに介在する空気が、いかなるものであったかを考えてみるがよい。拙著によって、占領軍当局による検閲の存在と秘匿を指摘されたとき、猪木氏は明らかにとまどったにちがいない。拙著は、いうまでもなく、良心が外国の占領権力によって外側から操作された、という事実を指摘している。つまり、良心というものは、本来人の心のなかにあるべきものだ、といっているからである。

これに対して、猪木氏は、『当たり前じゃないですか、占領軍が検閲しないという例がありますか』といった。いいかえれば、猪木氏は、占領中『良心が、人の心の外にあるのは当り《ママ》前だ』といったことになる。すると記者団は、『笑』によって、『そうだそうだ』と応じたのである。これが、猪木氏と記者団とのあいだに交換された、もっとも典型的な『私語』であることは、付け加えるまでもない。

このやりとりは、それ自体が、眼に見えぬ検察官に対する忠誠と恭順の表明にほかならない。つまり、猪木氏は、前掲の放言をおこなうことによって、『御安心下さい、検閲官殿。私は甲羅を経ていますから、今更検閲の問題をむし返すほど野暮じゃァありません』と、見えざる検察官に一揖したのである。すると記者団は、その尻馬に乗って、『そうだそうだ』といったのである。つまり、

その見えざる検察官が、猪木氏と記者団の『良心』なのである。」(「ユダの季節」、『批評と私』所収)

ここでは、江藤さんがいう記者団の肯定的な「笑」について私見を述べてみたい。

さきに、占領期の検閲研究の第一人者である山本武利氏がその著書『GHQの検閲・諜報・宣伝工作』で、GHQによって昭和二十年九月十九日、二十日の両日、発行禁止の処分を受けた『朝日新聞』が、それまでの論調を一変し、「検閲優等生」となっていくさまを詳述しているのを紹介した。

山本氏は、新聞が事後検閲となった昭和二十三年(一九四八)七月十六日以降の『朝日新聞』の対応についても、興味深い資料をプランゲ文庫から発掘している。

『朝日新聞』の同年十月一日刊の社報に、当時の嘉治隆一出版局長が以下のような社員に警告する文章を載せたのである。(しかし、なぜ新聞社の内部文書であるはずの社報がプランゲ文庫にあったのだろうか。社員の誰かが検閲の協力に熱心なあまりGHQに届けたのだろうか?)

「戦争中、われわれは軍と官からあらゆる拘束を受けていた。一切の活動は両者の打ちふる笞のままに禁ぜられ、また命ぜられていたに止まる。一例を検閲という制度にとって見ても、今日のような事後検閲など思いもよらなかった。事後検閲ということは、要するに記者自身が、与えられた客観情勢の下において、自分の良心と責任とに基づいて筆をとるということに外ならない。かくして、戦争中に比べて、筆をとるものの責任ははるかに重大となって来たことを忘れてはなるまい。

つまり事後検閲は形式的に無検閲のように見えるが、実質的には自己検閲ということになったわけだ（中略）（この中略は原文─引用者註）。自由になった検閲制度の下にわれわれが執筆し、編集するばあいにも、やはり各自の心に検閲制度を設けることを忘れるならば、人災は忽ちにして至るであろう。事後検閲は考えようによれば、自己検閲に他ならぬわけである。」（『ＧＨＱの検閲・諜報・宣伝工作』、傍点は引用者）

山本氏によれば、『朝日新聞』はふたたび発売禁止命令が出た場合の経済的損失や軍事裁判送りを避けようとして、「安全第一主義をとり、プレス・コードに忠実なメディアとしてＧＨＱに印象付けようとする努力が続けられ」（『ＧＨＱの検閲・諜報・宣伝工作』）、その極めつけが社内報での出版局長の言葉である〈自己検閲〉であった、という。

同書には、検閲のプレス・コードに従おうとする意思は『朝日新聞』が一番強かったが、『毎日新聞』も『読売新聞』もＮＨＫもそうした努力とは無縁でなかった、とある。

猪木氏の講演は、昭和五十五年のことであった。とすれば、各新聞社、放送局の幹部が理事長経験者としてずらり顔を並べる日本記者クラブ会員のなかにも、ＧＨＱの事前検閲、事後検閲を経験したベテランの記者諸氏がいたとも考えられる。実際、そのうちの何人かはこの講演会場に出席していたのではないだろうか。

江藤さんは、会場の記者たちの笑いを、「記者団の肯定的な『笑』」と表現しているが、むしろその「笑」とは、検閲制度を受け入れざるを得なかった記者諸氏の、「米軍の検閲があったのだから、そうしたことは仕方がないだろう」という自嘲と悔恨を含んだ笑いだったのでなかろうか。

それにしても、当時の『朝日新聞』幹部の検閲、ことに事後検閲を〈自己検閲〉とする見解は興味深いものがある。江藤さんの生前にこの文書が発掘されていたなら、江藤さんにとって大きな光明となっていただろう。

集大成としての『閉された言語空間』

『閉された言語空間―占領軍の検閲と戦後日本』は、江藤さんの「占領三部作」の掉尾を飾る作品だった。平成元年（一九八九）に単行本となった際の「あとがき」は、次のようなものだった。

「これは昭和五十四年（一九七九）十月から昭和五十五年（一九八〇）六月までの九ヶ月間、私がウィルソン研究所で行った検閲研究の集大成ともいうべき仕事である。

当時私は、国際交流基金の派遣研究員として、米国ワシントン市に在るこの研究所に赴き、日夜米占領軍が日本で実施した検閲に関わる文書の検索と通読に没頭していた。僅々九ヶ月とはいえ、このときの滞米生活から生れた成果は少くなく、既に『一九四六年憲法―その拘束』と『落葉の掃き寄せ』（いずれも文藝春秋刊・現行版は合本）の二冊の本に結実しているが、なんといっても主眼となるべきものは、検閲それ自体の実態を明らかにする研究でなければならない。私は、帰国後間もなくそのまとめに着手し、昭和五十六年（一九八一）の夏休みから執筆に取りかかった。（略）

敢えていえばこの本は、この世の中に類書というものの存在しない本である。日本はもとよりアメリカにも、米占領軍が日本で実施した秘匿された検閲の全貌を、一次資料によって跡付けようと試みた研究は、知見の及ぶ限り今日まで一つも発表されていないからである。

正確にいえば、昭和五十七年(一九八二)にニューヨークのプレーガー社から刊行されたＪ・Ｌ・カリー、ジョーン・Ｒ・ダッシン編の*Press Control Around the World*の第十章に、私自身の執筆した The Censorship Operation in Occupied Japan という論文が唯一の例外というべきものだが、紙幅の制約のためにこの本の詳細さとは比べるべくもない。ダッシン女史は前掲書の序文で拙論に言及して、『合衆国内では事実上全く知られていない検閲システムについての実証的研究』と評しているけれども、私はむしろこの本を、日本の読者のみならずアメリカの知的読者にも読んでもらいたいものだと考えている。米占領軍が戦後日本で実施した隠微な検閲の苛烈さは、所謂〝言論の自由〞について深刻に反省する材料を、少からず彼らに提供するに違いないからである。」

あまたの批判に抗して、占領研究を続けてきた江藤さんの自負がうかがえる。

平成五年に、同書は文庫本となった。「文庫版あとがき」で、江藤さんは次のようなことを書く。「思いがけず歌人の岡井隆氏から長文のお便りをいただいたのは、今年も早春の頃のことであった。

それによると岡井氏は、斎藤茂吉の戦後の沈黙と作風の変化について、かねがね疑問を抱いておられたという。そして、この問題についで研究をつづけられるうちに、私の『閉された言語空間――占領軍の検閲と戦後日本』を一読され、ある示唆を得られたといってこの懇篤なお手紙を下さったのである。(略)

文庫に収めるに当って、テクストの改変は一切行わなかった。米占領軍の検閲に端を発する日本のジャーナリズムの隠微な自己検閲システムは、不思議なことに平成改元以来再び勢いを得はじめ、次第にまた猛威を振いつつあるように見える。このように、〝閉された言語空間〟が日本に存在しつづける限り、このささやかな研究も将来にわたって存在意義を主張し得るに違いない。」

江藤さんが『一九四六年憲法―その拘束』を書いたとき、私は、『諸君！』編集部に在籍していた。そして、『閉された言語空間―占領軍の検閲と戦後日本』所載原稿の最初となる「占領軍の検閲と戦後日本」（「諸君！五十七年二月号」）を担当したのちに、月刊誌、続いて週刊誌に異動となり、昭和五十九年に編集長として『諸君！』に戻ってきた。「東京裁判と『奴隷の言葉』」等の『閉された言語空間―占領期の検閲と戦後日本』の後半部分を担当することになる。

『閉された言語空間―占領期の検閲と戦後日本』は、こうして、昭和五十七年から昭和六十一年（一九八六）にかけて『諸君！』誌上に五回に分けて断続的に発表された。

「それを、実にそれから三年有半を経過した今日、あらためて一本にまとめて世に問うことにしたのは、著者である私が、ひたすら刊行の好機を待っていたためにほかならない」と、江藤さんは単行本の刊行にあたって書いている（同書「あとがき」）。

江藤さんは、同書の冒頭で、昭和二十年の同盟通信社の業務停止命令、『朝日新聞』、英字新聞『ニッポン・タイムズ』の発行停止処分、『東洋経済新報』の回収・断裁処分等を想起して、「これを見れば、あたかも測り知れぬほど大きな力が、占領開始後間もない時期に、外部から日本の言論機関に加えられたかのようであった。そして、この時期を境にして、占領下の日本の新聞、雑誌等の論調に一大転換が起ったことも、実際にその紙面に当ってみればまた明らかであった。

それが直接には、占領軍当局の実施した検閲の影響であることは自明だとしても、そのとき日本人の心の内と外でいったいなにが起ったのか、私はあたう限り正確に知りたいと思った。それは単に、過去に対する好奇心だけからではない。奇妙な感じ方と、人はあるいはいうかも知れない。しかし、私は、その当時起ったことが現在もなお起りつづけている、という一種不可思議な感覚を、どうしても拭い去ることができなかったからである。

それであれば、占領軍の行った検閲の実体を明らかにするというこの仕事は、過去と現在とに、つまり日本の戦後そのものの根柢に対して、同時に一つの問いかけを行う試みになるはずである。私たちは、自分が信じていると信じるものを、本当に信じているのだろうか？　信じているとすればどういう手続きでそれを信じ、信じていないとすればその代りにいったいなにを信じて、私たちはこれまで生きて来たのだろうか。（略）

結果的にいえば、『忘れたことと忘れさせられたこと』は、昭和五十三年に本多秋五氏とのあいだで行われた〝無条件降伏〟論争から発展したものであるが、実はこの論争自体が、私にとってみれば幾度となく繰り返して来たあの自問の、一つの帰結に過ぎないものであった。虚構の正体を知りたいと思うのなら、占領軍が行った検閲の実体を見定めなければならない。『忘れたことと忘れさせられたこと』の連載を終えた時、私は、ここにこそ問題を解きほぐす手がかりがあることを疑わなかった。」

これは、江藤さんにとっての〈宣言〉である。また、江藤さんの考察を批判した、高野雄一氏、小林直樹氏、福田恆存氏、猪木正道氏等への〈回答〉でもある。

江藤さんのこの部分の文章を書き写して、私は、なぜか『南洲残影』の一節を思い出す。『南洲残影』は、『文學界』で平成六年に始まって、夫人の逝去の年である平成十年まで、これも断続して十回にわたり連載された。江藤さんの最晩年の書のひとつである。

熊本隊の首領である池辺吉十郎が、薩軍の先鋒別府晋介に攻城の方略を質しに行き、「台兵若し我征路を遮ぎらば、只一蹴して過ぎんのみ。別に方略なし」といい放たれ、驚愕するところである。池辺吉十郎は、この返答がよほどショックだったとみえ、戦後の長崎法廷に提出した「口述書」で別府普介の一語一句そのままに繰り返した、という。江藤さんは、書く。

「だが、だからといって、『西南記伝』の評するように、これを果たして西郷隆盛以下の自信過剰といって済まされるのだろうか。あるいはまた、この『無謀』が、単に薩軍の『剽悍』のみに帰せられる種類の事柄だろうか。

何故なら人間には、最初から『無謀』とわかっていても、やはりやらなければならぬことがあるからである。日露開戦のときがそうであり、日米開戦のときも同じだった。勝った戦が義戦で、敗北に終った戦いは不義の戦いだと分類してみても、戦端を開かねばならなかったときの切羽詰った心情を、今更その儘に喚起できるものでもない。」（傍点は引用者）

もちろん、無条件降伏研究、占領研究、現行憲法成立過程の研究、検閲研究にその後半生を捧げたからといって、江藤さんの行為が、〈無謀〉であったというのではない。孤立無援の研究ながら〈方略〉は十二分あった。ではあっても、『一族再会』にある、祖父江頭安太郎の父嘉蔵にあった〈すくたれ者〉が自分のなかに棲みつづけていることは自覚しているが、しかし、〈すくたれ者〉のままでは断じて終わらない、とする激情にも似た決意が、江藤さんを動かしていたのは間違いないことだろう。

中村光夫氏が、『江藤淳著作集1―漱石論』の「解説」で、江藤さんには「或る単純な野生がある」といっている。

「氏の思想、あるいは文体の第一の特色は歯切れのよさです。これは判断力の明快さ、あるいは決断力の強さからきています。それが批評家を批評家たらしめる第一の資格であることは――仕事の性質上――誰にも納得が行く筈ですが、こういう生き生きした野生の持主は、批評家志望者のうちにも案外乏しいのです。

教養もゆたかで、文学にたいする感受性もすぐれていながら、いざ批評文を書かしてみると、もってまわった弁解ばかりしていて、云いたいこともはっきりしない人が多いので、とくに戦後は、政治的な考え方が一般化したため、文壇にでる前から文壇政治にたいする顧慮に足をとられて、批評的才能の芽を枯らしてしまう例がよく見られましたが、江藤氏がこうした離陸の苦労を一切知らぬような鮮やかなデビュウぶりをみせたのは、氏の心底に、うじうじした計算をうけつけぬ、或る単純な野生があるためと思われます。」

かたや江藤さんの最晩年の作品からの引用、こなた江藤さんがデビューした際の中村氏の江藤評だが、両者間にはひどく近いものがある。少なくとも心情においての江藤さんの一貫性が、そこにうかがわれるのである。

「自由」の国アメリカの「検閲」という矛盾

「誰でもが知っていること」と散々揶揄にも似た批判を加えられたが、占領期の検閲を扱った文献は（当時）きわめて寥々としており、日本で、書籍あるいは論文として刊行されているものは、松浦総三氏、門名直樹氏、福島鋳郎氏のものなどしかなかった。

『閉された言語空間―占領軍の検閲と戦後日本』は、江藤さん自身が何度もいうように『忘れたことと忘れさせられたこと』、『一九四六年憲法―その拘束』からなる「占領三部作」の集大成をなすものである。

同書の「第一部」は「アメリカは日本での検閲をいかに準備していたか」というタイトルであり、「第二部」は「アメリカは日本での検閲をいかに実行したか」となっている。集大成というからには、すでに、前二作で取り上げた事柄に再度言及している場合（特に「第二部」において）がある。

したがって、江藤さんの検閲への見解や態度の一貫性が鮮明である部分を引用してみたい。

「第一部」は、日米開戦とともに、アメリカにおいても厳重な検閲が行われていたことを詳述している。

昭和十六年（一九四一）十二月十八日、連邦議会は、第一次戦時大権法を成立させて、ローズヴェルト大統領に戦争遂行上必要な大幅な権限を与えた。そのなかに自国民への検閲に関する条項も含まれており、大統領令によって合衆国検閲局が設置された。

「合衆国憲法修正第一条（宗教、言論、出版及び集会の自由）」と「防諜法その他の検閲関係法令」との矛盾に直面しつつ、江藤さんによると、占領軍が日本で実施した報道管理体制の原型が、この時、ワシントンで概略決定されていた、という。

「もとより、自国民に対する報道管制と、被占領国民に対するプロパガンダや検閲とが、その目的において、あるいはその峻厳さの度合において、おのずから趣きを異にすることはいうまでもない。たとえば、合衆国検閲局は大統領令によって公然と設置されたが、日本で活動した民間検閲支隊の存在は、最後まで秘匿されたからである。

だが、それにもかかわらず、米本土で行われた検閲と、米占領軍が日本で実施した検閲とは、いずれもアメリカ人が実施した検閲にほかならないという点で、いちじるしい類似性を有する。それは、前掲のローズヴェルトのステートメント（合衆国検閲局設置を決めた大統領令八九八五号を発した時のステーツメント「あらゆるアメリカ人は、戦争を嫌悪するのと同程度に検閲を嫌悪する。しかし、わが国の経験も他のあらゆる国の経験も、戦時においてはある程度の検閲が不可欠であることを示唆している」を指す―引用者註）が示しているように、一面において検閲を『嫌悪』しているはずのアメリカ人が、他面どうしても検閲を実施せざるを得ないような危機的な状況に直面した際、とかくそれを隠蔽しようとする傾向を生じるということの一事である。」（『閉された言語空間―占領軍の検閲と戦後日本』）

アメリカにおける検閲について、平川祐弘氏が注目すべき事例を見つけている。

昭和二十年六月九日、当時の鈴木貫太郎首相は、第八十七臨時帝国議会の冒頭施政方針演説をした。翌十日の『ニューヨーク・タイムズ』にはワシントン発九日付UP電として、その演説が掲載されている。

平川氏は、この施政方針演説自体に鈴木首相の終戦を希求する姿勢がにじみ出ていると指摘する。『鬼畜米英』と戦う戦時下の日本では違和感を覚えさせずにはおかない示唆を含んでいる」ともいい、さらに次のように書く。

「しかるにフェデラル・コミュニケーションズ・コミッションが報じた鈴木首相の施政方針演説の英訳文には、鈴木がもっとも苦心した一節、すなわち、『私は嘗て大正七年練習艦隊司令官として、米国西岸に航行致しました折』に始まる条りは、『太平洋は名の如く平和の海にして、日米交易の為に天の与へたる恩恵なり。若し之を軍隊輸送の為に用ふるが如きことあらば、必ずや両国共に天罰を受くべしと警告したのであります。然るに其後二十余年にして、米国はこの真意を諒得せず、不幸にも両国相戦はざるを得ざるに至りましたことは、誠に遺憾とする所であります。』にいたるまですっぽり抜けている。（それ以外は全文が載っている。）鈴木の苦心は水の泡と帰したのであろうか。
そうではあるまい。この一節が米国当局の検閲によって公表を禁止された事実こそ、鈴木の意図がアメリカ側に通じた証拠であると筆者は考えたい。鈴木の施政方針演説の英訳文の全文は、戦時中も東京で発行されていた英字新聞 *The Nippon Times* の六月十日付にも載っている。（ただし『ニューヨーク・タイムズ』紙の英訳とはべつの訳である。）日本側が鈴木首相の演説の一部の公表を伏せたのでない以上、米国側が伏せたことに間違いはない。」（「平和の海と戦いの海―二・二六事件から『人間宣言』まで―」、傍点は引用者）
なぜ、米当局は、施政方針演説の肝腎な部分を検閲によって削除したのだろうか。平川氏は、対日心理作戦に従事し、この施政方針演説を実際に傍受したザカリアス大佐の「鈴木首相が演説で、表向きは戦争について述べているが、内心では平和を考えている」という回顧録の内容を援用しつつ、推測する。
「アメリカ側は少くとも事務レベルでは、鈴木のメッセージを了解していたのだ。しかし鈴木首相の演説全文を公表することは、差障りがあると考えて、鈴木がサンフランシスコ演説に言及した条りは伏せたのだ。その条りを公表すると米国内の平和主義者が『早く平和を』と言い出してアメリカ人の戦意昂揚の妨げになる、と考えたからだろうか。――米国側の関係者がほとんどみな故人となってしまった今日、誰が検閲し、いかなる理由で削除したのかもわからなくなってしまった。」（同）

戦時下のアメリカにおいても、厳重な検閲が実施されていた一例である。

日本でのアメリカによる検閲の秘匿、隠蔽について、江藤さんは、ポツダム宣言の影響がある、といっている。それは「無条件降伏」論争にもつながることである。

「一方、米国務省は、『一九四五年七月二十六日の宣言（ポツダム宣言―引用者註）と国務省の政策との比較検討』と題する覚書で、ポツダム宣言は、『受諾されれば国際法の一般規範によって解釈されるべき国際協定となる』はずであり、『国際協定』である以上それは当然『双務的』拘束力を有する、と分析している。

そうであれば、日本において米占領軍当局が実施すべき民間検閲は、必然的にポツダム宣言第十項の保障する言論・表現の自由の原則と、真正面から対立し、矛盾撞着せざるを得ない。しかもなお米国政府は、ＪＣＳ（米統合参謀本部―引用者註）八七三／三で明示されている対日占領基本政策の一つとして、マッカーサーに民間検閲の励行を厳命している。この矛盾を解決しようとすれば、方法はただひとつ、統合参謀本部の命令通りに民間検閲を実施し、しかも検閲の存在自体を秘匿しつづける以外にはないはずである。」（『閉された言語空間―占領軍の検閲と戦後日本』）

「占領期間中を通じて、民間検閲支隊（ＣＣＤ）をはじめとする占領軍検閲機関の存在が秘匿されつづけ、検閲への言及が厳禁された根本原因は、このポツダム宣言第十項とＪＣＳ八七三／三とのあいだに存在する、矛盾の構造そのもののなかに潜んでいたのである。」（同）

フーヴァー民間検閲支隊長と民間検閲支隊による、江藤さんのいう「眼に見える戦争は終ったが、眼に見えない戦争、思想と文化の殲滅戦」（同）である検閲は、こうしたことを背景にはじまることとなった。

検閲者と被検閲者の間の〈タブー〉の存在

『閉された言語空間―占領軍の検閲と戦後日本』の「第二部、第二章」では、『朝日新聞』が停止発行処分を受ける直接のきっかけとなった鳩山一郎の「アメリカは戦争犯罪を否むことはできない」という発言とフィリピンでの日本軍の非行と米軍兵士の暴行事件とを関連づけた記事（いずれも前出）のほか、『東洋経済新報』昭和二十年九月二十九日号のＣＣＤによる押収・断裁事件を紹介する。その記事とは、

「記者は読者に深く御わびを申さねばならない。米国進駐軍の一部に記者の予想に反して意外に不良の分子が存し、種々の暴行が演ぜられてゐることに就てゞある。聯合国の軍隊が我が要地を占領すべしと聞くや、其等の地方の住民は大動揺を起した。進駐し来る軍隊が如何なる乱暴を働くかも知れぬと怖れたからである。地方官憲中にも亦《マタ》其の観念から、婦女子の退去、女学校の閉鎖等を命じた者がある。記者は之れを苦々しく思つた。所謂《イハユル》本土決戦にて、戦場に敵兵が上陸して来る場合と違ひ聯合軍は停戦の結果平和的に進駐するのである。況《イハン》や世界の環視もある。何の狼藉《ラウゼキ》を働かう。然るに之れを怖れるのは、却て我が無知と道徳の標準の低きを示すことに過ぎない。慎まなければならぬ。之れが記者の信念であり、而して記者は左様に本誌に記した。然るに遺憾ながら記者

の右の信念は事実に依つて部分的にせよ、裏切られた。而して記者が其の不見識を非難した地方官憲等の判断が却つて正しかつたことを証明した。記者が深く読者に謝罪する所以《ユエン》である。……」

という内容であった。

江藤さんは、「ここで米軍の暴行を厳しく批判している『記者』とは、おそらく当時東洋経済新報社社長・主幹の地位に在った石橋湛山以外の何者でもない。『朝日新聞』に談話を発表した鳩山一郎といい、この論説を書いたと推定される石橋湛山といい、日本国民がCCDの忌避に触れた人物を、のちに講和発効後二人つづけて内閣総理大臣に選んだのは、興味深い事実といわなければならない」という。

こうした日本人にとってみれば、理不尽な検閲制度が新聞・出版社関係者に広まるにつれ、検閲する側と検閲される側とのあいだに微妙な心理的関係が生じていく。

江藤さんは、これを一種の「共犯関係」と呼ぶ。

「被検閲者である新聞・出版関係者にとっては、検閲者はCCDかCI&E（この書で江藤さんは、それまでのCIEとは違ってCI&Eという表記を用いている―引用者註）か、その正体も定かではない闇のなかの存在にほかならない。しかし、新聞の発行をつづけ、出版活動をつづけるということにほかならぬそのことによって、被検閲者は好むと好まざるとにかかわらず必然的に検閲者に接触せざるを得ない。そして、被検閲者は、検閲者に接触した瞬間に検閲の存在を秘匿する義務を課せられて、否応なく闇を成立させている価値観を共有させられてしまうのである。

これは、いうまでもなく、検閲者と被検閲者のあいだにおけるタブーの共有である。この両者の立場は、他のあらゆる点で対立している。戦勝国民と戦敗国民、占領者と被占領者、米国人と日本人、検閲官とジャーナリスト——だが、それにもかかわらずこの表の世界での対立者は、影と闇の世界では一点で堅く手を握り合せている。検閲の存在をあくまで秘匿し尽すという黙契に関するかぎり、被検閲者はたちどころに検閲者との緊密な協力関係に組み入れられてしまうからである。」（『閉された言語空間—占領軍の検閲と戦後日本』）

ただ、注意しなければならないことがある。〈共犯関係〉、〈タブーの共有〉といういきつい表現をつかいながら、江藤さんはそうした境遇にある人の人格を傷つけることはない。〈変節漢〉〈転向者〉といわば人格非難的な言葉を投げつけられることがあった江藤さんだが、こうした矜持はきちんと持っていた。

「私はただ、憲法が『一切の批判』を拒む〝タブー〟として存続して来たのは、決して日本人の良心がそう命じたからではなくて巧妙な占領政策の帰結にすぎず、おそらくは同胞の中の善意の熱心家が、知らず知らずのうちに検閲官の役割を買って出、異端邪説を禁圧して来たからだという事実を指摘するのみである。」（「憲法と禁圧」『毎日新聞』昭和五十五年八月二日夕刊、『一九四六年憲法—その拘束』所収）

憲法を論じているところでの言葉だが、文芸批評家にふさわしく江藤さんは、人間心理に通じていた。

つづいて、江藤さんは戦前の悪名高い日本の「国家権力による検閲」と「CCDによる検閲」を比較してみせる。少し長くなるが、江藤さんの「検閲論」の核心部分なので引用してみる。

「重要なことは、検閲の存在をあくまでも秘匿するというCCDの検閲の構造そのもののなかに、被検閲者にタブーを伝染させる最も有効な装置が仕掛けられていた、ということである。この点で、CCDの実施した占領下の検閲は、従来日本で国家権力がおこなったどのような検閲と比較しても、全く異質なものだったといわなければならない。『出版法』『新聞紙法』『言論集会結社等臨時取締法』等による検閲は、いずれも法律によって明示された検閲であり、被検閲者も国民もともに検閲者が誰であるかをよく知っていた。そこで要求されたのは、タブーに触れることではなくて、むしろそれに触れないことであった。検閲者は被検閲者に、たとえば天皇の尊厳を冒瀆《ぼうとく》しないというような価値観の共有を要求したからである。

つまり、戦前戦中の日本の国家権力による検閲は、接触を禁止するための検閲であったということができる。天皇、国体、あるいは危険思想等々は、それとの接触が共同体に『危険』と『汚染』をもたらすタブーとして、厳重に隔離されなければならなかった。被検閲者と国民は、いわば国家権力によって目隠しされたのである。

これに対して、CCDの検閲は接触を不可避にするための検閲であった。それは検閲の秘匿を媒介にして被検閲者を敢えてタブーに接触させ、共犯関係に誘い込むことを目的としていた。いったんタブーに触れた被検閲者たちが、『新たな汚染の中心』となり、『邪悪』な日本の『共同体』にとっての『新たな危険の源泉』となることこそ、検閲者の意図したところであった。要するに占領軍当局の究極の目的は、いわば日本人にわれとわが眼を刳《く》り貫《ぬ》かせ、肉眼のかわりにアメリカ製の義眼を嵌《は》めこむことにあった。」（『閉された言語空間―占領軍の検閲と戦後日本』、傍点は江藤さんによる）

〈義眼〉という言葉が印象的である。では、この検閲制度に日本人として参加したのは、どんな人々だったのだろうか。前に触れたように、徹底した検閲を行うには多くの人間が必要だった。

「時期的にはやや後のことになるが、昭和二十二年（一九四七）三月現在、CCDの構成人員は将校八十八名、下士官兵八十名、軍属三百七十名、連合国籍民間人五百五十四名、日本人五千七十六名、総員六千百六十八名であった。このうちPPB要員（新聞映画放送部―引用者註）は、将校の一八％、下士官兵の一四％、軍属の二九％を占めていたことが記録に残っている。PPB所属の日本人検閲員の比率については資料はないが少なくともその三〇％、千五百人以上が新聞雑誌等の検閲に従事していたものと推定される。」（同）

日本人検閲員は、滞米経験者、英語教師、大学教授、外交官の古手、英語に自信のある男女学生であり、月額七百円から千二百円程度を得ていた、という。

「そのなかにはすでに故人となっている人々もあり、現存して活躍中の人々もいる。CCDに勤務した五千有余人の日本人要員にATIS（Allied Translators and Interpreters Section）勤務の日本人を併せれば、その数は優に一万人以上にのぼるものと思われるが、そのなかにのちに革新自治体の首長、大会社の役員、国際弁護士、著名なジャーナリスト、学術雑誌の編集長、大学教授等々になった人々が含まれていることは、一部で公然の秘密となっている。もとよりそのうちの誰一人として、経歴にＣＣＤ勤務の事実を記載している人はいない。」（同）

江藤さんは、右のように書きはしたが、具体的な人名を洩らすことはなかった。担当者として、この原稿を読んだ時に思い当たる節もあり、私は何度か、「この首長とは、誰々でしょうか」とか「この著名ジャーナリストとはあの人のことでしょう」と尋ねたことがあったが、「戦後のあの貧しさを考えれば、そう簡単には批判できることではない」といって、江藤さんは、実名を明かすことは決してなかった。

「検閲員に応募してＣＣＤ入りした人々の当初の動機は、ほとんど例外なく経済的なものであったにちがいない。当時の日本人はまず飢えをしのがねばならず、そのためには自己の能力を最大限に利用しなければならなかったからである」（同）とも書いているが、敗戦後の生活難のためにそうした選択をせざるを得なかった人々への配慮を欠かさなかった江藤さんという人物を、私は、信用する。（日本人検閲員については、山本武利氏の研究がその著、『ＧＨＱの検閲・諜報・宣伝工作』に収められている。収入の数字等で江藤さんより詳細であり、また検閲員の実体についてもいっそう詳しく触れられている。）

「日本人にわれとわが眼を刳《く》り貫《ぬ》かせ、肉眼のかわりにアメリカ製の義眼を嵌《は》めこむ」と江藤さんはいったが、検閲にはもうひとつの目的があった。ＣＩ＆Ｅが強力に展開した「ウォー・ギルト・インフォーメーション・プログラム（戦争についての罪悪感を日本人の心に植えつけるための宣伝計画）である。山本武利氏は、「戦争罪悪感」工作と表現している。

江藤さんはアマスト大学レイ・ムーア教授より提供された、ＣＩ＆Ｅ（民間情報教育局）からＧ—２（参謀第二部民間諜報局）宛ての昭和二十三年（一九四八）二月六日付けの文書を紹介する。

東京裁判でのキーナン首席検事による最終論告の五日前の日付のこの文書は、冒頭で、

「ＣＩＳ局長と、ＣＩ＆Ｅ局長、およびその代理者間の最近の会談にもとづき、民間情報教育局は、ここに同局が、日本人の心に国家の罪とその淵源に関する自覚を植えつける目的で、開始しかつこれまでに影響を及ぼして来た民間情報活動の概要を提出するものである。文書の末尾には勧告が添付されているが、この勧告は、同局が、『ウォー・ギルト・インフォーメーション・プログラム』の続行に当り、かつまたこの『プログラム』を、広島・長崎への原爆投下に対する日本人の態度と、東京裁判中に吹聴されている超国家主義的宣伝への、一連の対抗措置を含むものにまで拡大するに当って、採用されるべき基本的な理念、および一般的または特殊な種々の方法について述べている。」（江藤さんによる訳）

と記す。

すでに、日本人に歴史の真相を知らせ、特に南京とマニラにおける残虐行為のありさまを強調する目的で、「太平洋戦争史」（約一万五千語）が昭和二十年十二月八日から日本中のあらゆる日刊紙に連載されていた。江藤さんは、いう。

「CI&E文書が言及している『太平洋戦争史』なるものは、戦後日本の歴史記述のパラダイムを規定するとともに、歴史記述のおこなわれるべき言語空間を限定し、かつ閉鎖したという意味で、ほとんどCCDの検閲に匹敵する深刻な影響力を及ぼした宣伝文書である。（略）

この宣伝文書は、まず、『太平洋戦争』という呼称を日本語の言語空間に導入したという意味で、歴史的な役割を果している。新しい呼称の導入は、当然それまでの呼称の禁止を伴い、正確には一週間後の昭和二十年（一九四五）十二月十五日、『大東亜戦争』という呼称は、次の指令（公文書での『大東亜戦争』や『八紘一宇』などの用語の使用を禁じた、いわゆる「神道指令」――引用者註）によって禁止を命じられた。（略）

つまり、昭和二十年暮の、八日から十五日にいたる僅か一週間のあいだに、日本人が戦った戦争、『大東亜戦争』はその存在と意義を抹殺され、その欠落の跡に米国人の戦った戦争、『太平洋戦争』が嵌《は》めこまれた。これはもとより、単なる用語の入れ替えにとどまらない。戦争の呼称が入れ替えられるのと同時に、その戦争に託されていた一切の意味と価値観もまた、その儘入れ替えられずにはいないからである。」（『閉された言語空間―占領軍の検閲と戦後日本』）

「ウォー・ギルト・インフォーメーション・プログラム」

この『太平洋戦争史』は、新聞連載を終了したのち昭和二十一年に単行本となり、十万部を完売した。昭和二十一年であることを考えれば、大ベストセラーと評すべき刊行部数である。江藤さんは、『太平洋戦争史』について、確認するかのごとく重ねて、いう。

「そこ(『ウォー・ギルト・インフォーメーション・プログラム』による『太平洋戦争史』—引用者註)には、まず『日本の軍国主義者』と『国民』とを対立させようという意図が潜められ、この対立を仮構することによって、実際には日本と連合国、特に日本と米国のあいだの戦いであった大戦を、現実には存在しなかった『軍国主義者』と『国民』とのあいだの戦いにすり替えようとする底意が秘められている。

これは、いうまでもなく、戦争の内在化、あるいは革命化にほかならない。『軍国主義者』と『国民』の対立という架空の図式を導入することによって、『国民』に対する『罪』を犯したのも、『現在および将来の日本の苦難と窮乏』も、すべて『軍国主義者』の責任であって、米国には何らの責任もないという論理が成立可能になる。大都市の無差別爆撃も、広島・長崎への原爆投下も、『軍国主義者』が悪かったから起った災厄であって、実際に爆弾を落した米国人には少しも悪いところはない、ということになるのである。(略)

占領終了後、すでに一世代以上が経過しているというのに、いまだにCI&Eの宣伝文書の言葉を、いつまでもおうむ返しに操り返しつづけているのは、考えようによっては天下の奇観というほかないが、これは一つには戦後日本の歴史記述の大部分が、『太平洋戦争史』で規定されたパラダイムを、依然として墨守しつづけているためであり、さらにはそのような歴史記述をテクストとして教育された戦後生れの世代が、次第に社会の中堅を占めつつあるためである。

つまり、正確にいえば、彼らは、正当な史料批判にもとづく歴史記述によって教育されるかわりに、知らず知らずのうちに『ウォー・ギルト・インフォーメーション・プログラム』の宣伝によって、間接的に洗脳されてしまった世代というほかない。教育と言論を適確に掌握して置けば、占領権力は、占領の終了後もときには幾世代にもわたって、効果的な影響力を被占領国に及ぼし得る。そのことを、CCDの検閲とCI&Eによる『ウォー・ギルト・インフォーメーション』は、表裏一体となって例証しているのである。」(同)

長い引用となったが、江藤さんは、後半生を賭けた「占領三部作」で、結局、この部分をいいたかったのである。

この言説を、〈右傾している〉と読むことはまちがいである。保守であろうと革新であろうと、その意をきちんと読みとるべきである。いわゆる「教科書問題」も、辿って行けば、ここにその根を見出すことができる。広島の原爆ドーム記念碑の「過ちは繰り返しませぬから」という文言の根もまた同様である。

この部分は、吉本隆明氏の「つまり江藤淳ともあろう人が、日本の知識人流にいえば、こんなつまらんことにどうしてエネルギーを割くんだろう、という疑問があるんですよ」(前出、「現代文学の倫理」)という問いかけに対する答えともなっている。

平川祐弘氏は、「しかし、大新聞が造り出すイメージはおそろしい。東大法学部を出た程度の秀才は『朝日新聞』の社説こそが正解だと決めてかかっています。今の日本ではその程度の人でも外務大臣や有力政党の幹事長になれるのです。私は長年そういう受験秀才を教えてきたので不安でたまりません」（『日本人に生まれて、まあよかった』）と、いっている。同書の別なところでは、通産省（当時）の若手キャリアー官僚が「自分は現行憲法を遵守する」と発言したことに対して、江藤さんが激怒したさまも書かれている。

江藤さんは、『占領史録三』の「第三部解説」で次のようにいっている。

「だが、しかし、この事実だけは指摘しておかなければならない。美濃部博士のいわゆる『虚偽』（新憲法の政府草案が枢密院に諮詢されたとき、美濃部達吉顧問官がこの改正手続きは虚偽だとしたこと―引用者註）に立脚し、宮沢教授の〝コペルニクス〟的転向から生れた〝八・一五革命説〟が、小林直樹・芦部信喜両氏をはじめとする後進によって祖述され、『定説』として確立し、戦後の公法学の基本として全国の大学で講じられ、各級公務員志望者によって現に日夜学習されているという事実だけは。」

ジャーナリズムでも官僚という組織においても「ウォー・ギルト・インフォーメーション・プログラム」による〈間接的な洗脳〉を受けた世代がその中心に坐る時代となっていたのである。

江藤さんは、「占領三部作」の最初の一冊である『忘れたことと忘れさせられたこと』ですでに、在米生活の長きにわたって米国のジャーナリズムで活躍し、交換船で帰国したのちは外務省嘱託となった佐賀県人・富桝周太郎氏の「『太平洋戦争史』論」を紹介している。

富桝氏は、江藤さんの表現によれば、「持前の国士風の気骨から時流を無視して終戦論を説き、検察局の取調べを受けたこともあったらしい。つまり富桝氏は、文字通りの知米派国際人で、自由主義者ではあっても決して右翼などではなかった。したがって、氏が外務省嘱託となったのは敗戦後のことであり、のちに総務局資料課から情報部に転じ、部内でその独特の風格を慕われていた」(『忘れたことと忘れさせられたこと』)、という。

『太平洋戦争史』論」は、建艦比率、排日移民法、日支事変、上海事変、三国同盟、日米交渉、米国政府の戦意決定など十二項目にわたってその歴史認識に詳細な論評を加えているが（この富桝論文は、外務省の内部資料にとどまり、当時一般国民の目に触れることはなかったというが)、論文の最後で「公正無私」な歴史記述を得るために、「日米合同審査委員会」の設置を提唱している。江藤さんは、

「しかし、(富桝氏が唱える)『此際後世ニ伝ヘルニタル公正、正鵠ナル日米開戦史ヲ著作シ国家興廃ノ真跡ヲ究』めようとする日米合同委員会は、戦後三十四年を経過し、日米両国が四半世紀以上に及ぶ同盟関係を維持して来た今日になってもなお、設置されるにいたらず、それが近い将来に設置されるという見通しもまた、私の知る限り皆無に等しい。」(同)

と歎じ、

「このことは、おそらく二つのことを暗示している。その一つは、戦後日本に流行している歴史記述にかかわる問題である。つまり、少くとも高校や大学教養課程の教科書を含む『通俗』の歴史記述に関する限り、第一次大戦以後敗戦にいたるまでの歴史記述は、『太平洋戦争史』のヴァリエ

ーションをいくばくも出ていない。日本人は、いまだ固有の歴史を回復することなく、他人からあたえられた歴史で間に合わせているといわざるを得ないのである。（略）

その第二は、おそらく一層深刻なことに、日米両国間の同盟関係が、決して見かけほど深くも緊密でもなく、日米合同の歴史記述を可能にするような方向に進んではいないという事実である。その原因は、日本人の心の中にも潜んでいるが、同じように米国人の心中に潜んでいる。つまり米国人の相当部分は、日本人が被占領心理を脱却していないのと同程度かそれ以上に、いまだ占領心理を脱却しきっていないのである。」（同）

と、いう。

この『忘れたことと忘れさせられたこと』は、昭和五十四年に書かれた作品である。今日の〈慰安婦問題〉を見る目にも通じて、卓見というべき江藤さんの論調である。

『太平洋戦争史』にとどまらず、「ウォー・ギルト・インフォーメーション・プログラム」は、NHKのラジオ放送でもキャンペーンを張った。

昭和二十年十二月九日から昭和二十一年二月十日まで、十週間にわたって週一回放送された「真相はこうだ」である。

「真相はこうだ」は、『太平洋戦争史』を劇化したものだが、CI&Eは、「真相はこうだ」に「質問箱」という番組をつけ加えた。「真相はこうだ」の番組終了後も、「質問箱」は四十一週間続き、昭和二十一年十二月四日に終了した。この番組には、毎週平均九百通から千二百通の投書が寄せられた、という（『閉された言語空間―占領軍の検閲と戦後日本』）。

『閉された言語空間―占領軍の検閲と戦後日本』のなかの終りの部分で、田岡良一氏の論考や東京裁判での清瀬一郎弁護人の動議をもとに、誤解されがちなドイツにおける「占領と検閲」と日本におけるそれとの相違についても言及する。

「国際法の法理からすれば、『崩壊』の結果、ドイツという国家はいったん完全に消滅し、その旧版図は米・英・仏・ソ四カ国の共有領土に等しいものになった。したがって、ドイツの戦争犯罪人は、法理上は連合国にとって国内刑法上の犯罪人に等しいものとなり、その裁判には、連合四カ国相互間に生起し得る問題を除いて、なんら国際的な問題の介在する余地がない。

全く同様に、ドイツで占領軍当局が実施した民間検閲は、法理的にいえば純然たる国内的な検閲であって、日本におけるＣＣＤ検閲のような国際的検閲ではなく、実質からいえば文字通り国家の『崩壊』を前提とした検閲以外のものではあり得ない。（略）

つまり、直接軍政下のドイツにおける情報管理（検閲）体制の最大の特色は、一切が公然とおこなわれ、何一つ秘匿する必要がなかった、ということである。

ドイツ占領地域が、消滅した国家の旧版図にすぎず、すでに四カ国の共有領土である以上、そこには四カ国を拘束する国際協定は存在し得ず、また検閲の実施と矛盾する国内法令も存在し得ない。この点で、ドイツ占領地域における民間検閲は、日本でおこなわれたＣＣＤ検閲とは、まず劃然《かくぜん》と性格を異にしていた。」（『閉された言語空間―占領軍の検閲と戦後日本』、傍点は江藤さんによる）

以上が、厖大な「占領三部作」のなかから問題点を抽出しての引用である。

「占領三部作」への今日的評価

何度も述べてきたように、ジャーナリズムにおいても、文壇においても、論壇、学界においても、江藤さんの占領期への論攷は正当な評価がなされたとはいいがたい。

江藤さんは、「米国批判イコール反米と考える事大主義者は、さすがにここ（プリンストン）にはあまりいなかったし、明治以来の日本の外交政策を弁護しても、それを『戦後民主主義』に対する冒涜と考える感情論者もいなかった」と『アメリカと私』のなかで半世紀前に述べているが、時代は少しも変わっていない。

江藤さんの占領期への論攷をいまだ〈戦後民主主義への冒瀆〉と考える感情論者が、この場合は、保守といわず革新といわず、いわゆる知識人の多数を占めている例証ではないだろうか。

わずかの人々が、江藤さんの研究に注目しているにすぎない。

山本武利氏は、「CCD（民間検察局）資料を使った江藤の実証研究は先駆的な業績である」と前置きして、

「1979年から80年にかけて、まだGHQの資料が整理されない段階で、彼はアメリカ国立公文書館別館の第1次資料で検閲の仕組みや当局の狙いを解明しようとした。しかもプランゲ文庫の検閲資料を調べ、吉田満『戦艦大和ノ最期』などの作品の公表禁止や部分削除の経緯を明らかに

した上に、その検閲の根拠となったプレス・コードとの関連を捉えることに成功した。その意義は大きい。本書でも彼の手法を学んで執筆を進めた。１９９０年代になると江藤の時代に比べて両機関の資料の整理が進み、利用し易くなった。国立公文書館別館がプランゲ文庫から徒歩30分のところに隣接したことも研究効率を高めた。江藤がプランゲとＧＨＱ双方の資料にあたり、短期間にもかかわらずプレス・コードと検閲の関連性をある程度明らかにした彼の力量には敬服する。」（『ＧＨＱの検閲・諜報・宣伝工作』）

という。現代における占領史研究の第一人者による感想である。当時から今日までの惨憺たる評判を思うと、山本氏の評価は貴重である。やはり江藤さんはウィルソン研究所に行ってよかったのである。とはいえ、その江藤さんの研究にも〈限界があった〉と、山本氏はいう。

「彼が糾弾してやまない、右翼的作品への検閲は、占領後期には緩んでいた。むしろそれに代って左翼的作品が弾圧されたことを無視している。さらに明治以来検閲を受けていたメディアはしたたかに異民族の検閲に対処していたことにあまり気づかなかった。なによりＣＩＥ（民間情報教育局）の機能を等閑視したのは落ち度といってよい。（略）検閲という観点から見ると、ＣＣＤは直接的、ＣＩＥは間接的であった。また日本人の世論操作や意識変革という宣伝工作的視点から見れば、ＣＣＤは消極的（ネガティブ）、戦術的、ＣＩＥは積極的（ポジティブ）、戦略的な役割を演じた。日本の政治、社会やメディア全体をＧＨＱが陰から支配する作戦が浸透する中で、ＣＩＥはメディアや教育活動を派手に変革させる直接的な統治機関であった。そしてオーディエンスの日本人にはＣＣＤは非公然、日本人メディア関係者には半公然の機関、そしてＣＩＥはメディアには公然、一般日本人には半公然の機関であった。ＧＨＱ、マッカーサーはＣＣＤとＣＩＥの特性を把握し、硬軟自在に日本人の思想改造、行動操作を行った。（略）このようにＣＣＤは検閲と課報収集を行う隠れた短期的な戦術の諜報工作機関であるにもかかわらず、戦略的な宣伝機関と誤認したところに江藤の限界があった。」（同）

ジョン・ダワー氏の『増補版―敗北を抱きしめて』では、検閲の考察にまるまる一章が割かれ、江藤さんの見解が随所に紹介されている。

柄谷行人氏は、福田和也氏との対談で、福田氏から、「江藤さんが検閲のことをやっているときに、何で検閲という事柄に文学者が反応しないのか不思議だと柄谷さんは書いていましたよね」と問われて、「ええ。フロイトがいったように、われわれの意識はいわば検閲されているわけです。検閲とか法廷（審級）とかは、ものを考えるにあたって、重要なメタファーです。だから、日本の文学者の、法律のような問題に対する鈍さを痛感しましたね。僕は江藤淳と意見は違うけど、彼は重要な問題を提起していると思っていましたよ」と語っている。その福田氏は、江藤さんの占領研究について次のように、いう。

「占領研究が論壇、文壇の強い反発を招いたのは、『他人の物語と自分の物語』において明らかにされているように、占領検閲で作られた言論の枠組みが、そのまま占領終結後も、日本の言論界の枠組み、価値基準として生き続けている事を闡明にしたからであろう。」（『江藤淳コレクション１―

史論』、「解題一」)

加藤典洋氏は、

「……江藤があの『成熟と喪失』の問題設定をもちこたえられなかったこと、『母』の崩壊という形で摑みだされた彼の内面的危機の構造それ自体が、崩壊したという事実のなかに、ぼく達は、むしろ新たな『崩壊』の現在を見るべきなのである。

江藤の占領研究が『心ある』国際法学者、『心ある』戦後文学者の——どちらかといえば保守的な——無視と黙殺にもかかわらずぼく達の心に訴えかけるのは、その彼の主張が、このぼく達の名づけられない崩壊を、見とどけているというのでないにせよ、生きて(しまって)いるからではないか。そして、そのことによって、ぼく達がそこから感じている不安に、こたえているからなのでは、ないだろうか。」(「崩壊と受苦―あるいはフロンティアの消滅」、『アメリカの影』所収、傍点は原文)

と、いい、高澤秀次氏は、

「この『閉ざ《ママ》された言語空間』の内部で、いかに革命的言辞を連ねようとも、所詮それは戦後的な虚構に過ぎず、その言論の枠組みと拘束は、アメリカから与えられた現行憲法によって、今もなお続いているという主張は、だが思想的ベクトルこそ異れ、『作家は行動する』のほぼ同時期に書き継がれた一連の論攷(『生きている廃墟の影』、『奴隷の思想を排す』、『神話の克服』)と一脈通底する問題意識に裏付けられていたとも考えられる。一言で要約するとそれは、時代的なイロニーとレトリックからの開放という、江藤年来のテーマであったのだ。」(『江藤淳―神話からの覚醒』)

と評する。

加藤氏の批評を除いて、各氏によって語られた占領研究への感想は、いずれも江藤さん没後のものであり、江藤さんは読むことが叶わなかった。

「やっと『読売』が書いてくれた!」

江藤さんは、「日本人の『正義』と『戦後民主主義』」(『文藝春秋』平成九年六月号、『国家とはなにか』所収)のなかで、『読売新聞』の社説にある発見をしたことを書いている。江藤さんは、英字新聞を含めて七紙の新聞をとり、それらに目を通すことで一日が始まることを記した後、

「三月三十一日(一九九七)は日曜日でした。ひとわたり各紙を見ているうちに、『読売新聞』の社説を一瞥した瞬間に、わが目を疑い、三十秒くらいそのまま紙面を眺めていました。それからやっと読みだしたのですが、しばらく感慨にふけらざるを得ませんでした。

『言論管理下の〝戦後民主主義〟』というのが社説のタイトルで、アメリカを主体とする連合国の日本占領時代に実施されていた検閲、しかも国民には一切知らされず、秘匿された検閲について、『読売』という日本の有力新聞が、自から社説でその存在を認め、しかもその検閲があったからこそ、今の日本の言論状況、言論空間がまことに歪んだものになっていることを指摘していたからです。戦後五十二年間、私が初めて眼にした新聞の社説でした。

『よくぞ書いてくれた』と、私が感慨にふけったのには実は理由があります。私は昭和五十四年

（一九七九）十月から九カ月間、ワシントンにあるウッドロー・ウィルソン研究所で研究生活を送っていました。つまり、国際交流基金の派遣研究員として、米占領軍が日本で実施した検閲の実態について、一次史料を検索し、その意味を、本国における政策決定にまで遡って考えるということに没頭していたのです。当時アメリカはカーター政権で、史料をわりあい自由に見せてくれた時期でしたけれども、史料はほとんど未整理といっていいような状態だったので、検索には少なからざる困難がありましたが、それにしては成果があったと自負しています。」

と、書いた。

平成九年といえば、江藤さんが自死する二年前である。「よくぞ書いてくれた」と感慨にふける江藤さんだが、この社説の内容は江藤さんの論攷からほとんどを援用しているのに、なぜか、江藤さんの「え」の字も記されていない。それでも、江藤さんは検閲研究が社説にとり上げられたことを、素直に喜んだ。

そのことは、つまり、江藤さんの検閲研究が、発表後、真正面からとり上げられたことはごくわずかの例外を除いては、無視同然だったことを物語っている。

検閲研究の集大成である『閉された言語空間―占領軍の検閲と戦後日本』が単行本として刊行されたのは平成元年（一九八九）の八月だったが、江藤さんは十三社の新聞社、通信社、書評新聞等の担当部署の責任者に宛て、ワープロ打ちの私信を添付して、この本を送り届けている。

『朝日新聞』学芸部長に宛てたその私信の一節は、次のようなものだった。

「米占領軍の検閲は終始厳重に秘匿され、それゆえにかえって戦後日本のジャーナリズムに深甚な影響を及ぼしたものであり、私見によれば現に及ぼしつつありとも言えます。換言すれば日本のジャーナリズムは自らその実情を明らかにすることなしには、真の自由を獲得したとは称し得ないものと考えられます。この際私が貴紙における書評その他の形で拙書を公正に論評して頂くことを折入ってお願い申し上げるのは、もとより自己宣伝のためでもなければ、拙書の販売促進のためでもありません。ひとえに戦後の日本のジャーナリズムが、真の自由を求めているか否かを深く省みたいと切望するためでもあります。幸いこの微衷をお汲みとりいただければ戦後四十四年を経た今日、喜びこれに過ぐるものはありません。」

直球一本のストレートな文章は、江藤さんらしい。が、この手紙に反応があったのは、三紙のみであった。『産経新聞』が二十行の紹介記事、『東京新聞』が同程度の分量の紹介記事、『毎日新聞』のみが書評をした。あとの十社は『朝日』、『読売』をはじめとしてなしのつぶてであった。

江藤さんからのたとえワープロでのものであっても、その手紙に何の反応もしないとは、驚き入るばかりである。江藤さんの手紙は新聞社の痛いところを突いたのかもしれない。占領と検閲問題に無関心ということはありえないだろうから、やはり、心情的にも論理的にも、新聞社に内在する検閲の機序に、江藤さんが触れたための無視であったのでないだろうか。

江藤さんは、いう。

「『なるほど、これが日本の現状であるか』とつくづく思い知らされたような次第です。爾来八年、長いというべきかそれともそうでもないのか、部数において全国一を誇っている『読売新聞』が、社説でこの事実を、私がまさに当時そうして欲していたように書いてくれたことは、感慨無量というも愚かなり、というほど深い喜びを与えてくれました。」（同）

江藤さんの孤立ぶりがうかがえるが、孤立していたのはなにも新聞に対してだけではない。学芸部を中心とする新聞社がその一翼を担う文壇においても、江藤さんの晩年は孤立同然だった。

五　文壇——その「自由」と「禁忌」そして、自死……

悲劇の感覚

江藤さんは、昭和三十九年(一九六四)、ハーヴァード大学での研究講演会で、「夏目漱石、明治の一知識人」と題する英語の講演をしている。

それをもととしたのが、「明治の一知識人」(『決定版 夏目漱石』、『新編江藤淳文学集成1』など所収》)という文章だが、このなかで、「私がはじめて『こゝろ』を読んだのは中学生のときであるが、その厳格な文体の美と全篇にみなぎる悲劇の感覚に深くうたれたのを、今でもありありと思い出すことができる。爾来、私は、少くとも十回は『こゝろ』を読んでいるが、読むたびにはじめて巻を開くような感動を覚えるのは、不思議というほかはない。その意味でも、これはきわめて稀有な小説である」と書いたあと、つぎのような感想を漏らしている。

「敗戦後、内外の偶像破壊的な歴史家たちは、乃木大将殉死という英雄的事件を、散文的に解釈しようと努めている。乃木は、単に山県有朋のような狡猾な宮廷政治家に操縦されたにすぎず、日露戦争後の国民心理の頽廃に警告をあたえる格好の材料として、もっとも劇的な瞬間を選んで殉死させられたのだ、というごときものがそれであるが、私には承服しがたい。あらゆる古典的軍人の例にもれず、乃木が一生涯『英雄的な死』の幻影にとり憑かれてすごした人間であったことは否定できない。彼はいわば、死を賭してまでその名を歴史に結びつけようとした、といえるかも知れない。しかし、このような合理主義的解釈に安んじるかぎり、乃木大将夫妻の殉死の瞬間に日本人が感じた深い悲劇の感覚は、とらえがたいのである。私見によれば、悲劇の感覚を失った国民は、救いようもなく不幸な国民である。

この武士道的なヒロイズムの顕示に反応した作家は、夏目漱石だけではない。実は、第一に反応を示したのは、陸軍省の高官として山県とも親しかった森鷗外であった。乃木の死は、大正元年（一九一二）九月十三日であったが、五日後の九月十八日の日記に、鴎外は次のように記している。

《乃木大将希典の葬を送りて青山斎場に至る。興津弥五右衛門を草して中央公論に寄す。》

ここで『興津弥五右衛門』とあるのは、いうまでもなく乃木と似た理由で殉死をとげた細川藩士に取材した鷗外初の歴史小説、『興津弥五右衛門の遺書』のことである。この作品が、作家・思想家としての鷗外の生涯に一大転換を劃したものであることは、よく知られている。これに先立つ数年の間、鴎外の日本の社会に対する態度は、きわめて不安定であり、かつ懐疑的であった。（略）しかし、このような鷗外の不安定かつ懐疑的な態度は、乃木夫妻の殉死を契機としてほぼ一掃され、以後彼は一貫して伝統的倫理の側につくのである。こののち、鴎外は、ゲーテの『ファウスト』の翻訳を除いては、史伝、考証たると、小説、戯曲たるとを問わず、歴史に取材したものしか書かなかった。」（「明治の一知識人」、傍点は原文）

もちろん、江藤さんは、この英語の講演で、乃木大将の殉死を受けたその後の漱石についても、言及している。

「漱石の場合には、乃木将軍の死は、かつて『国のために』何事かを成さんとした、野心に燃えた若い学者――行政家の失われたidentityを、にわかに回復したいという欲望を目覚めさせる役割を果したのである。乃木大将が薩摩の乱のとき連隊旗を敵に奪われたように、漱石もまたその精神の連隊旗を、自らのロンドンでの孤独な戦いのあいだに奪われていた。（略）明治天皇の崩御と乃木大将の殉死という二大事件のあとで、彼は突然、いわゆる『明治の精神』が、彼の内部で全く死に絶えてはいなかったことを悟らねばならなかった。今、あの偉大な時代の全価値体系の影が、漱石の暗い、苦悩に充ちた過去から浮びあがり、かつて愛した者の幽霊のように漱石に微笑みかけていた。幽霊は、あるいはこういったかもしれない。

『われに来たれ』」（同）

またもや江藤さんの〈自分語り〉が濃厚に感じられる部分である。江藤さんが、批評家として占領期の研究に至らざるを得なかった必然を、ここでも感じさせる。

占領期の研究は、江藤さんにとっては、文壇と表裏一体の関係にあった。そこには、眼に見えない組織があり、拘束があり、歴史認識において批判を封じてしまうようなタブーの存在がある。

占領期の検閲とそれに付随した「ウォー・ギルト・インフォーメーション」というものが、日本人にアメリカ製の〈義眼〉を嵌めこんでしまったように、文芸の世界においても、文壇がある種の〈義眼〉として、その役割を果しているのではないか。文壇という〈義眼〉を通して物事を見、行動しないことには、文芸にたずさわることも、そこに存在することも許されないのではないか、と江藤さんは直感している。

「われに来たれ」と幽霊が導いたものは何か？　江藤さんは「戦後と私」（昭和四十一年《一九六六》）で書いている。

「戦後『正義』を語って来た人々のつくりあげた文化が、いまだにひとりの鷗外、ひとりの漱石を生み得る品位を得ていないということを直視するようにすすめたい。『平和』で『民主』的な『文化国家』に暮し、敗戦によってなにものも失わずにすべてを獲得したと信じ、その満足感がおびやかされることを『悪』の接近と考えている人たちに、戦時中ファナティシズムを嫌悪しながら一国民としての義務を果し、戦後物質的満足によっても道徳的称讃によっても報われず、すべてを失いつづけながら被害者だといってわめき立てもせず、一種形而上的な加害者の責任をとりながら悲しみによって人間的な義務を放棄しようとは決してせず、黙って他人の迷惑にならぬように生きている人間もいるということを知っていてもよいだろうというのである。」（「戦後と私」）

「雨ニモマケズ」の本歌取りのように、その感情を表現していくが、江藤さんは重ねて語る。

「戦後二十一年間、そういう私情によって生きて来たことを私は今は隠そうとは思わない。この喪失感とこの悲しみにまさる強烈な思想を私は誰からも、なにによってももらわなかった。それが私の胸から湧いて来る熱い奔流であり、私をあらゆることにかかわらず生かして来たものである以上、私は私を変節者ないしは転向者あつかいしようとするあらゆる『正義』に憫笑をもって報いる

だけである。（略）

文学が『正義』を語り得ると錯覚したとき、作家は盲目となった。それがいわゆる『戦後文学』のおかした誤りである。作家は怖れずに私情を語り得なくなった。世界の滅亡について語ることが家庭の崩壊について語ることより『本質的』だというこっけいな通念が根をはって、ジャーナリズムは『戦後派作家』を甘やかした。しかし、『世界』とはいったいなんだろうか。それは作家の内にあるのか外にあるのか。またたとえば『家庭』とは一個の『世界』であり、そこで人は生き死にしないだろうか。」（同）

江藤さんは、「正義」の正体が何であるかをここでは明かしてはいない。しかし、いわゆる「正義」というものが一般の人以上に作家を拘束し、束縛していることと強調している。

「三子の魂百までも」

講談社文芸文庫版『一族再会』の「作家案内」で平岡敏夫氏が、『国文学』昭和六十三年六月号の江藤氏の発言を引いて、絵解きを試みている。江藤さんの発言とはつぎのようなものだ。

「過去の現存ということになると、私は実は『夏目漱石論』を『三田文学』に書いたあとで最初に書いた日本文学に関する評論が、『文學界』の昭和三十二年六月号に載った『生きている廃墟の影』なのですが、私はこの頃、何でこんな題を付けたのかという理由が、初めてわかってきたんです。つまり、過去の現存こそが、〝生きている廃墟〟だったのです。当時は慶應の大学院に入ったばかりの頃でそれほど明確な自覚があったわけではない。それから『奴隷の思想を排す』も、昭和三十年代のはじめに何であんなものを書いたのか。あれは実は最近やっている米占領軍の検閲問題のことを言っているんです。『三子の魂百までも』といいますけれど、若い頃何かを模索しながら書いているときに、ほとんど無意識のうちに自分がこれからやろうとしていることを予知し、予感していることがあるのですね。」

そして、「これは江藤淳の批評家としての出発点から現在に至る三十余年の軌跡を考えて行く上で意味深い発言と言えよう」と認めたうえで、平岡氏は、

「この『三子の魂』は、のちの戦後史の検討、〝無条件降伏〟論争、米占領軍の検閲に関する資料の調査、吉田満『戦艦大和ノ最期』の検閲・発禁問題の研究といったところにも貫かれ、現在に及んでいるということになるのだが……」

と書いている。ここでいう、現在、とは、『自由と禁忌』、『批評と私』、『昭和の文人』、『言葉と沈黙』などの作品の存在を指していることはいうまでもない。

江藤さんには、忘れたころになって時々、自作を読み返す傾向がある。すでに、『一九四六年憲法—その拘束』を発表し、ウィルソン研究所から帰国した時、十年前に書いた「『ごっこ』の世界が終ったとき」を再読し、自らの視点が少しも揺らいでいないことを確認して、「私は一種名状しがたい感慨を催さないわけにはいかなかった」と書いた。

二十年前のエッセイ「〝戦後〟知識人の破産」を読み直しては、「そのときから二十年間、私は多

少とも同じことをいいつづけて来たことになる」という感想をのべた。（いずれも『一九四六年憲法—その拘束』あとがき）

「そんなことは誰でも知っていること」あるいは「いわずもがなのこと」と作品（最初は占領期研究に関して、のちには文芸に関して）を発表するたびに批判され続けた江藤さんは、自作を読み直すことで自らを確信しながら、あらためて次のチャレンジへの態勢を整えていった。

江藤さんは、「他人の物語と自分の物語」（『文學界』昭和五十四年三月号、合本『一九四六年憲法—その拘束』など所収）のなかで、こう語る。

「だが、いったい人は、他人が書いた物語のなかで、いつまで便々と生きつづけられるものだろうか？　むしろ人は、自分の物語を発見するために生きるのではないだろうか。自分の物語を発見しつづける手応えを喪失し、他人の物語をおうむ返しに繰り返しはじめたとき、人は実は生ける屍になり下り、なにものをも創ることができなくなるのではないだろうか。（略）

なぜ、日本人は、平川祐弘氏が『平和の海と戦いの海』でそうしたように、日本側の立場に準拠して、あの戦争について物語を語ろうとしてはいけないのだろうか。それは日本が三十四年前に敗北したからだろうか。敗北した国の国民は、戦勝国の最高司令官や大統領の手前味噌を、永久におうむのように繰り返しつづけなければならないというのだろうか？

それならあの戦争で死んだ多くの日本人の霊は、誰によっても思い出されることもないのだろうか。広島と長崎の死者については特別思い出してもよいが、それ以外の死者については思い出してはいけないというのだろうか?

誰がそんなことを決めたのだろうか。そして、思い出そうとする努力に悪罵を放つ人々は、誰かからそのような権利を付与されたと信じているのだろうか?」

これは、敗北した国の国民の姿勢について論じているのだが、さらに文学の現況についても、

「もしこれが文学とジャーナリズムの世界の現状であるなら、これは単なる言論の弾圧などというものではない。むしろ文学そのものの圧殺である。

いくら工夫をこらしてみたところで、他人から与えられた物語を生きるふりをしてみせている文学者に、人の心を打つことのできる物語が書けるわけもない。その一方で、誰に気兼をしてか、自己の物語を発見しようとするいかなる努力に対しても嘲笑しつづけるのだとすれば、文学の荒廃は自然の帰結で、並大抵のことでは書くよろこびを取り戻すことすら覚束ないというべきではないか。」(「他人の物語と自分の物語」)

という。

江藤さんの内部においては、こうした思考をめぐらすことで、占領期研究が触発した〈閉された言語空間〉と日本の〈文壇〉(あるいは文壇政治)の現状がブリッジされる。時はずっとさかのぼるが、昭和三十六年の文芸時評で、江藤さんは次のように書いている。

「今日の流行歌手と流行作家との間には、そもそも『私生活』というものがあり得ない。彼らの存在は、歌を唄い小説を書くという社会的機能に従属している——大衆の気に入る歌を唄い、ジャ

ーナリズムの要求する期日までに小説を書くという機能をつつがなく果すこととひきかえに、彼らは辛うじて生存を許されているにすぎぬからだ。しかし、作者はあたかも『彼』に私生活があり、『彼』の社会的機能は大正期の私小説家のそれに等しいと確信してでもいるかのように、『闇のなかの祝祭』をつくりあげている。作者の技巧は抜群であるが、かえってこの誤算を拡大し、弱点を露呈する方向にのみ働いている感があるのは皮肉である。おそらく口善悪《さが》ない読者はいうであろう。『いい気なものじゃないか、近頃の小説家は。勝手なことができて、おまけにそれを小説に書けば金がとれると来ている』と。

こういう素材は、今となっては風刺的に扱う以外に書きようがない。すなわちファルスのすすめである。かつての私小説家は二枚目であったが、今日私小説を試みようとする流行作家は金と力のある三枚目である。『文学修業』というミューズとの恋は、流行作家がどこかに置き忘れて来た過去の記憶にすぎぬものとなっている。三枚目はそういう自分を知るべきであって、二枚目の真似をするべきではない。二枚目の真似をする三枚目を、人は道化役者《アルルカン》という。アルルカンの登場する芝居をファルスというのである。」(「文芸時評」、『朝日新聞』昭和三十六年十月二十五日夕刊、『全文芸時評』上巻所収」)

この文芸時評から引用した部分は、ほとんど吉行淳之介氏の『闇のなかの祝祭』についてのものだが、江藤さんの視点には連続性があり、少しもぶれていないということを示す他の例として、「裏声文学と地声文学」(『文藝』昭和五十八年新年号、『自由と禁忌』所収)から引用してみたい。『朝日新聞』の「文芸時評」とは、二十年の年月の差がある。

「裏声文学と地声文学」は、いうまでもなく丸谷才一氏の『裏声で歌へ君が代』について触れたものである。

『裏声で歌へ君が代』のラングとパロール

「私はかねがね、ソシュールのいわゆる言語《ラング》と発言《パロール》との関係を示す言葉として、『古今集』仮名序の冒頭ほど適切なものはないと考えている。
《やまとうたは、ひとのこころをたねとして、よろづのことの葉とぞなれりける》
前述の通り、言語はいかにもその一面において、すぐれて社会的な特質を有する。しかし、それと同時に、ここにおいても言語は重層的であり、この社会的特質に対応するすぐれて個人的な特質も有するといわなければならない。それこそ『ひとのこころ』、すなわちパロールであり、ラングはその『ひとのこころ』を『たね』として、はじめて『よろずのことの葉』となることができる。つまり、正常な言語空間においては、能動的なのは個人的な言葉《パロール》でなければならず、社会的な言葉《ラング》はその堆積、あるいは沈澱として位置づけられなければならない。
しかし、もしこの社会的な言葉《ラング》のパラダイムが外国権力によって強制的に組み替えられ、言語の形態にまで変化が加えられたとき、そのような言語空間にはどういう倒錯が生じるだろうか？　この前者が検閲であり、後者が当用漢字と新仮名遣の強制であることはいうまでもない。『裏声で歌へ君が代』の作者丸谷才一氏が、旧仮名遣に固執しつつなおCCD検閲指針を忠実に遵守しているという事実を見れば、ここで決定的な要因となるのが言語形態ではなく、『ひとのこころ』、すなわち個人的な言葉《パロール》であることはおそらく論を俟たない。

　つまり、今日の日本のジャーナリズムが公認している言語空間とは、そのなかでラングがつねにパロールを圧迫しつづけている言語空間、それも外国勢力によってパラダイムを組み替えられたラングが、『ひとのこころ』を圧殺しかねない言語空間である。」（「裏声文学と地声文学」、傍点は原文）

江藤さんは、ジャーナリズムによって〈公認〉されている言語空間でベストセラー小説が書かれている状態を、二十年の時間を超えて、「これで本当によいのか」と問い続けた。（昭和三十六年の江藤さんには、占領期の検閲への明確な問題意識はなかったかも知れないが。）

　ひとこと付け加えれば、CCD検閲によって日本の言語空間が圧殺されかけているのを強調するあまり、江藤さんは危ない橋を渡っている。それは、江藤さんが「当用漢字と新仮名遣の強制」に触れてしまったことである。

　福田恆存氏は、「問ひ質したいことども」（『中央公論』昭和五十六年四月号、『問ひ質したき事ども』など所収）で、「江藤氏ほどの才人が、国語表現能力の減退を憲法のせゐにするのは、どう考へてもをかしい」といい、さらに、

「言ふまでもなく、これは憲法が悪文のせゐではない。事前検閲のせゐでもない。それをさう言はなければ、ウッドロー・ウィルソン・センターに行く理由が見つからなかつた江藤氏の苦衷は解

る。が、江藤氏は私が『私の国語教室』を書いた時、現代仮名遣ひより歴史的仮名遣ひの方が合理的だといふ事は分つてゐるが、自分は現代仮名遣ひで習つて来たのだから、その事実を抹殺するわけには行かないと言つた。が、現代仮名遣ひが施行されるまで、小学校では歴史的仮名遣ひを教へられた、その過去の事実を抹殺するわけには行かぬはずではないか。」

という。

「裏声文学と地声文学」のなかで、江藤さんは丸谷氏の国語能力に寸分の疑いも抱いてはいない。『裏声で歌へ君が代』がCCDの検閲指針に拘束されており、「なぜ、作者は、アメリカを見ようとしないのか？　いや、アメリカと日本との接点を見ようとしないのか。その接点を直視し、その構造を洞察する努力を惜しみながら、どうして『今の日本』でリアリティを感じさせる国家論が可能だろうか？」（「裏声文学と地声文学」）という疑問を投げかけているにすぎない。

丸谷氏は〈合理的〉な旧仮名遣に固執している。〈合理的〉な旧仮名遣に固執していれば、通常はその言語空間に倒錯は生じはしない。ところが、丸谷氏のそれには倒錯が生じているではないか。なぜか？　検閲によって言語空間が強制的に組み替えられているからだ。

新仮名遣という言語空間を歪めてしまうもう一方の理由が、〈合理的〉な旧仮名遣をする丸谷氏にない以上、外国権力の検閲によってパラダイムを組み替えられたラングが、「ひとのこころ」というパロールを圧殺してしまった結果がこの小説であるのは当然の運びではないか、というのが江藤さんの論理の運びである。

いわば、江藤さんは、自らへの福田氏の批判を逆手にとって、〈肉を斬らせて骨を斬って〉いる恰好なのである。

「裏声文学と地声文学」の冒頭は、

「九年間書きつづけた『毎日新聞』の『文芸時評』を辞めてから、早いものでいつの間にか四年経ってしまった。

この四年のあいだに、私の身辺でも多少の変化があった。昭和五十四年の秋から五十五年の夏にかけての十ヶ《ママ》月間は、米国ワシントン市に在るウィルソン研究所で過ごし、米占領軍が日本で実施した検閲の研究に没頭していた。」（「裏声文学と地声文学」）

という記述ではじまる。「緑の多い町から帰ってきたせいか、都心のマンション住まいが急に嫌になった」江藤さんは、鎌倉西御門の旧里見弴邸の裏手に「借金して」土地を求める。そうして、昭和五十七年四月、新居が完成する。端整な庭が出来上がるまでにはさらに七か月以上を要した。

「かくするうちに、『占領史録』全四巻（講談社刊）が完結した。これは、昭和五十一年五月以来、外務省が過去七次にわたって公開して来た占領期の公文書のうち、第四次公開までの分から、重要なものを選び出して解説と注を加えた史料集である。この史料集を編纂するために、私は研究会を組織して三年余りを費やした。昭和五十三年秋（本多氏とのあいだで最初の応酬があったのは、同年八月、―引用者註）、本多秋五氏とのあいだで行った〝無条件降伏論争〞を、単なる言葉の応酬にとどめて置きたくないと思ったからにほかならない。

ところで、こうして庭もほぼ出来上がり、鎌倉の谷戸の暮しにも馴れはじめたところで、ふと気がついてみると、私は間もなく知命を迎えようとしていた。ここ数年、整理し、中仕切りをつくり、締めくくる、というようなことを繰り返して来たのは、やはり己れの分際を確かめたいという気持が知らず知らずのうちにはたらいていたからにちがいない。かりに私にいくらかの〝成熟〟があったとしても、その分だけ私は確実に〝喪失〟しているにはずである。いや、むしろ、〝喪失〟した分だけはおそらく〝成熟〟しているはずだ、というべきかも知れない。

そういう私が、四年という月日を距て、しかも鎌倉から眺める文壇は、もとより十五、六年前に、この雑誌に『成熟と喪失』を連載していた頃の文壇と同じではない。それどころか、四年前の文壇とくらべて、それは到底同じものではあり得ない。（略）

そこにもし一貫した主題を想定するとすれば、それは時間的というよりはむしろ空間的なものになるはずである。つまり、そこでは、たとえば、〝成熟〟と〝喪失〟というよりは、むしろ〝自由〟と〝拘束〟、もしくは〝禁忌〟が問題となるはずである。それはとりも直さず、第二次大戦後の日本の言語空間のなかで創作された文学作品の、可能性と限界を探ることにほかならない。」（同）

文芸時評をしていく江藤さんに、新たに〈占領期の研究〉という視点が加わった。それによって、文学と文壇をとらえる目にも違いが生じてくる。もはや、江藤さんは〈太平洋戦争〉などという言葉をつかうことはない。そうしたことを背景に、『裏声で歌へ君が代』への批判と揶揄を連作の第一回とする『自由と禁忌』は始まった。

文壇の常識とは何か

しかし、江藤さんの批評には、以前とくらべて、目に見えるほどの相違があるのだろうか。『奴隷の思想を排す』は、『作家は行動する』に先んずること一年二か月、『文學界』の昭和三十二年十一月号に掲載された（『新編江藤淳文学集成4』所収）。ここで、すでに江藤さんは、文学と文壇についてはっきりとした見解を述べているからだ。

「『奴隷の思想を排す』も、（略）あれは実は最近やっている米占領軍の検閲問題のことを言っているんです。『三子の魂百までも』といいますけど……」（『国文学』昭和六十三年六月号）と江藤さんはいったが、『奴隷の思想を排す』が、はたして、占領期の検閲のことを語っているかどうかは、判断がつかない。しかし、間違いなく、「三子の魂百までも」は、デビュー当初から江藤さんの批評に確実に存在する。

「いったい、社会的効用もなく、人間の心も昂揚させず、それでいてそれ自体内在的な価値を持つなどという不思議なものが、もし文学作品以外に存在するとしたら、われわれはただちに一笑に付するにきまっている。しかし、文壇的常識によれば、それが文学作品の価値なのである。」（『奴隷の思想を排す』）

江藤さんの投げかける視線は、昭和三十二年（一九五七）と昭和五十八年（一九八三）でまったくといっていいほど変化していない。江藤さんの発言を、二、三とりあげてみよう。

「日本の近代文学に於ける『文学の自律性』という理念が、実際には『作品の自律性』ではなく、

『作家の自律性』ひいては『文壇の自律性』を意味するものだ、ということである。こうしてこの理念は作家を社会から断絶して社会的行為の無能力者としただけでなく、彼らが集団として形作っている『文壇』そのものを社会から隔離して一種特殊部落とした。現在では文壇は同業組合的な色彩を帯びているが、発生的にはそれが原始宗教の修道僧の寺院に似ている。（略）文壇方言は、文壇のこのような秘密結社的自律性から生れた符牒である。」（同）

「しばしば、彼らのファイン・プレーや劇的ホームランの感動は、あり来たりの『実感』小説や中間小説や『文壇』垣のぞき小説のあたえる感動よりはるかに大きい。この時、スワローズの金田やジャイアンツの長嶋は、ここにあげたような小説（！）よりはるかにすぐれた感動の伝達者であるといえよう。

しかしどんな名選手といえども『マクベス』や『リチャード三世』や『モービイ・ディック』や『ひかりごけ』のような感動をあたえることは出来ない。（略）

作家は、それでは何によって表現するのか？　勿論言葉によってである。唯一つの、出来合いの表現では語れない作家の新しい経験と、伝達されてみんなの共有な精神的財産となる作品との間には、決定的な断層が横たわっている。それをとび超えることを可能にするのは、言葉だけである。

こういえば、表現という行為がどんなに困難で莫大なエネルギーを要するものか、作品がどれほど大切なもので、作家が作家になり得、孤独から解放され得るのは、作品によって以外ではない、というわかり切ったことの重要性がふたたび明らかになるであろう。作家は言葉によって現実——

経験の支配者になる。それに失敗すれば、彼は逆に経験に所有される奴隷となって深い孤独の中に沈むであろう。」（同。傍点は原文）

「私は、作家は野球選手と変らない社会的機能と効用を持った人間だといった。しかし、それは日本民族の社会に於ける機能と効用である。作家は言葉によって伝達するといった。その言葉は日本語以外の何であり得るか？　又、作家は現実のエネルギーを樹液のように、その創り出したイメイジ――フィクション――思想に注ぎかけるといった。そのエネルギーは、あえていえばまだ一度も文学的な表現をあたえられたことのない、あの東京の場末の街に行けばむせ返るように充満しているエネルギーであり、四分の三世紀の間に三度の大戦争をやってのけた日本民族のエネルギーである。」（同）

「奴隷の思想を排す」を『文學界』に発表した当時、江藤さんが二十四歳であることを思うと、恐ろしく老成している。だが、知命に達して書いた「裏声文学と地声文学」とその視点は、一致しているのだ。そこに年月を経た進歩がないというのではなく、江藤さんの文学を見るまなざしは、一貫している。

我が国においては、〈文学の自律性〉というものが、〈作品の自律性〉ではなく、〈作家の自律性〉ひいては〈文壇の自律性〉を意味していると歎ずる発想は、『裏声で歌へ君が代』を批判する際の江藤さんの姿勢と同一である。ジャーナリズムが寄ってたかって、『裏声で歌へ君が代』をベストセラーに仕立て上げていくプロセスには、文壇支配のにおいがあった。

それは、作品自体が持つ価値以前に、江藤さんにとっては許しがたいものだった。

「著者自身によれば、『これは非政治的人間の書いた政治小説』で、本の帯によれば『国家とは何かを問う書下ろし長編一〇〇〇枚』だそうであるが、私に別段丸谷氏の国家論がいかなるものかを知りたいという、格別の好奇心があるわけではない。その内容については以下に検討するとして、近来発売と同時にこれほどジャーナリズムの話題となった小説はないように思われる。」(「裏声文学と地声文学」)

と、江藤さんはまず書いて、この本の発行日に注目する。発行日は昭和五十七年八月二十五日となっている。ところが、それからわずか十日足らずの間に『朝日新聞』と『読売新聞』に書評があらわれた。江藤さんは、「これがきわめて異例な取扱いであることは、わたしがここで喋々するまでもない。好意的論評がではなくて、書評の出方の早さがである。近頃では書評が出るころには本が書店から返本されてしまっていることすら間々あることで、早くて発売後一ヶ月、遅い時には三ヶ月以上もかかるというのが常識である」と断ずる。

この江藤さんのいう〈常識〉については、一言付け加えておいたほうがよいだろう。本が売れないと叫ばれて久しいが、現在の出版社はその点をカバーしようと、「この本は、どうしても売りたい」という有力作品についてはなんらかの形(書評や著者インタビューなど)でとりあげてもらうために、新聞社や書店に発売以前から猛烈な働きかけをする。こうしたプロモーションを専門に行う部署が出版社内にあるのはもちろん、新聞社や放送局を渡り歩くプロモーションの専門会社さえある。ゲラの段階で、本の内容がすでに外部を歩き回っていることなど日常茶飯事である。

だが、江藤さんが問題としている昭和五十七年当時では、そのようなことはほとんどなかった。「書評の出方が早い」と、疑問に感じて当然なのである。

『裏声で歌へ君が代』の書評が新聞に掲載されたのち、九月十九日になって、『朝日新聞』第一面には「小説の分化」と題する百目鬼恭三郎編集委員の署名原稿が載る。この日の『朝日新聞』の一面は、トップが「難民数百人を殺害　レバノン」であり、ほかに「首相訪中方針」、「暴走日航機飛行中ナゾの爆発音」などがあった。

江藤さんは、いう。

「私は、これらの記事が掲載されているほかならぬ第一面に、『小説の分化』が載っているのを見て、一瞬わが眼を疑った。これはおかしい、ルール違反ではないだろうか、と思ったのである。狂言綺語を斥ける、とはいわない。稗史小説をおとしめる、とは更にいえた義理ではない。小説と小説家が出世するのは結構なことであるけれども、どう考えても『作家丸谷才一氏の『裏声で歌へ君が代』（新潮社）』が第一面に登場するのは〝場違い〟の感を拭いがたい。この論説のあらわれ方そのものが不自然で、異例という以上に異様というほかはなかった。」（同）

「裏声文学と地声文学」の後半は、さきに述べたように、〈占領期と検閲〉との論攷をもとに、『裏声で歌へ君が代』が描く国家観への異議申し立てに終始するが、江藤さんはまず、文壇という枠にとらわれているジャーナリズムの幅の狭さに腹を立てたのである。

粕谷一希氏は、『作家が死ぬと時代が変わる—戦後日本と雑誌ジャーナリズム』のなかで、「安倍公房が休眠した後、文壇の主導権は丸谷才一に移る」と書いた。

文壇デビュー当時の周辺

いわゆる文壇に異議をいい続けた江藤さんだが、『新編江藤淳文学集成3』の「著者のノート」には、文壇にデビュー当時の江藤さんの姿が描かれている。

『奴隷の思想を排す』と遠藤周作氏の『海と毒薬』が、いずれも文藝春秋新社（当時）からほぼ時を同じくして刊行され、合同の出版記念会が催された。会場は、当時の新橋演舞場内にあった新橋倶楽部だった。江藤さんは、慶子夫人と連れだって定刻よりだいぶ早く着いたため、会場には誰一人来ていない。文春の受付を担当する人間もいない。さては、日にちを間違えたかと不安になったところに、縞の背広を瀟洒に着こなした初老の紳士が現れて、

「『江藤先生でいらっしゃいますか？』

と、訊いた。

『はい、江藤です』

と答えると、紳士は、

『文藝春秋新社の佐々木《ママ》でございます』

と自己紹介して、深々と頭を下げた。」（『新編江藤淳文学集成3「著者のノート」』）

文春の社長と知ってドギマギする江藤さんに、佐佐木氏はさらににこやかに、「今日の会には、是非出席したいと思っていましたが、よんどころない用事が出来て、ほかへ廻らねばならなくなってしまいましたので、ちょっと御挨拶に伺いました。どうか今後とも、文藝春秋をよろしくお願いします」と丁寧きわまる言葉をいった。江藤さんは、感激した。

「私は、茫然としながらも、同時にある深い感動が胸の中に湧き上がるのを感じていた。文春の社長が、わざわざ挨拶に来てくれたからというだけではない。社業をいささかもゆるがせにせず、若輩の一批評家の仕事にすら、こまやかな視線を投じることを忘れない佐々木氏の気魄に、文字通り打たれたのである。

『……お待たせして申訳ありませんが、もうすぐ社の者が来ると思います』

といって、佐々木氏は静かにその場を立ち去って行った。私はその後姿を、花道から消えて行く名優を見送るように見送った。」(同)

この『新編江藤淳文学集成3』が刊行されたのは、昭和六十年の一月だが、この江藤さんの文章を読んだとき私は、心底、「自分はよい先達に恵まれた。よい会社に入れてよかった」と思った。

このころ、江藤さんはもうひとつの出版記念会を経験している。『夏目漱石』の出版記念会である。こちらは、山川方夫氏が切り盛りしたが、このパーティには、篠田一士氏や丸谷才一氏が参会した。丸谷氏が、この席で、「『三田の西洋かぶれも、ここまで来れば本物というほかありません』と、スピーチでおだててくれたのも、今となっては今昔の感に堪えない思い出だ」(同)と江藤さんは書いている。

『決定版夏目漱石』のなかに、「現代と漱石と私」（『朝日新聞』昭和四十一年一月四日夕刊）が収められている。江藤さんは、漱石の『彼岸過迄』の「彼岸過迄に就て」という序を想定しながら、次のようにいう。

「『道草』が、漱石がロンドン留学を終えて帰国した直後、ちょうど『吾輩は猫である』を書きはじめる前後の生活を素材にした自伝的な小説であることは、よく知られている。そうであれば、『猫』以後『明暗』にいたる彼の作品は、すべて『遠い所から帰って来た』人によって書かれたといってもいいすぎにはなるまい。『遠い所』とはかならずしも英国、または西洋だけを意味しない。それは他人から遠く離れた場所、孤独な自己追求が何ものかをもたらすと信じられた場所である。（略）そういう『遠い所』から『帰って来た』漱石にとっては、小説を書くことは一方では人と人とのあいだに帰って他人に手をさしのばすことであり、他方では個体のワクを超えた生の根源に戻ろうとすることであった。これは彼を近代日本の作家のなかで特異な存在とした。というのは、日本の近代文学を支えて来た作家の大多数は、『出て来た』作家——故郷のわずらわしい家族関係や因襲をふり切ってひとりになり、そうすることによって自己を実現しようとした人々だったからである。（略）

もし明治以降の文学が、こういう『出て来た』作家によって支えられていたとすれば、漱石はその無言の批判者であった。もし日本の『近代』が、『個人』をつくることを究極の目標にして来たのなら、漱石はその先にある問題を出発点として書きはじめていた。（略）われわれがさらに失うものが多ければ、漱石の作品はさらに一層身近に感じられるであろう。われわれは『自我の解放』の代償に不毛な孤独を得た。そういうわれわれの傍に漱石が来て立ち、そのストイックな、しかし優しい心をひらいて、『文壇の裏通りも露路も覗いた経験のない……教育ある且《かつ》尋常なる士人』に通じる言葉で語りはじめる。」（傍点は原文）

〈出て来た〉作家という言葉は、『作家は行動する』や『小林秀雄』を思い起こさせるが、ここにも江藤さんの文壇への姿勢、態度が窺い知れる。『彼岸過迄』の長い序から、江藤さんの引用に関連した部分を改めて引いてみると、次のようになる。

「……東京大阪を通じて計算すると、吾朝日新聞の購読者は実に何十万といふ多数に上つてゐる。其の内で自分の作物を読んでくれる人は何人あるか知らないが、其の何人かの大部分は恐らく文壇の裏通りも露路も覗いたことはあるまい。全くたゞの人間として大自然の空気を真率に呼吸しつゝ穏当に生息してゐる丈だらうと思ふ。自分は是等の教育ある且尋常なる士人の前にわが作物を公にし得る自分を幸福と信じてゐる。」

漱石は、文壇を相手にしていない。江藤さんも同様に、相手にしていない。

「ただ人は〈我慢〉すればよいのだ」

開高健氏との対談集『文人狼疾ス』のなかに収められている「閉ざされた日本文学」（『文學界』

昭和五十六年一月号）で、開高氏は、ある質問を江藤さんにしている。

「いわゆる戦後といわれた時代には、仲間ボメとかいろんなことがあったけど、もっと率直にぱきぱきものを言ってたと思う。親友の小説であっても、まずければまずいと言い、（略）そういうフェアプレーの精神はあった。ところが、いつか戦後でなくなったころから、なあなあになって、ずるずる流されていきっぱなしになったのではないだろうか？」と開高氏が問うと、江藤さんは、「いまから十年まえ、昭和四十五年あたりが分水嶺じゃないだろうか。五十年頃からあとは、ちょっと手がつけられないくらい率直さがなくなった」と答えた。さらに、「小説家にとっては、褒められるに越したことはないけど、批評が当たっていれば貶されてもかまわない。おれにはこれしかない、ほかにどんな職業もえらべないという気魄が批評文にあればいい」と開高さんが批評家について述べると、江藤さんは、

「そうなんだ。そのへんが曖昧になってきたのを一九七〇年代の後半において痛感したとき、これは文芸時評だけを書いていたのではだめだ。もっと根本的に知的退廃のよって来る所以を探らなければならないと、思うようになった。」

と、「占領期と検閲」の研究に入った理由をほのめかせる。江藤さんは、さらに、

「しかし、最近、ちょっと変わってきているかもしれないと思うことがあったよ。ある文芸雑誌の新人賞の選者を私はやってるんだけれど、そこで二十代、三十代の人たちの作品を読んでいたら、最低の礼儀をわきまえてる人がまた出てきたなって感じがした。」

といい、開高氏から「最低の礼儀って何？」と聞かれると、

「つまり小説を書いて、人に読んでもらうということを自分はしている。だから読んでいただくように書かなきゃいけないんだということです。（略）そんなこと当たり前なんだけどね、それが当たり前でなくなっていた。」（同）

と返答する。『彼岸過迄』の序を連想させる考え方である。

「現代と漱石と私」（前出）のなかで、江藤さんは、

「彼はおびただしい知力と意志力と学識とを兼ね備えた巨人であるが、決してわれわれの上にではなく、『尋常なる士人』としてわれわれの傍にいる。つまり漱石は、いつも人と人とのあいだにいるのである。（略）

いずれにせよ、この大作家の頭脳を病ませていたのは、『文學』とか『芸術』とかいう観念ではなかった。神経症と胃弱に終生悩みつづけた漱石ほど、ある意味で健康な作家を、私は近代日本の文学史上ほかに知らない。」（傍点は引用者）

と書いている。ここには、江藤さん一流の〈自分語り〉の気配がある。

「勝海舟と私」（『朝日新聞』昭和四十七年十一月二十六日夕刊、『新編江藤淳文学集成3』所収）で、江藤さんは、

「（平川祐弘氏との間で）海舟が、主君である徳川慶喜にも、枢密顧問官として仕えた明治天皇にも愛されず、同じ開明派の一人である福沢諭吉には『瘦我慢の説』で手厳しく攻撃されたような人

間であったことが話題になった。（略）
私の心を惹きつけるのは、愛されなくても、悪口をいわれても、少しもたじろぐふしのない海舟の強さというか、甘えのなさである。（略）
そう思って、海舟の書きのこしたものをいろいろと読み漁り、その『行蔵』の背景を探るうちに、私は次第に彼がこうしてしゃんとしてたっていられたのは、慶喜も明治天皇も、いわんや福沢も見たことのない〝地獄〟をいつも見ていたからではないか、と思うようになって来た。（略）
『痩我慢』などする必要はない。ただ人は『我慢』すればよいのだ。そうすることが人をふるい立たせるとすれば、それは『我慢』することのなかに、おそらく人の到達し得るもっとも正確な認識が秘められていて、その認識が心をいつも躍動させるからである。」（傍点は原文）
といっている。柄谷行人氏は、
「『ただひとは《我慢》すればよいのだ』。これは恐ろしい言葉であって、ひとが〝不条理〟とか〝ニヒリズム〟とかいい立てるのはここからであるが、おそらく江藤氏はこの問題を『夏目漱石』以来たえまなく反芻してきたのである。江藤氏の倫理は、結局そこに自分とは異質の他者がいるという認識にはじまりそこに還ってくる。たとえ意味があろうとなかろうと、そこに他者がいる以上ひとは自分を投げ与えて生きるほかはない。なぜなら、自分の生存が無意味なら他人の生存も無意味だというのは倨傲な越権にほかならないからである。（略）
『ひとはたんに〝我慢〟すればよいのだ』と書くとき、われわれは江藤氏の文体の表情がその言葉とは裏腹に不思議に明るいことに気づくだろう。江藤氏は少しも深刻ぶっていないのである。」（『江藤淳著作集続3』解説「我慢と痩我慢」、傍点は引用者）

とこれを評した。

江藤さんが漱石を〈健康〉といえば、柄谷氏は江藤さんを〈明るい〉という。この考え方の共振が面白い。

「文学としての言葉」と「制度としての言葉」

『自由と禁忌』のなかの最初の一章「裏声文学と地声文学」のほぼ冒頭で、江藤さんは、「四年という月日を距て、しかも鎌倉から眺める文壇は、もとより十五、六年前に、この雑誌に『成熟と喪失』を連載していた頃の文壇と同じではない。それどころか、四年前の文壇とくらべても、それは到底おなじものではあり得ない」と書いたが、『自由と禁忌』には「制度としての文学」（『文藝』昭和五十九年新年号）が収められている。

ここで、江藤さんは、吉行淳之介氏の谷崎賞選評、「やはり古井由吉氏の『槿』が一歩先行した。『槿』の粘着と硬質を兼ねそなえた文語脈を導入して、じわじわと這うように対象をからめ取る文章は、古井由吉の世界を描き出すのにこれ以上のものはない。ふつうの人間が皆ふつうの足取りで歩いているときに、極端にゆっくり歩いている人物を見るのは異様である。そのためか、狂気を孕んだいろいろの人物が主人公に絡んでゆき、そこにドラマが成立する。そして、その狂気を主人公

（ならびに作者）が引受けている気配が強い。疑問の点（スペースがないので、古井氏に直接言うつもり）もないわけではないが、やはり、この世界は、圧倒的であった。」（「制度としての文学」、傍点は原文）を引用しながら、論を進めていく。

谷崎賞の選考委員は、吉行氏のほか、遠藤周作氏、丹羽文雄氏、円地文子氏、丸谷才一氏、大江健三郎氏を加えての六氏であった。江藤さんは、

「これ（吉行氏の評）は、六人の選考委員の『選評』を概観すると、結果的に最も重きをなした意見だといわなければならない。（略）

つまり、他の五人の選考委員は、いずれも『槿』に対して、なにがしかの批判と留保を明示しているが、吉行氏は、これに反して、『やはり、この世界は、圧倒的であった』と果断にいい切るのである。そして、『疑問の点』については、『スペースがない』というだけの理由でこれを明らかにせず、『古井氏に直接言うつもり』だという。換言すれば、吉行氏は谷崎賞は『槿』に決めた、疑問がないとはいわないが、世間や読者にそれを明らかにする必要を認めない、単に作者に耳打ちして置きさえすれば、それで済むことだ、といっていることになる」（同）

と、いう。この吉行氏の姿勢は、「（漱石は）決してわれわれの上ではなく、『尋常なる士人』としてわれわれの傍にいる」と書く江藤さんの文学観にはなじまないだろう。

江藤さんは、もし疑問の点があれば、それを読者と世間に明示するのが文学的なルールであり、その結果作者と選考委員、選考委員のあいだに多少の気まずさが生じてもいたしかたない。これに

対して、政治的な世界では、そうした危険は避ける。受賞者に〈耳打ち〉するという方式には政治的利点がある、という。そして、吉行氏の物言いは、会社の人事担当常務が登用しようとする中堅社員に向って、「いいかね。今度の異動で君を人事課長心得にすることにした。（略）君の成績は、やはり、圧倒的だと私は考えているが、社内にはこの人事に不満な連中がいないわけじゃァない。君にもまた君なりの弱点もあるんだから、まァせいぜい自重してやってくれ給え」（同）と肩を叩いて激励しているようなものだ、という。

また、江藤さんは、谷崎賞への丸谷才一氏の選評、「今回は『榷』のみの受賞とするのが正しいと思つた」（同、傍点は原文）の〈正しい〉という言葉にも違和感を隠さない。江藤さんは、いう。「なぜなら、文学的な場とは、そこに自他を超えた『正しい』選択など存在し得ない場所のはずだからである。文学に志ある者は、当然己れの『正しさ』に固執しようとする。そして、まさにその故に、他人の『正しさ』に固執しようとする意気地を、容認しもする。（略）

したがって、丸谷氏が『選評』に『正しいと思つた』（同上）と記したとき、氏は期せずして文学のではなく、制度の言葉、もしくは政治的『正しさ』の言葉で語っていたということになる。逆にいえば、制度とは、そのなかで、自他を超えた『正しさ』という概念が、意味を持ち得るばかりでなく、不可欠な作用を及ぼす場所である。国家、社会、あるいは学校、企業、役所等々が、そういう場所であることはいうまでもない。だが、近頃奇妙なことに、谷崎賞の『選評』、なかんずく吉行、丸谷両氏のそれを見ると、どうやら文壇、少くともその一部分は、いつの間にか確実に制度

と化しているかのように見える。」(同)

このあたりは、さきに引用した開高健氏との対話に通底する見方である。江藤さんは、さらに、いう。

「いつの間にか、と私は記した。が、それにしても、なぜこういうことが起ったのかを解明するのは、さほど容易なことではない。それは、ひとつには、文壇がかつての相互に自由な独立性をとうに失い、出版社や新聞社によって組織・編成された一種の管理社会と化しつつあるためかも知れない。」(同)

この「制度としての文学」と時を同じくして江藤さんは、論壇にも異議を唱えている。「江藤淳(自筆)年譜」によれば、「『中央公論』編集部の依頼により、『ユダの季節―《徒党》と《私語》の構造』を執筆するも嶋中社長・編集主幹によって掲載を拒否され『新潮』八月号に発表す。」とある論文「ユダの季節」の内容がそれである。

前述のように、この「ユダの季節」は、「実際、粕谷一希とは何者だろうか?」と、粕谷氏をユダにたとえ、粕谷氏の周辺の学者、批評家諸氏の仲間褒めを取り上げた。同時に、「当たり前じゃないですか、占領軍が検閲しないという例がありますか」といった猪木正道氏の言説にも反論を加えた作品である。江藤さんの言い分は、次の数行に端的に述べられている。

「あるいは、その瞬間に、粕谷氏はあの見えざる検閲官の顔を思い浮かべたのかもしれない。そして、その検閲官に向って、猪木氏同様にいったのかもしれない。

『御安心ください、検察官殿。現行憲法の矛盾と問題点は、できるだけ論じないことにします。もし論じるものがあれば、黙殺することにします。必要とあれば、その人間を、論壇はおろかジャーナリズム全体から追放することも辞しません。なに、簡単なことです。〝彼は孤立している、なぜなら彼は《自発》的言論をおこなって、憲法という忌避に触れ、《教義》の枠を破ったから〟と、いいふらして歩けばいいのですから。現実に、その人間が、孤立しているかどうかは、選ぶところではありません。噂が流れれば、彼は結果として孤立し、やがて抹殺されるでしょうから』

「黙殺する」、「論壇はおろかジャーナリズム全体から追放する」、「噂が流れれば、彼は結果として孤立し、やがて抹殺されるでしょう」、などという表現は穏やかではない。人身攻撃のような色調さえある。こうしたことを書く江藤さんは、どのような心境にあったのだろうか。

この時、私は、週刊誌の編集部にいた。梅雨に入ろうとする頃、江藤さんから「ホテルで飲んでいるから出てこないか」という連絡が入った。この原稿に関することが、呼び出された第一の理由であったわけではない。江藤さんの身辺にプライベートでだがちょっとした事件があり、その善後策を講ずる相談を受けたのである。そのついでに、この原稿を手にした江藤さんから、さわりについての話を聞いた。『中央公論』に依頼されながらも結局掲載拒否となったその経緯も話してくれた。週刊誌記者だから、私には、この原稿を『文藝春秋』なり『諸君!』なりに改めて載せるという判断を下す必要というか、義務はない。言い方は悪いが、この時は、かなり気楽に江藤さんと会うことができた。

しかし、江藤さんは、〈黙殺〉〈追放〉〈抹殺〉という強烈な表現を「ユダの季節」のなかでつかいながら、余裕を失ってなかった。追いつめられてもいなかった。快活だという印象があり、江藤さんは、今後ともやる気だ、とその時、思った。あるいは、江藤さんは、海舟のように、「ただ人は『我慢』すればよいのだ」と明るく覚悟していたのかもしれない。

昭和五十八年に先立つ二十六年前、江藤さんは、『奴隷の思想を排す』を閉じるにあたって、こう書いた。

「作家は自信を失うべきではない。あらゆる可能性が、あらゆる想像力の余地があなた方の前にはある。しかし、それに盲目であるものは、多分、何十年か後に精神的怠惰のそしりをうけるであろう。何故なら、彼らは人間をものの奴隷にし、生命を死に売り渡した人々であるから。」（傍点は原文）

〈もの〉を〈制度〉と解釈することが許されるのなら、江藤さんはずっと絶望などしてはいない。

日本はアメリカなしで存在できるのか？

加藤典洋氏は、「アメリカの影―高度成長下の文学」『アメリカの影』所収）で、江藤淳論を展開している。江藤さんが「裏声文学と地声文学」を書いたのとほぼ同じ時期に、発表された作品である。

加藤氏は、江藤さんが田中康夫氏の『なんとなく、クリスタル』を評価し、村上龍氏の『限りなく透明に近いブルー』を拒否しているのに着目して、次のようにいう。

「ここでぼくがいいたいのは、戦後の日本にとって『アメリカ』というのは、大きい存在なのではないか、ぼく達が考えているよりずっと深くアメリカの影はぼく達の生存に浸透しているのではないか、そしてぼく達を『空気』のように覆っている『弱さ』はこの、アメリカへの屈従の深さなのではないか、ということである。」

加藤氏のこの認識に我が意を得た江藤さんから、加藤氏の講談社文芸文庫版『アメリカの影』の「著者から読者へ」によれば、「たぶんそれがきっかけで江藤淳氏から速達の書状をいただく」とある。

加藤氏によれば、『限りなく透明に近いブルー』を全否定し『なんとなく、クリスタル』を評価したのは、批評家では江藤さん唯ひとりで、「柄谷行人もまた、アメリカのイエール大学で教鞭をとっている時にこの村上の小説を読み、生理的ともいうべき拒絶反応を生じたといっているが、現在その時の判断を留保しているのと、『なんとなく、クリスタル』を肯定しているのではないので、江藤から区別される」(「アメリカの影―高度成長下の文学」)という。

『なんとなく、クリスタル』が「世の八、九割の批評家、読み手に罵倒され袋叩きになっている」ことの理由を、加藤氏は解明してみせる。

「一言でいえば、田中の小説にあるのは、我々はみんな違うと思いたがっているが、日本は本当は韓国と同じだ、というメッセージである。

日本の文壇は、日本は韓国と同じだ、アメリカなしにはやっていけない、といわれて腹をたてたのである。（略）

ぼくは、ここで一つだけ簡単にいっておきたい。日本文壇（？）は、日本はいまアメリカなしにはやっていけないという思いをいちばん深いところに隠しているが、それを、アメリカなしでもやっていける、という身ぶりで隠蔽している。アメリカなしでやっていける、という身ぶりが身ぶりでしかないのは、彼らが貧乏を怖れている（！）からである。」（同）

江藤さんは、「裏声文学と地声文学」で丸谷さんを文壇の圧倒的多数が支持している、とその有様を揶揄したが、そこにばかり議論をとどめて置くのは、丸谷氏のみならず江藤さんにとっても公平ではない。加藤氏の論点にあるように、『裏声で歌へ君が代』は、「日本はアメリカなしでやっていけるのか」というところに主題のひとつがある。

「私に別段丸谷氏の国家論がいかなるものかを知りたいという、格別の好奇心があるわけではない」（「裏声文学と地声文学」）といいながら、江藤さんは、『裏声で歌へ君が代』の次の会話が交わされる場面に強く反応する。

「ですから、日本といふ国は現代国家の典型かもしれませんね。目的といふものがなくてただ存在してゐる国家の典型……」（傍点は江藤さんによる）

梨田が言つた。

「それが国家として正しいことだといふのをほかの国はまだよくわかつてなくて、何かいろいろお題目をかかげてますが、あれは間違ひでね。昔の日本は、東洋永遠の平和のためと称して戦争を仕掛けるとか、アジアの盟主とか、八紘一宇とか、下らないお題目がいろいろありましたが、それがなくなつてから、ずつとましになりました」

「ぢやあほかの国も日本と同じやうに国家目的を捨てればいいわけですね」

『裏声で歌へ君が代』の国家観

江藤さんは、いう。

「『目的』については、しばらく問わない。しかし、いったいこの地上に、「ただ存在する」だけの国家などというものが、存在し得るのだろうか……（略）

ともかく、〝裏声〟で考えようが地声で考えようが、と机の前に戻った私は考えた。日本が『目的といふものがなくてただ存在してゐる国家の典型』であり、そうであるが故にまた『現代国家の典型』でもある、というような議論が成立するはずはない。先程私の頭上を飛んで行った米海軍機の姿が明示する通り、それはやはり過去も現在も、たとえば横須賀軍港を掌握している力に支えられて、『存在させられている』国家以外のなにものでもあり得ないからである。

その力は、かつては自国の力であったが、現在では外国の力に変っている。そして、その外国の力の現存が、過去三十七年間本質的に変りなく継続しているという点に着目するなら、あるいは日本という国家は、『ただ存在している』どころか「存在」すらしていないのかも知れない。」（『裏声

文学と地声文学」、傍点は原文）
改めて、江藤さんの発言をふり返ってみる。江藤さんはさきに引用したように、「なぜ、作者は、アメリカを見ようとしないのか？　いや、アメリカと日本との接点を見ようとしないのか。その接点を直視し、その構造を洞察する努力を惜しみながら、どうして『今の日本』でリアリティを感じさせる国家論が可能だろうか？」（同）
といったが、畳みかけるように、
「しかしながら、問題はその先にある。その一つは、丸谷氏が享受しつつあると覚しい〝市民的自由〟を構成する言語空間が、必然的に排他的な言語空間とならざるを得ない、という点である。それは、この言語空間が、『東洋永遠の平和』『八紘一宇』等々の『昔の日本』の『お題目』を、細心に排除した言語空間だから、というだけではない。『ただ存在』している国家が『正し』く、『今の日本』は『ただ存在』しているが故に『正しい』というように、これが『正しさ』を中心とし、その共有によってはじめて成立する言語空間だからにほかならない。
したがって、この『正しさ』に忠誠を表明し、『今の日本』が『ただ存在』しているが故に『正しい』』、という錯覚ないし虚構を共有し続ける限り、人は誰でもこの言語空間に〝市民〟権を得、居心地の良さを愉しむことができる。（略）
だが、しかし、かくのごとく一見寛容で、〝市民的自由〟と友愛の精神にみちみちているかのようなこの言語空間は、ひとたび『正しさ』を疑う者が出現するとにわかに最も非寛容な空間に変貌し、疑う者への敵意を露わにし、これを排除しにかかり、しばしば疑う者の存在を無視するか、もし可能ならその存在を抹殺しようとする。つまり、この一見自由な言語空間は、実はきわめて過酷な不自由さを潜在させている。それがそのまま禁忌にかかわることは、あらためていうまでもない。」（同。傍点は原文）

とする。

そして、この言語空間は、ジャーナリズムの世界をも支配している言語空間と重なり合う。そうでなければ、あれほどの圧倒的多数の文壇生活者が、この〈裏声〉小説に好意的であるはずがないではないか、と江藤さんはいい、さらに、「だとすれば、ジャーナリズム、特に新聞ジャーナリズム公認の価値観とはいったいなんだろうか？　誰がそれを決定し、いかなる権威がその拘束を日本の言語空間に課しているのだろうか？」（同）

と問う。

その答えは、江藤さんによれば、どんな証拠に照らしても、それが日本政府であるはずがない。なぜなら、昭和二十年九月二十七日のＧＨＱ指令（ＳＣＡＰＩＮ－66）に、「いかなる政策ないし意見を表明しようとも、新聞、その発行者、または新聞社員に対して、日本政府は決して懲罰的措置を講じてはならない」（同）とあるからだ、と判断する。そして、江藤さんは、

「新聞は、自国に対する忠誠義務から完全に解放された代償として、直ちに検閲を実施していた占領軍権力への一〇〇パーセントの服従を強制されたからである。（略）

これに関して注目すべきことは、『裏声で歌へ君が代』の世界を支えている言語空間が、今なお占領軍民間検閲支隊（Civil Censorship Detachment, CCD）が規定した三十項目の検閲指針の枠内に、ほとんどそっくりその儘収っている、という事実である。」（同）

と断言する。

この論理の運びは、「占領三部作」の随所に出てくるところのものであり、〈占領軍の検閲〉という眼から見た『裏声で歌へ君が代』への判断である。

であるならば、憲法をはじめとする諸問題に保革のあいだというより保守の内部においてさえ、なにかとかまびすしい議論がある現在こそ、江藤さんの論攷を改めて読み、丸谷氏の『裏声で歌へ君が代』と比較してみることが強く要請されるのではないだろうか。ふたつの作品を虚心に読み比べることが、憲法改正問題にも靖国問題にも、その回答を見つける糸口となると断言してもいい。まったく、丸谷氏の作品は、保守のなかにも存在する〈靖国アレルギー〉と軌を一にしている。

一つの例としてあげれば、江藤さんは、『裏声で歌へ君が代』の主人公と元小隊長であった人物を、靖国神社ではなくて千鳥ヶ淵の戦没者墓地で逢わせるという配慮を丸谷氏がしているのをとらえて、「これは期せずして軍国主義の宣伝を禁じた検閲指針第十八項、およびナショナリズムの宣伝を禁じた第十九項に合致している」（同）と、いっている。

この江藤さんの議論を荒唐無稽として最初から排除するのは、生産的ではない。ところが、日本の文壇、ジャーナリズムは一方的に排除してきた。

漱石の『彼岸過迄』の序をふりかえれば、やはり固定観念、「江藤の〈占領期と検閲研究〉は無駄だ」、「江藤は右だ」という発想にとらわれるのは、柔軟な思考を奪うことになる。漱石は、こういったではないか。

「東京大阪を通じて計算すると、吾朝日新聞の購読者は実に何十万といふ多数に上つている。其の内で自分の作物を読んでくれる人は何人あるか知らないが、其の何人かの大部分はおそらく文壇の裏通りも露路も覗いた経験はあるまい。（略）自分は是等の教育ある且尋常なる士人の前にわが作物を公にし得る自分を幸福と信じてゐる。」

多分、江藤さんの心理状態は、漱石に通じていたにちがいない。

「ペンの政治学」

「ユダの季節」、「裏声文学と地声文学」、「制度としての文学」などの文壇と論壇の〈閉された言語空間〉に異議を唱えた作品を執筆した江藤さんは、続いて、ペンクラブの〈反核声明〉を批判した「ペンの政治学」（『新潮』昭和五十九年七月号、『批評と私』所収）を発表する。

第四十七回国際ペン大会が、昭和五十九年（一九八四）五月に東京で開かれた。江藤さんは、ベルリンの壁がまだ存在していた時期に開かれたこの大会に出された、「西ドイツ・東ドイツ・スウェーデン三センター提案」、「平和委員会への日本ペン決議案」がいずれも〈反核〉決議案だと批判して、事前に開かれた日本ペンクラブ理事会で、たったひとり反対した。

本大会でも、英語で発言し、国際ペンの〈反核〉声明をとりあげた。「江藤淳(自筆)年譜」の昭和五十九年の項には、「(五月)十八日、新宿京王プラザホテルにて十四日から開催された国際ペン大会の最終日にあたり、分科会Aの総括の機会に英語で発言し、『反核声明』を批判す」とある。

日本ペンクラブの本大会直前の理事会は、この年の四月二十日に開かれた。三十分ほど遅れて理事会に参加した江藤さんは、前記二提案がすでに決議されている気配があるのを知った。そこで江藤さんは、司会者に「日本ペンの決議案は、決議されたのですね?」と尋ね、ひとりの反対もなく決議されたと聞くと、「遅れてきて、こんなことをいって申訳ありませんが、私が日本ペン決議案に反対であることを、記録にとどめて下さい。私はこの決議に反対します」といった。三十対一の評決だった。江藤さんは、いう。

「私が、日本ペンクラブの〝反核〟決議に反対したのは、単に〝反核〟が『政治的』だからという理由にとどまらない。むしろ〝反核〟を決議するというそのこと自体のなかに、いわば構造的に隠されている〝排除〟の論理が、きわめて「政治的」に作用せざるを得ないからにほかならない。

すなわち、〝反核〟を決議することは、そのことによって必然的に、核の均衡こそ平和維持に不可欠だと考える人々を〝排除〟し、また核兵器がこの世に存在しようがしまいが、そんなことは文学者の日々の営為とは何の関わりもないと考える人々をも、同様に〝排除〟することになる。しかも、この〝排除〟は、単にこれらの人々を疎外するのみならず、その意見表明の否認をも伴わずにはいないのである。」(「ペンの政治学」)

　そして、江藤さんは、国際ペン憲章第四項「P・E・N・は平時における言論、報道の自由を堅持し、独断的な検閲に反対する」を引いて、理事会の取材していた新聞記者をも批判する。

「にもかかわらず、ほかならぬそのペンクラブの取材に当っていた各社の記者諸君が、みずから、『言論、報道の自由』を放棄して、私が表明した少数意見を黙殺し、あまつさえ『独断的な検閲』をおこない、少数意見の存在を世間に隠蔽して憚らなかったというのは、控え目にいってもグロテスクな話ではないか。それは、繰り返すまでもない。彼らがすでに〝反核〟決議に加担し、そのなかに内包されているあの〝排除〟の論理にしたがって行動していたからにほかならない。」（同）（この言辞に対し、『毎日新聞』の記者から抗議の手紙とともにベタ記事のコピーを送って来た、と江藤さんはこの論文の「後記」に書いている。そこには、たしかに反対一＝江藤淳理事という一行があった、と書く）

　しかし、江藤さんは、追及の手をゆるめない。「そればかりではない。彼らは同時に、この論理を多数の力で強制した人々に対する恭順の意志表示をも、併せておこなっていたはずである。この人々とは、いったい誰か？」（同）と問い、この人々を、八岐《やまた》の大蛇《おろち》のような神通力を持った存在にたとえ、その名を大蛇《オロチ》（ルビは原文）Xと仮に名づける。そして、この**オロチX**こそ、「そのなかに饐えたような匂いを漂わせ、知的・精神的頽廃を充満させている元兇だといわなければならない。なぜなら、この**オロチX**は、〝平和〟を掲げて自由を圧殺し、〝反核〟と多数の名において個人の自由な肉声を奪おうとしている、多目的的な権力構造だからである」と断言する。（同。傍点、ゴシック体、ともに原文）さらに、江藤さんは続ける。

「今までに〝裏声文学〟を批判し、〝文壇人事部長〟の存在を指摘し、まだその奥になにかが身を潜めているとは思っていたが、『自由と禁忌』を書いているときには、その正体にまでは思い到らなかった。だが、漸く今になって、ペンクラブの周辺を眺めわたしているうちに、おぼろげながらその正体が見えて来たような気がする。それこそ**オロチX**に、ほかならなかったのである。」（同）

ここで江藤さんは、いままで「その奥に身を潜めているものの正体には思い到らなかった」と書いているが、そんなことはない。江藤さんは、はるか昔にその正体を突き止めていた。

前に引用した「戦後と私」の次の部分は、昭和四十一年、江藤さんが三十四歳の時に書かれている。

「戦後二十一年間、そういう私情によって生きて来たことを私は隠そうとは思わない。（略）文学が『正義』を語り得ると錯覚したとき、作家は盲目になった。それがいわゆる『戦後文学』がおかした誤りである。作家は怖れずに私情を語り得なくなった。」

ここに書かれている〈正義〉の正体が**オロチX**だったのである。

「ペンを用いて生計を立てていようがいまいが、人が〝排除〟の論理を強行し、そのことによって権力を維持し、あるいはより多くの権力獲得を志向しはじめたとき、その人ないし人々は、もはや文学者でありつづけることができない。なぜなら、言葉の正確な意味においてそれは政治であり、決して文学ではあり得ないからである。

逆に文学とは、決して権力構造にはなり得ないものである。そこでは、文章が、作品がすべてであり、それを支える個々人の肉声以外の権威はあり得ない。身内から衝き上げて来るこの生身の肉声を、文字に定着したいという衝動がうずきつづけるかぎり、文学に関わる者は、〝排除〟されようが、孤立しあるいは追放されようが、ましてその所信を検閲によって黙殺され、世間の眼から隠蔽されようが、やはり孜々として書き続けなければならない。」(「ペンの政治学」)

という所信を、江藤さんは、一貫してずっと述べ続けてきたのである。

京王プラザホテルでおこなわれた国際ペンのパーティ会場で、江藤さんは「どうしてホテルで出す水割りは、こうも水のように薄いのだろう」としばし漠然と考えていたが、突然、次のような感想がひらめいた。

「『批評がないから、人事が盛んになるのだ』という言葉が、ポカリと頭に浮かびあがって来た。そうだ、批評がないからこそ、文学も文壇も制度化し、どことなく会社に似て来たのだ。そのなかで作家も批評家も、ほぼ一様にサラリーマン化し、次の人事異動にだけ望みをつなぐようになりはじめた。人事異動とはなにか? 無論大小さまざまの文学賞にほかならない。つまり、いつの間にか、価値の基準が外在化されて、個々の書き手の内側に在るものではなくなってしまったのだ。

(略)

だが、いずれにせよこの制度化された文学と文壇が、純粋に戦後の所産であることについては、まず疑うべき余地がない。」(同)

柄谷行人氏は、

「批評家というのは、うまく定義できないけど、サルトルの言葉でいえば『アンガージュマン』、江藤淳の言葉でいえば『行動』が、書く行為の根底にある人のことだと思います。つまり、決断があるかどうかということですね。江藤淳の批評には断定の強さがありますね。」（福田和也氏との対談「江藤淳と死の欲動」）

といっているが、たしかに、江藤さんの発言には断定があり、その断定が耳障りな雑音として聞こえる文壇人が多数いたことは間違いない。

「生き埋め」にあう

富岡幸一郎氏が聞き手となっての座談、「六十年の荒廃」（『文學界』昭和六十年十月号、『言葉と沈黙』所収）のなかでの江藤さんの発言も、これにつらなるものである。

「僕が『三田文学』に『夏目漱石論』を書いて、ちょうど今年が三十年目なんですけどね、とにかく三十年来、文学に関する原稿を書いてきて、こんなに楽しいことはないなという感じが現在している。

だから、〝文学〟はあるいは滅びるかもしれないけれども、僕自身が文学やることはますます面白いぞ、という気持があって、（略）つまり、こんなに（文学が）面白くなくなったことについては、先見の明を誇るようではなはだ不遜ないい方だけれど、僕はもう十数年前から、ホラ面白くなくなるぞと、そうならなきゃおかしいと言い続けてきたんでね。そしたら、やっと誰の目にも一目瞭然、ホレこの通り面白くなくなってきた（笑）。」（「六十年の荒廃」）

「考え詰めてきたあげく、やっぱりそうなってみると、どんな批評家でもそうでしょうが、自分の批評眼の確かさを実証されたという気持がしてくる。そこで、何かこの、周りがアップアップしているうちに、いち早く足が底に着いたような感じが、一昨年ぐらいからしはじめたんです。足が底について、これで流されずにすむ、とにかく自分はこの川の水底に足を着けたぞという感じを持ったのが、そうです、一昨年ぐらいですね。ちょうど『自由と禁忌』を書き始めたころです。書き始めたから感触ができたのか、感触ができたから書き始めようと思ったのか、そのへんは自分でもよくわかりませんけれどもね。」（同）

どんなに〈占領期と検閲の研究〉を周囲から無視され、否定され続けようと江藤さんは、〈過激〉過ぎるといっていいほど、意気軒高である。そして、

「だから、これからよく見ていらっしゃいよ、富岡さん。これは面白いことなんだから。戦後の大作家たちが、これから次々と褒めそやされ、褒めそやされ、栄光のうちに、スカスカになって死んでいきますよ。（略）

文壇というのは、文壇というか文芸ジャーナリズムというのは、ひどいことになってるなと思う。もう骨までしゃぶって、賞を出したり褒めそやして、何も自分じゃ頭を働かせないで、要するに鳥を絞めて、肉をとって焼いて煮て、そのあと今度は骨を叩いてスープにして飲んで、はいさようなら

らと、こういうことを繰り返してるのかなと思うね（笑）。」（同）

江藤さんは、生前の三島由紀夫氏に、「二年間くらいポルトガルに行ったらどうですか」と勧めている。

その理由は、人件費が安いポルトガルに家族ぐるみで行って、執事を雇い、ロールスロイスを買って豪奢な生活をすればいい。そこは、ヨーロッパ社交界の一中心だから、二年もいれば、日本の三島という作家が来ていると評判になる。そうすれば、ノーベル賞なんてすぐもらえるはずだ、というのが江藤さんのアイディアだったが、三島氏は、真顔で、「江藤君、キミ馬鹿なことをいっちゃいけないよ。十日も日本を離れてみたまえ、ぼくは忘れられちゃうよ」と答えたという（吉本隆明氏との対談「現代文学の倫理」）。

かの三島由紀夫氏にしてからが、こと文壇となると、こうなのだ。

西部邁氏は、もちろん、文芸批評家ではない。西部氏は、『海は甦える—第五部』文庫版の「解説」のなかで、

「私は、率直にいって、江藤氏が政治や文化について語ることの具体的内容については、しばしば不同意を感ずるものである。しかし江藤氏が戦後精神の虚妄を発《あば》くのに際して示す大胆さにたいしては賛嘆の念をいだきつづけている。ここ五年ばかり、戦後解釈について考えうるかぎりのあらゆる意見が表明されているといってよい。しかし、覚悟の決め方の激しさにおいて江藤氏はまったく抜きんでている。結局、言論人が後世に残すのはその精神のスタイルなのだということを考慮

に入れるとき、江藤氏の姿の孤高さに瞠目して当然なのである。」(『海は甦える―第五部』文庫版の発行日は昭和六十一年《一九八六》十二月十日)

と述べる。西部氏は、江藤さんの〈覚悟の決め方〉と〈その精神のスタイル〉に瞠目しているが、この点を受け入れることのできない文壇人が多数いたことは否めない事実である。

高澤秀次氏は、『江藤淳―神話からの覚醒』で、

「江藤の存在が、『私的言語』と『公的言語』の裂け目で宙吊りの状態になるのはこのときである。社会的名士になるほど、彼は厄介な存在になりつつあった。八〇年代の初め頃であろうか、〝江藤淳隠し〟という言葉が、文壇の内外で囁かれ始めたのは。その挑発的な言説を、ないことにした方が、戦後的な『制度』があらゆる意味で、円滑に機能することははっきりしていた。彼の問題提起が、戦後史の禁忌に抵触する危険な要素を含んでいたと言う以上に、彼の『唄』がそれだけ邪悪なものを秘めていたからである。」

といった。

江藤さんの〈挑発的な言説〉がなければ、戦後のあらゆる〈制度〉は円滑に機能する。江藤淳がいなければよい。それがために、〈江藤淳隠し〉があった、と高澤氏は判断したのである。

坪内祐三氏は、江藤さんの死の直後に、「生き方としての保守と主義としての保守―福田恆存と江藤淳」(『諸君!』平成十一年十月号、『後ろ向きで前へ進む』所収)を発表している。そこで、坪内氏は、執筆の舞台が狭くなっていた頃の福田恆存氏について、次のようにいっている。

「『問ひ質したき事ども』で批判されているのは江藤氏だけではない。猪木正道や高坂正堯、渡部昇一、西義之など、当時の保守派の論客が何人もナデ斬りにされていた。その通りだと思いながらも、大学三年生だった私は、福田さん、こんなことを書いてしまったらますます執筆の場が制限されて行くのではないかと、ハラハラしながらその公開日誌に眼を通していった。」（「生き方としての保守と主義としての保守」、傍点は原文）

「なるほどGHQの検閲システムが日本の戦後の言語空間をフォニーなものにしたかもしれない。けれど一九七〇年代終わりから八〇年代はじめにかけて、それとは別の検閲、いやもっとたちの悪い――仲間内の和をみだす危険分子に対する村八分――暗黙のチェック機能が、ジャーナリズムの中で働き始めたのである。その手のことには鷹揚だったはずの保守派の論壇でも、その種の検閲が横行しはじめていた。」（同。傍点は原文）

坪内氏がここにいうことと、高澤氏のいう〈江藤淳隠し〉のあいだには違いがあるのかもしれない。しかし、保守の二大論客が執筆活動にある種の不自由さを感じていた、という見解はまことに興味深い。

江藤さん自身も、自分は〈生き埋め〉の目にあったことがある、と述べている。

武藤康史氏を聞き手とする「作家にとって『生き埋め』になることの意味」（『海燕』平成七年（一九九五）九月号）のなかで、武藤氏の問いに答えて、中村光夫氏から「作家というのは生き埋めになって戻ってこないとだめだね。荷風だって潤一郎だって、生き埋めになっている。志賀さんだってそうだよ。それはプロレタリアがあったもの」と諭されたことを紹介している。そして、「その生き埋めっていうのは、これをわが身に引き比べると、そうだな、僕も生き埋めというのはあったような気がするな。十五年ぐらいあったかな。十五年というのは本人の主観だから、実際には、十年ぐらいかなという気もしますね」という。

武藤氏から重ねて「それは検閲の研究などをなさっていたころですね」と質問されて、

「うん、あの頃ね。だから、ああいう浮気をするとろくなことはない（笑）。文芸ジャーナリズム的には。

だけど、これは僕は全然後悔してないので、検閲の研究、憲法制定経過なんていうのは、文学そのものではないにしても、文学と深い関係があり、そのへんにいろいろ疑問を抱いた以上、そしてたまたまそれをアメリカまで行って調べることができた以上は、もって瞑すべしと思っていますけれども、還暦を過ぎて振り返ってみて、ああ、なるほど、そうか、あれが生き埋めかと。」（「作家にとって『生き埋めに』なることの意味」）

ともいっている。そして、

「あとはだいたい私が若いころ見ていた大家たちの、有体に言えば老大家たちのその後の仕事ぶりを見ると、だいたい死ぬまでずっと仕事をして、すぽんと死んでいる。心がけさえキチンとしていれば、生き埋めが終わったということを確認して、あとは正道を踏み外さないようにやると極楽往生できるのかな、という気持ちに今はなっていますけれどもね。」（同）

実際、江藤さんは、この対談のまさに四年後、編集者に「幼年時代」第二回目の原稿を渡した直後に、自死している。「死ぬまでずっと仕事をして、すぽんと死んでいる」を、悲しいかな、実践した形である。ただ、江藤さんには、この時、すでに「生き埋めが終わった」ことを自ら〈確認〉できていたのであろうか。

〈対談における江藤さんの表記は、たとえば、〈気持〉、〈気持ち〉、〈僕〉、〈ぼく〉、〈ラディカル〉、〈ラジカル〉、などとあるように、一定していない。乱暴なようにみえるが、それは、対談ののちに編集者がまとめて持っていく原稿に、「即時性、即興性が薄れるから」といって、まったくといっていいほど手を加えなかったからである。度胸があるというか、一度口の端に掛けた発言に責任を持つというのか、そのために、ひとつの対談のなかに、自分のことを呼ぶ際にも、僕、私などがたびたび混在することになる。〉

文学は滅びない

江藤さんは、二十代からずっと文芸批評を書きつづけて来たにもかかわらず、迷うところもあったようで、吉本隆明氏との対談では、

「確かに私は、なんでだか知らないけど、ラジカルはラジカルなんですね。このごろわかってきたことの一つは、僕はある時期には、なんで自分は文芸時評なんかやってるんだろうと思ったことがあった。そういう想いが胸中に去来したことがありました。しかし、でも、やっぱり、文芸時評

をやってきた。この年になって、世間はよく自分に文芸時評を書かせてくれて、いままで生存を維持させてくれたものだという気持になってきた。（略）自分はとにかくラジカルなんだ。これはしょうがないのだ。にもかかわらず、寛容な世間が私を今日まで生存させてくれたということについては、大いにありがたく思いつつ、同じことをやり続けていきたい。」（「文学と非文学の倫理」、傍点は引用者）

といっている。

文芸時評を続けさせてくれた〈世間〉に、結局、感謝しているのだが、開高健氏の対談集『文人狼疾ス』のなかで、開高氏が「今の日本には読まれる批評がない。何に怯えているんでしょう。それであって小説家なり、演奏家なりが死ぬと、きのうまで褒めてた言葉をくるっと平気でひっくり返して喋る。この精神は何です」と憤慨したのに対して、江藤さんは、あるビジネスマンの例を引いて、「われわれはこの人たち（ビジネスマンたち）がやって来たのと同じように激しくやってきたんだろうか。私はずいぶんはげしくやってきたつもりなんだけれどもね」と答えている。

江藤さんは、ウィルソン研究所に滞在していた時に知り合った、あるビジネスマンに深甚な影響を受けた、とこの時、開高氏に語る。そのビジネスマンとは自動車会社の社員で、自社の車がアメリカの環境汚染基準に合うように、日本から車を空輸しては、酷熱、酷寒のどちらにも耐えられるような実験をし、データ作りにいそしんでいた、という。ある日、この人から、江藤さんは退職後の夢を聞かされる。

「『私はもうすぐ会社を退きます。そうしたら司馬遼太郎さんのような小説を書きたいけど、小説ってどうやって書くものでしょう』っていうんだ。私は、これは深刻に受け取ったね。つまり戦後ずーっとそういうことを指揮してきた人が、いま何がしたいかというと、小説が書きたいっていうんだよ。自分は精神の問題をいままでたな上げしてやってきたけど、人の心のクリエイティブな営みはというものは、きっと大事なことだろうと思っていた。自分はもうすぐ功なり名を遂げて社を退くが、そうしたらこのたな上げしていたことに取り組んでみたい、と。本当にそう思っている人がいる。人間てそんなに能力がないから、会社を立派に育てるためにこれだけ大きな貢献をした人が、さらに小説を書いて、トルストイ、ドフトエフスキーになるなんて、神様は簡単にお許しにならないと思うよ。だけれどそういうことを言われて私は、誇張じゃなく、そのあと一晩眠れなかったね。」(「閉された日本文学」、『文學界』昭和五十六年一月号、『文人狼疾ス』所収)

昭和五十六年(一九八一)は、江藤さんが占領期と検閲研究に忙殺されていた時である。

文檀、論壇からの批判、反論もきつく、そういう時だからこそ、江藤さんは漱石のいう「教育ある且尋常なる士人」が持っていたこの気概に敏感に反応したのだろう。

柄谷行人氏は、関井光男氏との対話「安吾の可能性」(「国文学」平成五年二月号、講談社文芸文庫『坂口安吾と中上健次』所収)のなかで、文壇および文壇批評について述べている。

「しかし、最近気づいたことだけど、例えば、本がよく売れていて、マスメディアでも有名な人が『文壇』や『学会』を批判するんです。これは何だろうと思う。各種文学賞のようなものを『文壇』と呼ぶなら、わかります。自分がそこから賞をもらえないということだけですから。しかし、そういう賞をもらったところで、何の権威もないし本も売れない。たぶん『文壇』の人たちは、今全然読まれないし、今後も読まれないだろうということで参っています（笑）。大学の学者も似たようなものです。もはや何の権威もない。」（「安吾の可能性」）

柄谷氏のいう「文壇」や「学会」を批判する人とは、時期からいって、江藤さんを指すのかもしれない。しかし、そうであっても江藤さんは少しも困らないだろう。柄谷氏は、さらにいう。

「ところが、マスメディアで華やかにやっているように見える人が、未だにそうした権威と闘っているかのように言っている。自分たちが少数派だと思っているのです。僕から見ればそっちが多数派でないかと思うのですが。彼らが感じている少数派というか、孤立の感じとは何かと言うと、やはり仕事でしか残らないという恐ろしさなんですね。」（同）

「文壇」を批判する人が、権威に立ち向かう少数派なのか、それとも多数派なのか。この問いは面白い。文壇との闘いなど蝸牛角上の争いにすぎないとみれば、街をゆく大方の人々にとっては文壇など無縁の存在だから、文壇批判の人は多数派に属することになる。柄谷氏の結論は、次のようになる。

「彼らのものは今どんなに読まれていても残らない、ところが『文壇』や『学会』では何か残って行きそうな感じがする、ということでしょう。しかし、後者の方でも同じことを感じているんですね。たとえば、安吾は今も読まれている。今後も読まれるでしょう。それは彼が文壇でやったからでもなく、文壇に抗してやったからでもない。彼は同時代ではベストセラーを書きさまざまな行動で有名だったでしょうが、そんなことはもう誰も知らない。書かれたものしか残っていない。」（同）

江藤さんは、文学が持つ命については楽観的だった。

「イデオロギーなんて、せいぜいここ二百年かそこらのものです。それがアメリカの独立およびフランス革命以来、大変におびただしいエネルギーを生んだ。十九世紀の小説の隆盛は、イデオロギー全盛時代の副産物の一つだったとも言えるかもしれない。しかし、そんなものがないときだって、文学は豊かでもあり、面白くもあった。

これは、どちらかといえば希望を持たせることではないですか。人は進歩もせず、退歩もせず、いつも人であり続けてきたということさえ静かに見定めていれば、私は文学が滅びることはないと思う。」（『すばる』平成二年三月号、「昭和の時評をめぐって―聞き手川村湊」）そして、

「私が今言ったこと、これは私が生きて行くために必要な信念のようなものなのです。闇が深ければ、光は明るいんですよ。」（同）

とさえ述べるのである。

つまり、江藤さんは、柄谷氏と同じことをいっているのではないか。

のちの時代に残り、時代の流れに耐えるのは、作品そのものであり、しかも〈尋常なる士人〉に支えられる作品こそが、文壇や論壇という狭い枠を超えて生き残る。

江藤さんは、間違いなくこのことを一貫して言い続けてきたのではないだろうか。あらためて、「一つの心がけとして、ある文学——哲学的立場なり理論なりがあったとしても、それを隠し味にしないと時評にはなりませんね。もろに出したら、お客さんが逃げちゃう。それを隠し味にするところに文芸時評の芸の見せどころがあった。隠し味にすることによって、狭い意味での文学読者以上の読者を文学の世界に取り込み、関心を振り向けるようにするということがあったような気がする。」(「昭和の時評をめぐって」)

という、江藤さんの言葉を反芻せざるを得ない。

「ホテル住まいをしてみようか」

江藤さんが亡くなった年である平成十一年(一九九九)の春、桜が散りかけたころ、江藤さんから「パレスホテルにいるからちょっと来ないか」と電話をいただいた。ホテルに駆けつけると、江藤さんは、

「『妻と私』を書き終えることができた。これから、大正大学の大学院生の面倒をみなければならない。だけど、退院したばかりだし、鎌倉から大学まで毎日通うのは体力的にきついので、しばらくホテル住まいをしてみようと思うのだが、どうだろうか?」

という相談だった。

江藤さんは、前年十一月の慶子夫人の葬儀当日の朝も往診を頼んで、尿の出る処方をしてもらっ

ていた。しかし、病状は回復せず、急性前立腺炎から敗血症となり、夫人の葬儀直後から二か月あまり入院していた。

江藤さんの意向を聞いて、私は、すぐに帝国ホテルの小林哲也氏（当時取締役、のち社長、会長）と連絡をとった。ふたつ年下の小林氏とは学校は違ったが、学生だった小林氏にたった一杯の水割りを馳走したのが縁で、ずっと親しくつきあってきた。帝国ホテルは、古くは藤原義江をはじめとしてここに住まう人が何人もいたので、そうしたノウハウをもっていた。

小林氏が、「どんなタイプがいいか、部屋をご覧になったらいかがですか」と、早速ホテルの部屋をいくつか案内してくれた。書き物机、本箱、もちろん、ベッドの具合などを江藤さんは点検しながら、「秋までの半年滞在してみようかな。これで、生活が変わるかもしれない」といった。「ある程度の蓄えはあるので、支払いは心配しないで下さい」と、その時、江藤さんは小林氏にいった。

姪の府川紀子さんの手記「叔父、叔母とわたし」（『文藝春秋』平成十一年九月号掲載「可哀相な、おじさま」改題、『妻と私と三匹の犬たち』所収）には、慶子夫人が逝き、飼い犬のメイとふたり（？）暮らしとなって、たとえば、家事にも悪戦苦闘する江藤さんの姿が描かれている。

「週三回は家政婦さんが来てくれて、わざわざ翌日分の食事までつくってくれていたのですけれども、おばがいないので、家事をこなさなければならなかった。（略）人に迷惑をかけるのは絶対に嫌うものですから、不器用につくって食べていました。干物なんか焼いて、それもオーブンで焼いているとか言っていました。あとは魚屋さんにお刺身を頼んだり、たいした料理はつくれなかったと思います。

『夕飯どきに悪いんだけど……』と、うちに電話がかかってきたのは、オーブンでジャガイモを焼いたのを食べたくて、(庭師の)鈴木さんにもらったおいしいジャガイモを、生のままオーブンで焼いていたのだそうです。十五分たってもぜんぜん柔らかくならない。じっと見ていたらしいんですけど心配になって、この作り方でいいのかと聞かれたんですね。

何度で焼いてるんですかと言ったら、おじさまは『いや、わかんない』と答えるんです。それじゃあ、温度をいちばん高めに設定してください。でも、生だと四、五十分かかるかもしれませんよと、わたしが言うと『じゃあ、待ってみる』と言って、電話がきれました。あとで、もう一度、『ノンちゃんの言ったようにしたら、美味しかった』と電話があって、とても感謝されたんです。(略)おばの入院前にドレッシングの作り方を習っているからサラダは大丈夫と言っていましたけれども、仕事をはじめるとお料理は負担で、ほとんどギブアップでした。」(「可哀相な、おじさま」)

あの江藤さんが、慶子夫人からドレッシングの作り方を伝授されているシーンを想像するのは、微笑ましいことでもあり痛ましいことでもある。

「溺愛していたメイちゃんをお嫁に出して」(同)、江藤さんは六月にホテルに移った。帝国ホテルは日比谷にある。大学院の学生を指導する大正大学がある西巣鴨までは、都営地下鉄で乗り換えなし、わずか十五、六分の乗車時間である。

これで、教授という立場も批評家という役割も両立できるに違いない、と安堵していたら、五日ほどたって、江藤さんから電話がかかってきた。急いでホテルに駆けつけると、江藤さんは、三つ揃いのスーツを着て、アタッシュケースを持ち、どこかへ出かける寸前のような恰好をしていた。

「ホテル住まいは、ぼくには無理だった」

と、江藤さんはいった。荷物や本はそのままにして、鎌倉にすぐに帰る、という江藤さんを立ち話をしながら、ホテルの玄関まで送った。

「考えが甘かった。ホテルというのは、部屋のドア一枚向こう側はビジネスの世界なんだね。ビジネスのにおいに満ちている。ビジネスをしている人の場なのだ。この活気ある空気が、ぼくには重すぎて、どうにも心が落着かない」と、江藤さんはいった。

江藤さんは、このとき、漱石の修善寺の大患のことを思いだしていたのかもしれない。

「『太陽』雑誌の人気投票で一位になった『文豪』漱石は疑いもなく赫々たる成功者である。しかも作家の心の奥底にあって、かすかな低音部を奏しつづけているのは、彼の作家生活を根本から否定し去るような自己抹殺の欲求にほかならない。『思ひ出す事など』を書いた病床の漱石は、彼の錯乱しかけた心に平和をあたえるのが、新聞小説の執筆でもなければ日本文化の将来に関する憂慮でもない、稚拙な南画と漢詩と俳句と幼時の追憶と、生死の間をさまよっていた自分の不思議な恍惚感の回想であることを切実に味わっていたのである。」(『決定版　夏目漱石』「第二部第二章　倫理と超

生きる気力

鎌倉に帰った江藤さんは、〈幼時の追憶〉に等しい『幼年時代』を書いている。『決定版夏目漱石』のなかには、次のような文章もある。

「金之助が生家に戻ったのが明治九年(一八七六)十歳のときで、母千枝が死んだのは明治十四年(一八八一)金之助十五歳のときであるから、彼が生母と一緒に暮らしたのはわずか五年間にすぎない。しかし、いかに短い期間だったとはいえ、彼はこの母のもとに帰ることによって、渇望していた安息を得た。その安息はもとより幼年期の母と子のそれのような肉体的なものではあり得ない。母はこのときすでに若くはなく、金之助を甘やかしもしなかったからである。しかもいまだに塩原姓を名乗る以上、彼は完全に母に属しているということもできなかった。が、それにもかかわらず彼の心の構図にこのときはじめて彼を受容する『生』のかたちが啓示されたことは動かせない。もしこの生母とともにすごした五年間がなかったとしたら、漱石の文学を特徴づけているあの柔かさ、あるいは優しさの感触はついに生まれなかったかも知れないのである。」(「夏目漱石小伝」、「現代日本文学館『夏目漱石』Ⅰ」)

この「夏目漱石小伝」は、昭和四十一年(一九六六)に書かれている。その第一部が「母」となっている『一族再会』が書かれたのは、翌昭和四十二年のことである。そして、最後の作品『幼年時代』で、江藤さんは、生母のもとに帰って行った。

実をいえば、ホテル住まいから鎌倉の自宅に戻り、六月十日に脳梗塞の発作があって入院、退院後七月二十一日に自死するまでの江藤さんの日々を、私はほとんど知ることがない。

前年から入院していた父を、この年、私は亡くしている。敗戦後だいぶたってシベリアから帰還した父は職業軍人だったが、寡黙な人で、戦争体験も抑留体験も語ることがなかった。戦後に遅れ、懸命に働いても志を得ることのなかった父とは会話を交わすことも少なく、まことに淡い関係だったが、いざ亡くなってみると、大きな喪失感に襲われた。心身ともになかなか立ち直れず、江藤さんを見舞わなければと思いながらも、叶わなかった。

江藤さんの鎌倉に帰ってからの日常その他は、府川氏の手記などでのちに知るしかなかった。(もちろん、夫人の病状とその看病ぶりは『妻と私』に詳しい。)

帝国ホテルを「ビジネスのにおいがする。自分には重すぎる」との感想を残して足早に立ち去ろうとした時に、すでに、江藤さんのからだは何かしらの変調をきたしていたのかもしれない。人々の活発な行動が江藤さんの心身へ負担になっていたのかもしれない。

私は、編集者としては、文芸編集者の経験はない、と何度も書いてきた。したがって、文芸を担当するための基礎的訓練も受けてなく、当然、資質もなく、また校訂等への知識ももっていなかった。江藤さんの文業の達成に協力し、あるいは編集者としていささかの貢献をもたらすことなど、夢のまた夢に等しかった。

江藤さんからたびたび連絡があったのは、まちがいなく、編集者というより、出版社につとめる一社員として、私がものごとを頼みやすい人間だったからに違いない。であるなら、自社や他社の文芸編集者よりは、江藤さんという人を客観的にみる立場に、私は、あったはずではなかったか。それだけに、父の死という個人的な事情があったにせよ、最後の最後のところで、江藤さんの変調に気づくことのなかったのは、痛恨のきわみというしかない。この悔いは、今も、去ることがない。「もの心ついてから、私は病気ばかりしていた」(「看病上手」)と書いた江藤さんは、細心の注意をからだに払っていたためか、入院することが多かった。慶應病院、心臓血管研究所、済生会神奈川県病院、けいゆう病院などにお見舞いに伺った。

六本木の心臓血管研究所に行った時のこと、江藤さんは五十歳を越えていたが、ちょうど脳の写真を撮った直後だったようで、「ぼくの脳は頭蓋骨と脳の間に隙間が全然なくて三十歳代のそれだよ、と医者が言うんのだ」と、まことに嬉しそうだった。傍から、慶子夫人が「見せてあげたかった。立派だった」といった。

入院中の江藤さんは、いつも快活だった。辛そうで不快そうなそぶりを見せたのは、たった一度だけ、慶子夫人の没後、けいゆう病院に伺ったときだけであった。敗血症を原因とする皮膚の移植手術があったあとだったのと、文芸家協会の事務局と打ち合わせをしていたためか、さすがにこの日は疲労の色が隠せず、ベッドでやすむ江藤さんに挨拶だけして、病院を後にした。

『腰折れの話』は、「俳句と小説の時空間」というタイトルで「俳句」という雑誌に中断を挟みなから平成二年（一九九〇）から二十八回にわたって連載されたものだが、ほとんどが、腰を痛めて（化膿性脊髄炎で）入院した病中日誌の趣がある。

「あちこちに百猿なる者の駄句が散見される（が、）（略）どうか寛恕されたい」（『腰折れの話』あとがき）とあるが、百猿というのは、江藤さんの俳号である。

百猿とは、「『孤』ならざる『百』、猿真似の『猿』という程度の心」（『腰折れの話』）だそうだが、プラスチックの板に縛りつけられてＭＲＩ検査を受けている自分の姿を、「みの虫に似たる姿も夏に痩せ　百猿」と、詠んでいる。

江藤さんの生きる気力は、表面上は、旺盛だった。山崎行太郎氏とのインタビューで、「僕は長生き主義で、長生きしたいと思っています」と語ったのを紹介したが（「『思想と実生活論争』をめぐって」）、吉本隆明氏との対談でも、

「もっとも古本屋のおやじにいわせると、『世の中変わったよ、三島由紀夫なんていったって、この頃の若えものは名前も知らねえからね』というんですね。そういう意味では長生きしないとダメなんですけれどね。」（「現代文学の倫理」）

と、いっている。だから、江藤さんは、病気が嫌いだった。

「私が最後に大病をしたのは、大学二年のときに相当ひどい肺浸潤をやったときである。このときは義母がカリエスで寝ていたから家中に二人病人がいたわけで、さすがの看病名人の父も、戦後の掘立小屋同然の小さな社宅で、少々途方に暮れていた。

私が病気とはゆるしがたい『悪』で、そういう『悪』を自分のなかに飼っている自分は大悪党だという悟りに到達したのは、このときであった。いくら病気でも、こう当方の覚悟がきまると居心地が悪くなるとみえて、私はまがりなりにも健康を回復し、それから十年ほど気息えんえんと、それでも病気になるところまでいかずになんとか生きている。」(「看病上手」、この作品は昭和四十年に書かれている。)

と、病気とはゆるしがたい「悪」であると語っている。

その死生観

三島由紀夫氏が市谷台で自決した後、小林秀雄氏との対談(「歴史について」、『諸君!』昭和四十六年六月号、『新編江藤淳文学集成2』など所収)で、「(三島事件は三島さんが)老年といってあたらなければ一種の病気でしょう」といって小林氏を驚かせたことに通じる考え方かもしれない。三島事件については、吉本氏との対談(「現代文学の倫理」)で、

「人間は何の理想に殉ずるか知らないけれど、そう簡単に死ぬわけにはいかないですね。心臓が止まると思うと、やはり怖いですからね。それはいずれ死ぬにきまっているけど、やっぱりそれまではなるべく生命を大事にするというか、理想が大事であればあるほど、いつかはそれを実現しようと思っていればいるほどね。あまりこう綺麗に死んでもらっては困るんですね。綺麗に死ぬということは、最後の心がけとして持っていたいと思うけれど。」(この対談は昭和五十七年《一九八二》

に行われた。)

と、感想を述べている。

川端康成氏のガス自殺の報を聞いた時、江藤さんは、『枕草子』の「ただ過ぎに過ぐるもの。帆かけたる舟。人の齢。春、夏、秋、冬」という文章が浮かんできたという。(「文芸時評」、『毎日新聞』昭和四十七年四月二十四日夕刊、『全文芸時評』下巻所収)

「川端氏はたしか『美しい日本の私』のなかで、歴史ではない、自然こそが、その上にめぐる四季の循環こそが実在だ、といったはずではないか。それなのに氏は、なぜ『ただ過ぎに過』ぎることができず、『帆』を自らの手で破り、『人の齢』を自ら切断しなければならぬと感じたのだろうか?

『ボロボロ、ボロボロ』という擬声語が心に浮かんだ。どのみち、人がなぜ死を選ぶかという理由などが、余人にうかがい知れるわけはない。どんなに親しい関係にあると思っていた者すら、自殺者がなぜ死んだかについては正確にはなにも知らない。ただ突然の死が、ある場合には死者の秘めていた深い悲しみをあらわにし、別の場合には眼をおおわしめるような荒廃をあらわにするというちがいがあるだけだ。」(同)

三島氏の自決、川端氏の自殺について、こうしたことを書きながら、江藤さんは「脳梗塞の発作に遭いし以来の江藤淳は、形骸に過ぎず」という遺書を残して、死んでいった。「自ら処決して形骸を断ずる所以なり。乞う、諸君よ、これを諒とせられよ」といわれては、言葉もない。

江藤さんの遺書は、江藤家のコピー機を拝借して複写させていただいたが、病苦だけが江藤さんを黄泉の国に連れ去ったのか。江藤さんは、

「ひどく老いたらやがて鎌倉の片隅で英語でもそのへんの中学生に教えて、『ディス・イズ・ア・ブック』『ディス・イズ・ア・ペン』なんてことをやって、静かに人生を終えられたら幸せだろうなと思ってますよ。」（吉本氏との最終対談「文学と非文学との倫理」、『文藝』昭和六三年《一九八八》九月号）

と、語っていた。

江藤家の三番目の犬は、パティといった。ウィルソン研究所に赴任した時に、アメリカまで一緒に連れて行った犬である。

「パティは牝のコッカー・スパニエルで、十三歳の老犬である。茶と白のぶちの毛並みが美しい犬で、これまで飼った三頭のコッカーのなかでは一番の長生きではあるものの、このところ次々と故障が出て不安定な健康状態になっていた。私が入院してしまえば、家内は当然留守がちになる。そのあいだに、パティは果して保つだろうか。いや、パティと私と、どちらが先まで保つのだろうか。

そう思ってパティの頭を撫でると、パティは、

『余計なことは考えなさるな』

というような深い瞳をして、少しばかり尻尾を振った。」（『腰折れの話』、傍点は原文。この時の慶

應病院入院は、昭和六十三年（一九八八）八月）

と、犬の行く末にまで心をくだいていた。

漱石についても、次のようにいっていた。

「何故自分は、もっと早く漱石に戻らなかったのだろう。もう五年前、いや七年前に『漱石とその時代』の第三部を書きはじめていなかったのは、いかなる障害のためだったのだろう。思い起せば、もっともらしい理由はいくらでもあげることができる。だが最大の理由は、自分の生命に限りがあることに気付いていなかったところにあるに違いない。人は死ぬ、と私は思ってきた。しかし、自分は死ぬという瞬間が、いつ何時やって来るかも知れないという事実については、全く無知だったのだ。」（同）

『漱石とその時代―第三部』は平成五年（一九九三）に、『漱石とその時代―第一部』、『漱石とその時代―第二部』の刊行（昭和四十五年《一九七〇》）から二十三年の歳月を経て刊行された。ちなみに『漱石とその時代―第四部』は平成八年（一九九六）に刊行され、『漱石とその時代―第五部』は江藤さんの没後、未完のまま平成十一年（一九九九）に刊行されている。

占領期と検閲の研究に回り道をしたのを後悔していたとはいっていないが、「『漱石とその時代―第三部』をもっと早く書きはじめていたら」と、江藤さんが深刻な心境にいたのは、化膿性脊椎炎と後にはわかったが、当初は悪性の腫瘍の疑いがあるとされ、二か月余もの長期間入院をしていたからである。犬のパティに強い思いを馳せたのもそんな時だった。

「何故自分は、もっと早く漱石に戻らなかったのだろう」という江藤さんは、ハーヴァード大学での講演録「明治の一知識人」（昭和三十九年《一九六四》）のなかで、

「一方では、彼のリアリスティックな眼は、人間がその自我の故に孤立しており、世界に自分以外の中心は実はないのだという恐しい真実を認めざるを得なかった。例の『自己本位』の原則が生れるのは、ここからである。しかし、また他方では、彼のなかの伝統的倫理観は、厳かに、人間に世界の中心になる資格などもともとないことを告げていた。このような現実認識と、このような現実拒否にひきさかれた漱石が、激しい自己分裂を経験しなければならなかったことはいうまでもない。この自己分裂を解決するためには、彼はどうしても、この世界のなかに人間が存在するということが、本質的に罪であり、汚いことだという結論に到達するほかはなかったのである。

この『汚い』存在を回避する道は、漱石には二つしかないものと思われた。その第一は、狂気にいたるまで大胆かつ強烈に自己を主張することである。『行人』は、この見地から書かれた小説である。その第二は、無理やりに自己を抹殺すること——すなわち自殺である。『こゝろ』がこの場合を代表することは、つけ加えるまでもない。あるいは、このほかに宗教による救済という道がのこされているかも知れない。が、それは他の誰に可能だったとしても、漱石には不可能であった。救済の『門』は、彼の前には開かれなかったからである。とにかく、発狂、ないしは自殺という究極の解決にうったえないかぎり、人間はつねに明晰な意識を自分の醜悪な存在の上に保ちつつ、死の瞬間まで孤独と醜さに耐えなければならない。かくのごときものが漱石の人間観であり、彼の人

生観であった。控え目にいっても、これは陰惨な人生図絵である。それは、いわば、日本の『近代化』の影の部分を象徴する絵である。」

と、漱石の人間観、人生観を説明している。

江藤さんが亡くなった平成十一年七月二十一日の午後から夜にかけて、湘南地方を猛烈な低気圧が襲った。

一般的な理解として、この天候の急変が、「心身の不自由が進み、病苦が堪え難し」という遺書を発作的に書かせることになったとされるが、一方、「発狂、ないしは自殺という究極の解決にうったえないかぎり、人間はつねに明晰な意識を自分の醜悪な存在の上に保ちつつ、死の瞬間まで孤独と醜さに耐えなければならない」と、漱石になぞらえて語った人間観、人生観を、江藤さんは、〈自分語り〉としてずっと保ち続けていたのではないか。

そうした〈自分語り〉からすれば、「そのへんの中学生に、『ディス・イズ・ア・ブック』」と教えている年老いた江藤さんの姿など到底想像できないことになるが、川端氏の自殺について、「どんなに親しい関係にあると思っていた者すら、自殺者がなぜ死んだかについては正確にはなにも知らない」といった江藤さんだから、あるいは、鎌倉の片隅でそういった静かな老後を送ったかもしれないという空想を試みたとしても、あながち、まったくの的外れということにはならないのではないだろうか、という思いはつきない。

あとがき

現役の時の私は、本文に何度も書いたように、文芸編集者の経験はない。むしろ文芸とは無縁な編集者生活を過ごしてきた。したがって、江藤淳について一文を草するに適当な人間ではない。しかし、やむにやまれぬという、勝手な理由をつけて、江藤さんの足跡を追ってしまった。分をわきまえない行為であることは、十分承知している。

江藤さんが亡くなってから、今年で、満十六年を迎える。その死が、自死というセンセーショナルなものであったがため、没後の何年かは、江藤さんは、作家、批評家諸氏の手によってかなりの頻度をもって論じられた。だが、数年まえ、吉本隆明氏との対談集『文学と非文学の倫理』、そして、『中央公論特別編集江藤淳1960』などが刊行され、文春学藝ライブラリーで『近代以前』、講談社文芸文庫から『考えるよろこび』と『旅の話・犬の夢』などが復刻されはしたが、もはや、文壇においては、江藤さんは〈過去の人〉同然となっている。

江藤さんの訴えてきたことは、文芸にかぎらず、きわめて今日的なのに、もう誰もふりかえらない。「戦後七十年」というのなら、江藤さんこそもっとも思い出されてしかるべき人ではないか。

生前、江藤さんは自らの批評活動について、文壇内部で「生き埋め状態にあった」と発言したことがあったが、没後の江藤さんは、〈生き埋め〉どころの話ではない、無視同然の状態にある、といっても間違いではないだろう。

大学卒業以来、四十五年間も出版社に勤められたのは大きな僥倖だったが、どうにも、文壇、あるいは文壇を中心とする文芸ジャーナリズムのありかたが、私には、わからない。江藤さんの文業を収める「全集」刊行の話も聞かない。いや、聞かないどころか、そのような構想すら頓挫してしまっているのではないか。

これは、おかしいことではないか。江藤さんの文業を消そうとするある種の〈力学〉がどこかに働いているのではないのか。

江藤さんに最初にお目にかかったのは昭和四十六年（一九七一）のことである。しかし、編集者としての私は、江藤さんにとって頼り甲斐のある存在ではなかった。このことは、まず、まちがいない。江藤さんの文業に貢献することなどありえなかった。むしろ、私は、江藤さんが説く福沢諭吉の〈私立の活計〉という言葉にしたがっていえば、いかに出版業をビジネスとして成功させるか、という点に腐心してきた。この一点なら、あるいは江藤さんに認めてもらえるかもしれない。

私が主に勤めていた文藝春秋という会社は人事異動が激しく、江藤さんの担当であったとしても、その担当期間は短く間歇的なものにならざるを得なかったが、ときどき垣間見る江藤さんの素顔が、私には、好ましかった。文壇で喧伝されていた〈奇矯な人〉という江藤像とはまるで違って、一本気で、過激で、まっすぐな人、というのが私の印象だった。

本文にも書いたことだが、丸谷才一氏の全集が氏の没後すぐに文藝春秋から刊行されるのを知って、私は、江藤さんの「人」と「作品」をふりかえってみたくなった。

文芸編集者でなかったことが、文壇というしがらみにとらわれることなく、自分なりの江藤淳を発見できるかもしれない、という期待もあった。

できれば、この一冊が、江藤さんの文業がある程度見渡せる「評伝」、「評論」とはいかないまでも、江藤さんを何らかの理由で避けて通っているひとたちへの「江藤淳案内」といった面をあわせ持つ本であれば、というのも、執筆にいたるささやかな動機であった。

吉本隆明氏や柄谷行人氏をはじめとする多くの作家、批評家の方々の江藤論が私の水先案内となった。読みが浅いため、あるいは、その内容を誤解して受けとっているかもしれない。本来ならおひとりおひとりにお目にかかり御礼を述べなくてはならないところだが、さまざまな角度からの江藤論を読むことは私にとって大きな喜びであり、楽しかった。江藤論をものされた方々に心からの敬意を捧げたい。

義憤にも似たところからはじまったこの本だが、私自身、江藤さんが理解できたとは、到底、思えない。その姿を追っていったつもりが江藤さんの影さえ踏めず、自分流の解釈に終ってしまった、というのが、書き終えての正直な気持ちである。

この本を出版してくださったのは、書籍工房早山の早山隆邦氏である。早山氏とは、同氏が筑摩書房の編集者だった頃からの知り合いである。互いに野球が好きで、筑摩書房対文藝春秋という対抗戦で白球を追ったものだった。俊足巧打の早山氏はまた、守備にもすぐれ、センター付近に打ち上げたフライはことごとく捕られた。六回目の年男であるこの年に、出版社につとめたことの卒業論文とでもいうべきこの本を、〈宿敵〉早山氏の手によって出版できるのも、こうしたご縁による。そして、装幀は文藝春秋の同僚であり、江藤さんの本も手がけている装幀家の坂田政則氏にお願いした。

おふたりに心からなる謝意を表したい。

平成二十七年二月

斎藤　禎

参考書目等一覧

江藤淳著作関係

『江藤淳著作集』 全六巻 講談社 昭和四十二年
『江藤淳著作集続』 全五巻 講談社 昭和四十八年
『江藤淳全対話』 全四巻 小沢書店 昭和四十九年
『新編江藤淳文学集成』 全五巻 河出書房新社 昭和五十九年～六十年
『全文芸時評』 上・下 新潮社 平成十一年
『現代の文学27 江藤淳』 講談社 昭和四十七年
『江藤淳コレクション』 全四巻 ちくま学芸文庫 平成十三年
『群像日本の作家27 江藤淳』 小学館 平成九年
『江藤淳１９６０』 中央公論特別編集 中央公論新社 平成二十三年
『決定版夏目漱石』 新潮文庫 昭和五十四年
『漱石論集』 新潮社 平成四年

『フロラ・フロアヌスと少年の物語』北洋社　昭和四十九年
『作家は行動する』講談社文芸文庫　平成十七年
『小林秀雄』講談社文芸文庫　平成十四年
『アメリカと私』文春文庫　平成三年　講談社文芸文庫　平成十九年
『アメリカ再訪』文藝春秋　昭和四十七年
『近代以前』文春学藝ライブラリー　平成二十五年
『成熟と喪失―〝母〟の崩壊―』講談社文芸文庫　平成五年
『考えるよろこび』講談社文芸文庫　平成二十五年
『一族再会』講談社文芸文庫　昭和六十三年
『漱石とその時代』第一部～第五部　新潮選書　昭和四十五年～平成十一年
『海舟余波／わが読史余滴』文春文庫　昭和五十九年
『海は甦える』一～五　文春文庫　昭和六十一年
『漱石とアーサー王傳説』講談社文芸文庫　平成三年
『忘れたことと忘れさせられたこと』文春文庫　平成八年
『一九四六年憲法―その拘束その他』（『落葉の掃き寄せ』との合本）文春文庫　平成七年
『閉された言語空間―占領軍の検閲と戦後日本』文春文庫　平成六年
『もう一つの戦後史』講談社　昭和五十三年
『占領史録』１～４　講談社　昭和五十六年～五十七年　講談社学術文庫　平成七年
『批評と私』新潮社　昭和六十二年
『自由と禁忌』河出文庫　平成三年

『リアリズムの源流』河出書房新社　平成元年
『昭和の文人』新潮社　平成元年
『言葉と沈黙』文藝春秋　平成四年
『荷風散策―紅茶のあとさき』新潮社　平成八年
『南洲残影』文春文庫　平成十三年
『南洲随想その他』文藝春秋　平成十年
『妻と私／幼年時代』文春文庫　平成十三年
『犬と私』三月書房　昭和四十一年
『旅の話／犬の夢』講談社　昭和四十五年
『妻と私と三匹の犬たち』河出文庫　平成十一年
『夜の紅茶』北洋社　昭和四十七年
『仔犬のいる部屋』講談社　昭和五十四年
『批評家の気儘な散歩』新潮社　昭和四十八年
『なつかしい本の話』新潮社　昭和五十三年
『歴史のうしろすがた』日本書籍　昭和五十四年
『ワシントン風の便り』講談社　昭和五十六年
『西御門雑記』文藝春秋　昭和五十九年
『大きな空小さい空』文藝春秋　昭和六十年
『女の記号学』角川書店　昭和六十年
『腰折れの話』角川書店　平成六年

『渚ホテルの朝食』文藝春秋　平成八年
『人と心と言葉』文藝春秋　平成七年
『月に一度』扶桑社　平成十年
『こもんせんす』『続こもんせんす』『続々こもんせんす』『再びこもんせんす』『再々こもんせんす』北洋社　昭和五十年～昭和五十三年
『表現としての政治』文藝春秋　昭和四十四年
『明治の群像』1～2　新潮社　昭和五十一年～五十二年
『利と義と』TBSブリタニカ　昭和五十八年
『日米戦争は終わっていない』ネスコ　昭和六十一年
『昭和の宰相たち』Ⅰ～Ⅳ　文藝春秋　昭和六十二年～平成二年
『天皇とその時代』PHP研究所　平成元年
『大空白の時代』PHP研究所　平成五年
『日本よ、亡びるのか』文藝春秋　平成六年
『保守とはなにか』文藝春秋　平成八年
『国家とは何か』文藝春秋　平成九年
『文人狼疾ス』（江藤淳・開高健対談集）文藝春秋　昭和五十六年
『文学と非文学の倫理』（江藤淳・吉本隆明対談集）中央公論新社　平成二十三年
『同時代への視線』PHP研究所　昭和六十二年
夏目漱石『倫敦塔・幻影の盾他五篇』岩波文庫　平成二年
小泉信三『小泉信三全集第十四巻』文藝春秋　昭和四十二年

小林秀雄『モオツァルト・無常ということ』新潮文庫　昭和三十六年
小林秀雄『作家の顔』新潮文庫　昭和三十六年
小林秀雄『Xへの手紙・私小説論』新潮文庫　昭和三十七年
小林秀雄『考えるヒント2』文春文庫　昭和五十年
小林秀雄『小林秀雄対話集』講談社文芸文庫　平成十七年
福田恆存『福田恆存全集第六巻』文藝春秋　昭和六十三年
福田恆存『福田恆存全集第七巻』文藝春秋　昭和六十三年
竹山道雄『主役としての近代』講談社学術文庫　昭和五十九年
平川祐弘『平和の海と戦いの海―二・二六事件から「人間宣言」まで―』講談社学術文庫　平成五年
平川祐弘『竹山道雄と昭和の時代』藤原書店　平成二十五年
平川祐弘『西洋人の神道観』河出書房新社　平成二十五年
平川祐弘『日本人に生まれて、まあよかった』新潮選書　平成二十六年
大岡昇平『小説家夏目漱石』ちくま学芸文庫　平成四年
中野重治『甲乙丙丁』（上）（下）講談社文芸文庫　平成三年
本多秋五『轉向文學論』未来社　昭和三十二年
鶴見俊輔『転向研究』筑摩叢書　昭和五十一年
吉本隆明『共同幻想論』角川文庫　昭和五十七年
吉本隆明『マチウ書試論／転向論』講談社文芸文庫　平成二年
吉本隆明『柳田国男論・丸山真男論』ちくま学芸文庫　平成十三年
坂口安吾『坂口安吾全集15』ちくま文庫　平成三年

柄谷行人『畏怖する人間』講談社文芸文庫　平成二年
柄谷行人『坂口安吾と中上健次』講談社文芸文庫　平成十八年
磯田光一『戦後史の空間』新潮選書　昭和五十八年
入江隆則『敗者の戦後』ちくま学芸文庫　平成十九年
三枝昻之『昭和短歌の精神史』角川文庫　平成二十四年
岡井　隆『瞬間を永遠とするこころざし』日本経済新聞出版社　平成二十一年
粕谷一希『作家が死ぬと時代が変わる―戦後日本と雑誌ジャーナリズム』日本経済新聞社　平成十八年
加藤典洋『アメリカの影』講談社文芸文庫　平成二十一年
山崎行太郎『保守論壇亡国論』K&Kプレス　平成二十五年
高澤秀次『江藤淳―神話からの覚醒』筑摩書房　平成十三年
田中和生『江藤淳』慶應義塾大学出版会　平成十三年
大塚英志『江藤淳と少女フェミニズム的戦後―サブカルチャー文学論序章』ちくま学芸文庫　平成十六年
小谷野敦『現代文学論争』筑摩選書　平成二十二年
富岡幸一郎『文芸評論集』アーツアンドクラフツ　平成十七年
坪内祐三『後ろ向きで前へすすむ』晶文社　平成十四年
坪内祐三『アメリカ―村上春樹と江藤淳の帰還』扶桑社　平成十九年
福田和也『江藤淳という人』新潮社　平成十二年
久世光彦『美の死―ぼくの感傷的読書』ちくま文庫　平成十三年

赤坂真理『東京プリズン』河出書房新社　平成二十四年
柴崎信三『パトリ〈祖国〉の方へ―一九七〇年の〈日本発見〉』ウェッジ　平成二十五年
徳島高義『ささやかな証言―忘れえぬ作家たち』紅書房　平成二十二年
坂本忠雄『文学の器』扶桑社　平成二十一年
宮田毬栄『追憶の作家たち』文春新書　平成十六年
高橋一清『百冊百話』青志社　平成二十六年
丸山眞男『日本政治思想史研究』東京大学出版会　昭和二十七年
丸山眞男『増補版現代政治の思想と行動』未来社　昭和三十九年
丸山真男『日本の思想』岩波文庫　昭和三十六年
竹内　洋『丸山眞男の時代―大学・知識人・ジャーナリズム』中公新書　平成十七年
西部　邁『六十年安保―センチメンタル・ジャーニー』文藝春秋　昭和六十一年
西尾幹二『異なる悲劇―日本とドイツ』文藝春秋　平成六年
山本七平『洪思翊中将の処刑』文藝春秋　平成九年
秦　郁彦『靖国神社の祭神たち』新潮選書　平成二十二年
北村　稔『「南京事件」の探求―その実像をもとめて』文春新書　平成十三年
大原康男『お国のために』展転社　平成二十五年
江藤淳・小堀桂一郎編『靖国論集』日本教文社　昭和六十一年
エドウィン・O・ライシャワー『ライシャワーの日本史』講談社学術文庫　平成十三年
ジョン・ダワー『増補版敗北を抱きしめて（上）（下）』岩波書店　平成十六年
山本武利『ブラック・プロパガンダ―謀略のラジオ』岩波書店　平成十四年

山本武利『ＧＨＱの検閲・諜報・宣伝工作』岩波現代全書　平成二十五年
コレクション戦争と文学10『オキュパイド・ジャパン』集英社　平成二十四年
半藤一利『昭和史１９２６－１９４５』『昭和史１９４５－１９８９』平凡社ライブラリー　平成二十一年
半藤一利・保阪正康・井上亮『「東京裁判」を読む』日本経済新聞出版社　平成二十一年
半藤一利・秦郁彦・保阪正康・井上亮『「ＢＣ級裁判」を読む』日本経済新聞出版社　平成二十二年
半藤一利・竹内修司・保阪正康・松本健一『占領下日本』筑摩書房　平成二十一年
日高昭二『占領空間のなかの文学』岩波現代全書　平成二十七年
櫻井よしこ『「真相箱」の呪縛を解く』小学館文庫　平成十四年
高橋史朗『日本が二度と立ち上がれないようにアメリカが占領期に行ったこと』致知出版社　平成二十六年
田久保忠衛『憲法改正、最後のチャンスを逃すな！』並木書房　平成二十六年
古森義久『憲法が日本を亡ぼす』海竜社　平成二十四年
西　修『日本国憲法成立過程の研究』成文堂　平成十六年
西　修『図説日本国憲法の誕生』河出書房新社　平成二十四年
西　修『憲法改正の論点』文春新書　平成二十五年
百地　章『憲法の常識・常識の憲法』文春新書　平成十七年
高柳賢三・大友一郎・田中英夫編著『日本国憲法制定の過程―連合国総司令部側の記録による―Ⅰ原文と翻訳』有斐閣　昭和四十七年
このほか、新聞各紙および縮刷版、雑誌各誌のバックナンバーを参照した。

斎藤　禎（さいとう　ただし）

昭和18年（1943）満洲三江省に生れる。
昭和42年（1967）早大一文卒、同年、文藝春秋入社。各誌編集長、常務取締役等を経て、
平成19年（2007）日本経済新聞出版社に移り、代表取締役会長。
平成24年（2012）同社を退く。
早稲田スポーツOB倶楽部名誉会長
公益財団法人国家基本問題研究所理事
著書『レフチェンコは証言する（週刊文春篇）』文藝春秋刊

江《え》藤《とう》淳《じゅん》の言《い》い分《ぶん》

二〇一五年 五 月二七日　初版第一刷発行
二〇一五年 十 月 十 日　初版第二刷発行

著　者　斎藤　禎
発行者　早山隆邦
発行所　(有)書籍工房早山
〒一〇一-〇〇二五　東京都千代田区神田佐久間町二-三　井上ビル六〇二号
電　話　〇三-五八三五-〇二五五
ＦＡＸ　〇三-五八三五-〇二五六
振替　〇〇一〇〇-四-六一〇八五三
印刷・製本　精文堂印刷株式会社

ISBN 978-4-904701-44-7　C0095
定価はカバーに表示してあります。
乱丁本・落丁本はお手数ですが、小社宛お送りください。
送料小社負担にてお取り替えいたします。

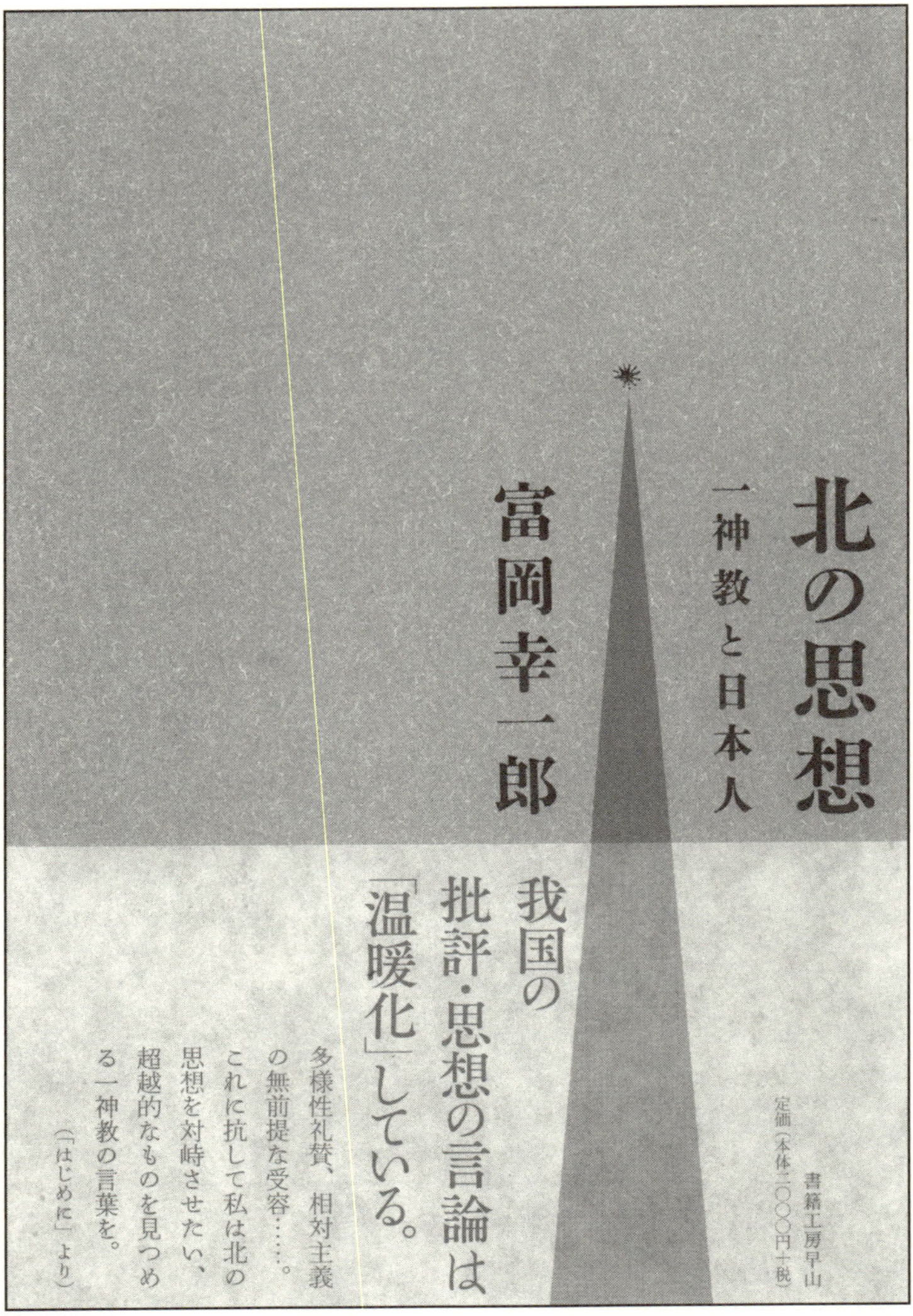
北の思想
一神教と日本人
富岡幸一郎
我国の
批評・思想の言論は
「温暖化」している。
書籍工房早山
定価（本体二〇〇〇円＋税）
多様性礼賛、相対主義
の無前提な受容……。
これに抗して私は北の
思想を対峙させたい、
超越的なものを見つめ
る一神教の言葉を。
（「はじめに」より）

増補 出口王仁三郎

屹立する最後の革命的カリスマ

松本健一

革命的カリスマは
日本に今後出るか?

記憶の王昭和天皇が、決して公には口にしなかった思想家は、
北一輝、三島由紀夫、出口王仁三郎だ!出口を日本=原理主義
革命カリスマと看破した初版(1986年)に新稿を付す待望の増補版。

書籍工房早山　定価(本体1600円+税)

新版
比較史の遠近法

斎藤 修

英国、日本、そして・・・

斬新な視角、
卓越したスキルで歴史作品を生み出し
比較経済史を究めた著者の40年!

書籍工房早山　本体2800円＋税

定本
想像の共同体
ナショナリズムの起源と流行
ベネディクト・アンダーソン著
白石 隆・白石さや訳
ナショナリズム研究の今や新古典。
増補版（1991年）にさらに書き下し新稿
「旅と交通」を加えた待望の
New Edition（2006年）。翻訳完成！
発行／書籍工房早山
定価（本体2000円＋税）

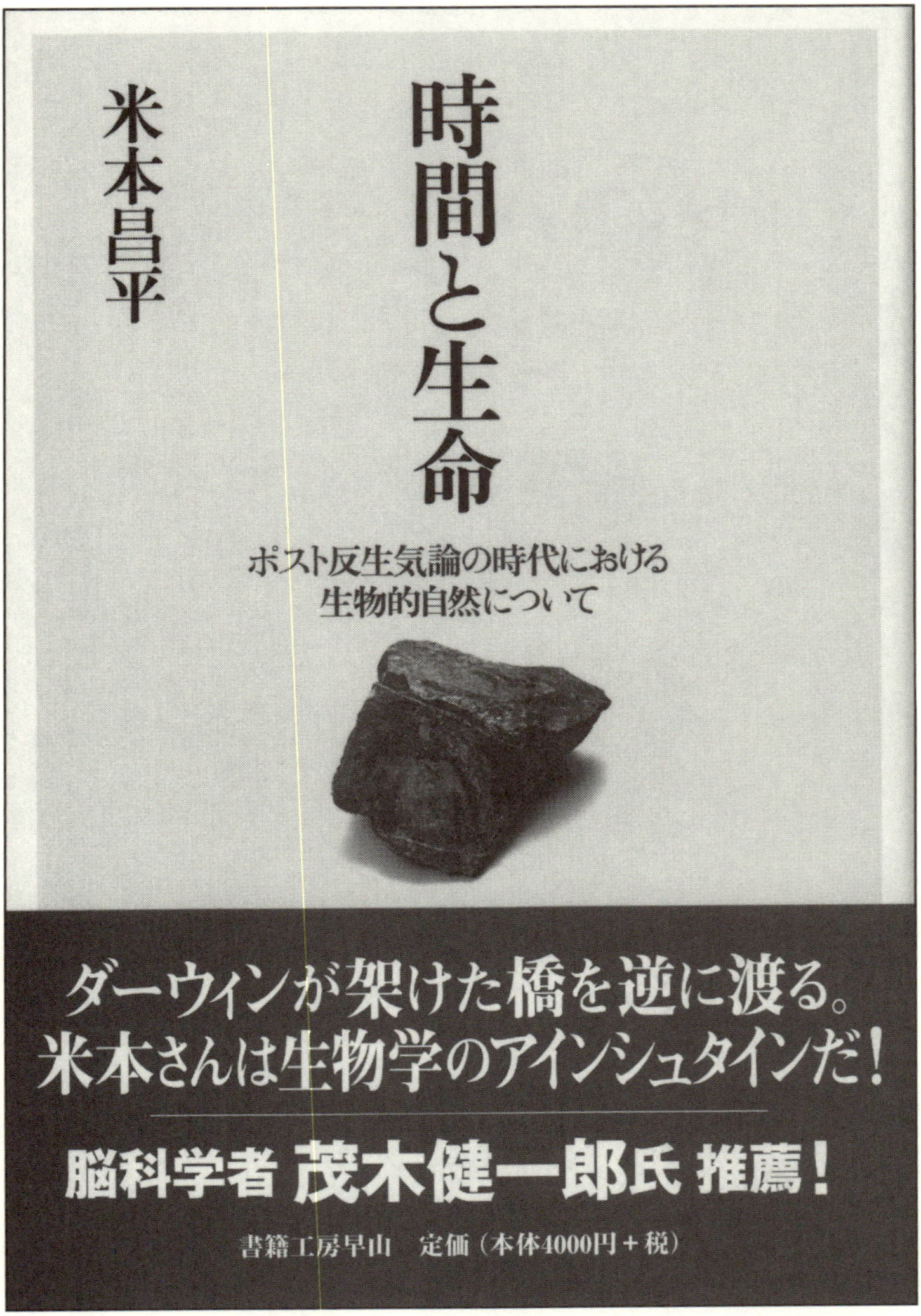
時間と生命
米本昌平
ポスト反生気論の時代における
生物的自然について
ダーウィンが架けた橋を逆に渡る。
米本さんは生物学のアインシュタインだ！
脳科学者 茂木健一郎氏 推薦！
書籍工房早山 定価（本体4000円＋税）

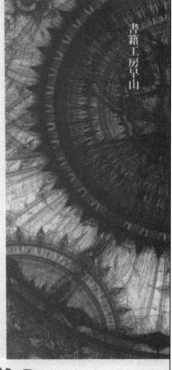

ハンス・ドリーシュ 著
米本昌平 訳・解説

HANS DRIESCH: The History and Theory of VITALISM

生気論
の歴史と理論

20世紀が最も憎悪した書

刊行（1914年）以来90年余，ダーウィニズムや
分子生物学など主流思想は，本書をオカルト的・全体主義的だと
徹底批判して自らの正統性を誇ってきた。
だが今，訳者渾身の解説論文と翻訳が，再発見の扉を開く。
21世紀生命論は本書を素通りしては語れない。

書籍工房早山　定価（本体2800円＋税）